デンマークに死す

A DEATH IN DENMARK
BY AMULYA MALLADI
TRANSLATION BY SHIKO TANAHASHI

ハーパー
BOOKS

A DEATH IN DENMARK

BY AMULYA MALLADI

Published by K.K. HarperCollins Japan, 2023

よくできた推理小説が大好きだった父
ハヌマンサ・ラオ・マラディと、
ゲーブリエル・プレストを格好いいと思ってくれたはずの友
ラディカ・カシチャイヌラに、本書を捧げる。
彼らのいない世界は以前と同じ場所ではなく、
わたしは心を痛めている。

真夜中が来たら誰もが仮面を外さなければならないことを、
きみは知らないのか？

——セーレン・キルケゴール

金持ちが戦争を起こすとき、
命を落とすのは貧しい人々である。

——ジャン＝ポール・サルトル

デンマークに死す

おもな登場人物

ゲーブリエル・プレスト――私立探偵。元コペンハーゲン市警刑事
レイラ・アバディ・クヌーセン――弁護士。ゲーブリエルの元恋人
ユセフ・アフメド――イラク系移民。法務長官殺害の罪で服役中
サネ・メルゴー――殺害された元法務長官
パレ・メルゴー――サネの夫。コペンハーゲン大学の美術史教授
ウラ・ベアンセン――サネの妹
アレクサンダ・イプセン――サネの秘書
トミー・フリスク――コペンハーゲン市警の警部。ゲーブリエルの元上司
ニコル（ニコ）・ボネ――ポリティケン紙の記者
ソフィー――ゲーブリエルの娘
スティーネ／イーレク――ソフィーの母親と継父
エイメン――製薬会社CFO。ゲーブリエルの友人
クラーラ――エイメンの妻
ブーア――元バイカーギャングのメディア企業経営者。ゲーブリエルの幼なじみ
イリーアス・ユール――デンマーク首相
ミゲル・トアセン――首相の広報戦略顧問
オスカー・ゾンマー――フリードリッヒ・マイネッケ歴史研究所の博士

ユダヤ人の少女、アネマリー

一九四三年九月三十日、コペンハーゲン広域圏

ラース・ハンセンが農場からコペンハーゲンの市場まで野菜を運ぶトラックには、二十人のユダヤ人が身を寄せ合っていた。深夜、車はコペンハーゲンからガタガタ音をたてながら道路を北上し、スウェーデンとの国境に近いヘルスィングウーアのハンセン農場へ向かっていた。

アネマリーは父親の膝に抱かれていた。金属の荷台に座った父親がタマネギとニンニクが詰めこまれた袋に寄りかかると、そのにおいがアネマリーの鼻をくすぐった。トラックが走りだしてから誰も言葉を発していない。アネマリーはまだ七歳になったばかりだが、静かにしていなさいと言われたときにそうすることがどんなに大切かはもう知っていた。そこに自分たちの命が懸かっていることも。デンマークがドイツ軍に占領された三年前から、アネマリーの一家は恐怖の中で暮らしてきた。娘は寝ていると両親が思っているときでも、二人の話し声は聞こえていた。

何時間か経った気がしたころ、トラックが停止した。アネマリーは疲れてしばらくうとうとしていたため、立ち上がって周囲を見まわしたときは足がふらついた。

四人家族が彼らを待っていた。父親と母親、子どもが二人。

アネマリーは父親に抱きかかえられてトラックから降りた。初対面の人たち、特に同い年くらいの女の子の前で赤ちゃんみたいに見えては恥ずかしいと、身をよじって父親の腕から抜け出した。女の子はアネマリーと同じように明るい茶色の髪を肩のあたりまでゆるやかに垂らしていた。青いワンピース、白い長靴下と黒い靴もアネマリーと同じだ。

少女がアネマリーに微笑みかけた。「エルヴィラよ、こっちが兄さんのイプ」

「わたし、アネマリー」新しい友達が見つかった喜びにアネマリーは目を輝かせた。まわりで大人たちも握手を交わし、自己紹介し合っていた。どの顔も疲れた感じで、顔色が悪い。ヘルガ・ハンセンというふくよかな女性がにこやかな笑みを浮かべ、歓迎の言葉でみんなを元気づけようとした。

「さあ入って、中は暖かいから」と彼女は言い、赤ん坊を抱いている女性の一人に腕を回した。「長い道のりだったでしょう。台所には火が熾《お》きているし、ストーブの上では肉団子とダンプリングのスープが煮えているわ」

エルヴィラの兄が手伝って、みんなの荷物を家の中へ運んでいき、彼らが台所に入ると、ラース・ハンセンが大人と子ども一人ひとりに話しかけた。

「きみはうちのエルヴィラと同い年だ」彼は温かい言葉をかけてアネマリーと握手した。

「あの子は人形をいくつか持っているから、いっしょに遊ぶといい」

　コーヒーカップを両手で持った母親を見ると、彼女はうなずきを返し、アネマリーはうれしさのあまり手を叩きそうになった。

「行こ」エルヴィラがアネマリーの手をつかんで自分の部屋に案内した。

　大きな農家で、全員が休めるだけのスペースがあった。最初の夜は敷地のあちこちに散らばって眠りについた。多くは納屋の干し草のベッドで眠ったが、母屋の廊下で寝た者もいたし、大きな台所で寝た者も二人いた。

　朝、彼らはバケツの冷水を急いで浴び、ハンセン夫妻が用意してくれた服に着替えた。アネマリーはエルヴィラの服を与えられた。白と緑のドレスで、彼女は大喜びした――これがいまのわたしのお気に入り。

　その夜はみんなで台所の大きなテーブルを囲み、夕食をとった。パーティみたいだとアネマリーは思った。久しぶりに両親とその友人たちが楽しげな笑みを浮かべている。

　二日前に生まれたばかりの子ヤギを見にエルヴィラと納屋へ行ったとき、アネマリーは「ドイツ人がいなくなるまで、ここにいられたらいいのに」と言った。

「ほんとね」エルヴィラが言った。「でも、船でスウェーデンまで行かないと安心できないんだって。ほかにもうちに泊まって船で出発した人たちがいた。ドイツ兵に見つからないように、いつも夜中に出ていくの」

「わたし、怖い」アネマリーは思いを打ち明けた。「ユダヤ人を捕まえたとき、ドイツ人はどうするの？　牢屋に入れるのかな？」

「わからない」とエルヴィラは言った。

「父《ファ》さんとも母《モア》さんとも引き離されちゃうの？」とアネマリーは尋ねた。

そこでエルヴィラは彼女を抱きしめた。「心配しないで。スウェーデンに着いたらドイツ人はいないから」

二人はもうすっかり親友だった。その夜はいっしょに過ごし、厩《うまや》の干し草の上で並んで寝て、戦争が終わったら何をするか、夜遅くまでひそひそ声で話し合った。

「町の広場へ行って、アイスクリームを食べようか」エルヴィラが言った。「映画館に行くのもいいわね。楽しそうでしょ？」

すごく楽しそうと、アネマリーも賛成した。

二人がようやく眠りに落ちかけたころ、大きな音がした。アネマリーの母親がエルヴィラに、家の中へ駆けこんで家族のところに行くように言った。

ドイツ軍の将校が一人、ドイツ訛《なま》りのデンマーク語で一列に並ぶようみんなに命じていた。彼らは兵士たちの乱暴な手に押しやられて体をぶつけ合い、押し合うようにして列を作った。

ユダヤ人二十人と宿を提供した家族は母屋の前に立って、夜の寒さに震えていた。

農場を取り囲んでいる兵士は十人だった。十人だけでなぜこの人数を言いなりにできるのだろうと、アネマリーは不思議に思った。銃を持っているからだ、と気がついた。兵士一人ひとりが武装して、彼らに武器を向けていた。

ラースとヘルガ、イプ、エルヴィラの四人がユダヤ人から引き離された。アネマリーとエルヴィラはおびえた顔を見合わせた。

「親衛隊大尉のフリッツ・ディークマンだ」命令を発していた兵士が言った。長身瘦軀《そうく》、端整な顔立ちで明るい黄色の髪をしているが、青灰色の目は険しい。彼はラースに向き直ると、落ち着いた冷たい声で続けた。「ここはおまえの農場か?」

「はい」とラースが答えた。

「ここにユダヤ人をかくまっているわけだ」ディークマン大尉は言った。

「客人です……友人なんです」とラースは言った。

「やつらはユダヤ人だ」ドイツの大尉はいかめしい口調で言った。

ドイツ人がユダヤ人を悪人と考えていることは、アネマリーも知っていた。「ユダヤ人」を意味するデンマーク語を、彼らは汚らわしそうに吐いた。目に涙があふれてきて、彼女は母親の腰にしがみついた。

「彼らは……」とラースが言いかけたが、ディークマン大尉は手を上げて黙らせた。そこで国家秘密警察《ゲシュタポ》の将校は体の向きを変えて二人の兵士にうなずきを送り、兵士たちはハンセンの人たちのほうへ大きく足を踏み出した。大尉は二十人のユダヤ人をにらみつけ、「おまえたちを助ける者はみんなこうなる。これはおまえたちのせいだ」と言った。

二人の兵士は拳銃を手にしていた。彼らはまずエルヴィラとイプの頭を撃った。ラースとヘルガが大声で叫んだが、子どもたちに駆け寄る間もなく、兵士たちがその場で冷然と正確に彼らを処刑した。

アネマリーは悲鳴をあげることもできなかった。恐怖のあまり、声もなく泣いた。仲よくなったばかりの友達が死に、それは自分のせいなのだ。

ユダヤ人二十人はトラック一台に押しこまれ、車はひと晩じゅう走りつづけた。トラックが停止したところで、彼らは長い列車のそばで待っているユダヤ人捕虜の群れといっしょになった。多くの車両に人が入れられていき、泣き声やうめき声があがった。赤ん坊が泣いていて、母親が泣きやませようとしていた。幼い子たちは親の手を握りしめ、恐怖と疲労で目を見開いていた。

食べ物も水もない。アネマリーは不平を言わなかった。言ったところで何も変わりはしない。狭い空間に五十人以上が押しこめられた。充分な空間がなく、交代で座った。

アネマリーの目にはすべてがかすんで見えた。

列車は走っては止まった。それを何度も繰り返す。

どこかに着いて列車から降りたときは、ほっとした。一人のドイツ兵が大人たちに教えるまで、ここがどこかもわからなかった。兵士はドイツ語で話していて、アネマリーには何を言っているかわからなかったが、デンマークに住むユダヤ人たちのささやき声を聞きつけた。テレージエンシュタットだ。そう聞いても、アネマリーにはどこのことかわからなかった。

ドイツ兵たちが大声で命令し、アネマリーの母親がぎゅっと娘を抱き寄せた。兵士の一人がアネマリーを引き離そうとし、彼女は母親を求めて叫んだ。

子どもたち全員が力ずくで引き離された。

男の子が一人、デンマーク語ではない言葉で「どうなるの?」と訊いたが、アネマリーにも彼の言っていることは充分理解できた。

「水浴びにいかされるんだ」と、別の子が言った。

「浴びたら、母さんに会える?」と、誰かが訊いた。

「ああ、体がきれいになったらね」と、別の誰かが返した。

しかしアネマリーは、もう両親に会えないのではないかと不安でならなかった。もう二度と森で遊べないのではない?　人形を抱いたり、誕生日のプレゼントを開けたり、アイスクリームを食べたり、できなくなるのではない?　わたしは死んでしまうの?

1　現在

すべての始まりは五月の夜。〈モジョ〉に入るなり黒髪の女に気がついた。

飾り気のない暗色系のパンツスーツに真っ赤なソールの黒いハイヒール。くつろいだ雰囲気のブルース・バーにはおよそ不似合いな服装で、顔にはクールな微笑を浮かべている。そういえば、彼女はあの手の靴に目がなかった。自分を含めて何人かがバーカウンターへ目を向けたところで、女はブロンドヘアのリッキーに飲み物を注文した。

目の覚めるような美しい顔立ち。金髪碧眼《へきがん》のデーン人の中に入ると、肌は浅黒い部類だろう。ウイスキーとおぼしきグラスを手に、部屋の端の喫煙ブースへ近づいていく。もう片方の手はポケットに入れている。女は自信をにじませながら壁に寄りかかった。一か八か運試しをしようかと考えている男たちに「本気で話しかけたいの？」と問いかけるかのように。

コペンハーゲンのブルース好きが集う〈モジョ〉は、けっして派手でもシックでもない。目立たない小さな店だ。雰囲気がよくて値段も安く、一九八〇年代の半ばから毎日、ブルース（もしくはジャズやフォーク）の生演奏を届けている。もったいぶったところがなく、客が気にかけるべきは、ステージの視界が制限される柱の後ろの席に座らずにすむよう、なるべく早めに入店することくらいだ。

バーの外にはたいてい、ビールと煙草を手にステージの出番を待っているミュージシャンたちがいる。ここはブルース・ミュージシャンの小さな共同体で、ほとんどがなじみの間柄だ。私は普段、自分のバンドで演奏しているが、木曜日のブルース・ジャム・ナイトには名もない奏者がやってきて、顔見知りや新顔たちとセッションしていったりする。毎回、演奏できないくらい泥酔して店主のトマスに追い出されるのが、一人や二人はいる。トマスは鉄拳と浅黒い顔に浮かべた人なつこい笑みで店を仕切っている。

この夜最後のセットを演奏していた。私のギターで、ボビー・Kが「ブーン・ブーン」のラストを歌い上げた。

今夜はジョン・リー・フッカー・ナイトだ。

私のお気に入りの一曲、「ワン・バーボン、ワン・スコッチ、ワン・ビア」が始まると、私が目を離せずにいた黒髪の女は金色のウイスキーをゆっくり口にした。

自分のソロ演奏が終わりに近づいて手拍手が始まったところで、彼女を見ると、向こうも私を見ていた。

「メンバーに拍手を。ギターのゲーブリエル・プレスト」とボビー・Kが紹介し、観客が拍手をくれた。お辞儀で応える。「そして、ベースのジョン・ラインハルト、ドラムのヌル・キマシ、私の飲み仲間のサックス、ヴァルデマー・ヴォングに、拍手を」

デンマーク人と出会って結婚したあと、この街に移り住んできたケニア人のヌルが笑顔で観客に手を振って、マイクに口を近づけ、ヘビースモーカー特有のしゃがれ声で「おれたちの恐れ知らずのリーダー、天使を泣かせる歌声、ボビー・Kをお忘れなく」と言った。

拍手がやんだところでボビー・Kが、のどを潤したらすぐ戻ってきて「シェイク・イット・ベイビー」とあと何曲か、珠玉のナンバーで今夜を締めくくる、と観客に伝えた。

私はカウンターから自分のビールを取り、黒髪の女の元へ歩み寄った。

「いまもブルースをやっているのね」と彼女は言った。

笑みを浮かべて、体を折り、形ばかりのハグをして、「やあ《ハイ》」と言った。

彼女はひるまず、私のハグに積極的に身を乗り出すこともしなかった。握手でもよかったのだが、彼女の反応を見たかった。返ってきた反応から、自分が何を期待していたのかわからなくなった。

「元気だったか、レイラ?」

彼女はうなずき、目をきらめかせた。「何時に終わるの? あなたの助けが必要なの」

私は眉をひそめた。世の中に星の数ほど酒場はあるのに、彼女は私がいる店へ入ってきた(映画『カサブランカ』に出てくるせりふから)。あれから……十年近くが経ったいま。

「私の助け?」と返し、手持ち無沙汰を解消するためだけにビールを少量口にした。

「そうよ」と彼女は肯定した。

必要ないとわかっていたが、答える前に一瞬、考える時間をつくった。私たちの間に何があろうと、あるいはなかろうと、彼女が助けを求めているなら力を貸すだろう。

「わかった」私は言った。「あと一時間かかる。急ぎの用なら……」

彼女は首を横に振った。

「ジョニー・ウォーカーのお代わりをおごって」と彼女は空《から》になりかけたグラスを持ち上げ、「待っているから」と言った。

「助けを求められているほうがおごるのか?」と言いながらも、バーテンダーのリッキーに手を振り、レイラのグラスを指差した。リッキーがうなずく。

「そうよ。待たせているのはあなたなんだから」彼女はそう言って空気を和ませた。いっしょに遊ぼうと誘っているかのように。

バーテンダーがジョニーを手にまっすぐ向かってくるのを見て、私は微笑んだ。「リッキーに面倒をみてもらってくれ」

戻り際、彼女に背を向けたとき、「ありがとう、ゲーブリエル」と彼女はささやくように言った。

ギターを背負ってレイラの横で自転車を押しながら、〈モジョ〉と市庁舎から近いレンガング小路の〈サザンクロス・パブ〉へ向かった。朝五時まで開いているから、なじみの店だ。私みたいな宵っ張りの人間が、まだ家に帰りたくないときにここでたむろする。この店のバーテンダーが作るオールドファッションドは、倍の値段を取るコペンハーゲンの洒落《しゃれ》たバーのデザイナーズカクテルに勝るとも劣らない。

　午前三時で、人通りも少なくなっていた。自転車を止めて鍵をかけ、赤外線加熱ランプが温めている外のテーブルに二人で着いた。椅子に掛かっている毛布を取って体を覆うことはしなかった。私の暮らす集合住宅から〈モジョ〉までは自転車で十五分ほどかかるから、バーバリーのトレンチコートを羽織っていた。夏の気配が漂うとはいえ、春の寒さはまだ抜けきっていない。ギターケースは横の椅子に置いた。

　喫煙者が外のドア近くに立ち、酔客たちの声が夜通し響いている。

　レイラは膝に毛布を掛けた。

「寒いか？」と訊いた。「中に入ってもいいぞ」

　彼女は首を横に振った。「だいじょうぶ」

　ウェイターが来ると、私はオールドファッションド、レイラはまたジョニー・ウォーカーを注文した。いまも生で飲《や》るようだ。この夜三杯目だ、私が知っているだけで。レイラについてひとつ言っておくなら、彼女はたいていの人を酔いつぶすことができる。

「何かあったのか？」二人で腰を下ろし、飲み物を待つあいだに尋ねた。

「腕を上げたわね」とレイラは言い、そのあと微笑んで「ギターの」と付け足した。

　腕を上げた別のことに引っかけて言葉を返すこともできたが、安易すぎるし野暮だから、「時間と練習のおかげだ」と言った。

　レイラはうなずいたが、口は開かなかった。私も黙っていた。どうしてほしいのか、彼女から教えてくれるのを待った。

　レイラのことだ、私のところへ来たのはほかに手だてがなかったからだろう。二人の関係はハッピーエンドとはいかなかった。声を荒らげたり怒鳴ったりし、いさかいもしょっちゅうだった。彼女が物を投げつけてきたことも何度かあった。こっちも喧嘩腰で悪口雑言を浴びせた。だから物を投げつけられたのだ。十年も前のことだ。あれから二人とも大人になった。私はもう誰かと本気で恋に落ちたりせず、おかげで関係を終わらせる必要もなかった。何年か続けて自分の世界を揺るがす恋より、何カ月かで終わる恋のほうが修羅場が少なくてすむ。

「ほかの誰かに頼めるものなら……」と彼女は言葉をとぎらせた。ほかに手だてがなかったという推測は正しかったようだ。それでもどこか腑《ふ》に落ちない。なぜかはわからないが。

　ウェイターが酒を運んできた。最初のひと口で私は喜びの吐息をついた。演奏後は気分が高揚しているし、あと一時間くらいは眠れないだろう。話を急《せ》かすつもりはない。いずれ話すだろう。裸体を目にする喜びを得た中でいちばん美しかった女と向かい合わせで座っていて、手には最高のカクテルがある——至福のときだ。

彼女はウイスキーグラスをもてあそび、ひと口飲んでから、「ユセフ・アフメド」と告げた。

うなずきを返す。

「彼が誰かは知っているわね？」と彼女は言った。

「ああ、世の中の動きを知らずに生きているわけじゃない」

「彼の弁護を引き受けたの。再審を請求するつもりよ」

眉を吊り上げる。「あの事件は終わったはずだ、レイラ。その男は有罪になった」

彼女は私の目をまっすぐ、ひたと見据えた。「彼がやったとは思えない」

「なあ、スカット、誰だって無実だ、無実でない人以外は」私はダーリンではなくスカットと呼ぶことで彼女を挑発した。デンマーク語のスカットには〝税金〟という意味もあり、〝愛しい人〟という呼びかけにも使われる。

彼女は餌に食いついてこなかった。「彼はやっていない」

「陪審は有罪と判断した。あとは早期の釈放に尽力するほかない」と切り返した。「それが実現するとは思えないが」

「裁判のとき、わたしはロンドンにいたから、そのときは力になれなかった」彼女はかすれた声でささやくように言った。悔しさがにじみ出ている。「でも、こんどは力になるつもりよ」

「どうやって？」と、とまどい気味に返した。

レイラはひとつ大きく息を吸った。「あなたにこの事件を再調査してほしいの」

「この事件？　サネ・メルゴー殺害事件を？」

「ええ」

調べても無駄だと繰り返したくなかったので、別のルートを試した。「なるほど。で、彼がやったとわかったら？」

彼女は手のひらを上に向けて両手を上げた。「それならそれで仕方がない」

彼女はウイスキーを飲み干し、空のグラスをテーブルに置いてウェイターに手を振った。

「なぜこんなことを？」私は訊いた。「どうしてこんな依頼を引き受けた？」

「彼の息子と知り合いだから……知り合いだった、、、たから」とレイラは説明した。「家族とも知り合いよ。彼らにとっては壊滅的な打撃だった」

口を開かずにいた。どう言っていいかわからなかったから閉じたままでいた。黙っていたせいで失敗したためしはない。

誰かがアンドレーアスとかいう男に大声で呼びかけた。そいつはろくでなしらしく、卑《ひ》猥《わい》な言葉を返して、哄笑《こうしょう》がはじけた。

お代わりを持って戻ってきたウェイターが空のグラスを持ち上げた。もの問いたげに私を見たので、かぶりを振った。これ以上飲んだら自転車で帰れなくなる。もう三杯目だ、これを今夜最後の一杯にしよう。レイラは以前と変わらず、私より強かった。

「彼のことを知っていたら、サネ・メルゴーを殺したりできるわけがないと思うはずよ。そんな人じゃない。彼のことを誰がなんて言おうと関係ない。イスラムの男＋怒り＝人殺しみたいな図式にはめられただけ」彼女の言葉には怒りがこもっていて、その目には私を魅了してやまなかった炎が宿っていた。

レイラは情熱的な女だった。何かを信じると、とことん信じる。短い時間だったが、彼女は私たち二人の未来を信じていた。

「報酬はうちの法律事務所が出させてもらう」

「ただ働きする気はないさ。やるとなればだが」

「やるつもりでいる？」と彼女は訊いた。

「その可能性は充分ある」と言うと、願ったとおり彼女は微笑んだ。十年経ったいまでもまだ彼女を喜ばせたい――その思いに少なからずとまどっている自分がいた。

「警察のお友達に話を聞いて、警察はやるべき仕事を全部したのか確かめて」と彼女は懇願した。

「警察にはあまり友達がいない、知ってるだろう」国家警察長官の悪行を密告した男は、えてして、かつての同僚にそっぽを向かれるものだ。

「彼の娘に会ってみて」とレイラは提案した。「父親が連行されたとき、彼女は十三歳だった。ソフィーと同じくらいの年頃よ」

つまり、いまは十八歳くらいか。娘のソフィーは二十歳になったばかりだ。レイラはこの依頼のために奥の手を持ち出してきた。

「来週、あなたの事務所に連れていくから。とにかく彼女に会って……」レイラはそこで口ごもった。

片手を上げ、あとを制した。「わかった。つまり、娘さんに会おう。だからイエスだ、この案件を調査し直そう」

「本当に？　どうして？」

「きみの頼みだからさ」と、ありのままを言った。

2

ソフィーとは毎週土曜日、父娘《おやこ》で朝食をとる。それが習慣だった。ソフィーが四歳のときに私と母親が別れてから、ずっとそうしてきた。隔週で娘と母親のスティーネ、継父のイーレクと朝食を共にし、娘がいない土曜日には夫妻と食事をした。娘と私だけのときもある。

スティーネとは世間で言う〝協議離婚〟で別れた——結婚したわけではないので正確には離婚ではなかったが、まあ、同じようなものだ。友好的な別れに最善を尽くした。スティーネは争いたがった。私は応じなかった。別れたとき、彼女がイーレクとなかば恋仲だったのが救いだ。私と暮らしていたころからイーレクと寝ていたかどうかは訊いていない。どうでもいい。私のエゴを超えた話だ。彼女を愛してはいなかったし、たぶん愛したこともなかった。出会ったときはおたがい二十歳だった。最初はのぼせたように結ばれた。出会って何カ月かで彼女が妊娠し、ちゃんと家族らしい暮らしをしたいと思い、いっしょに住むようになった。二人は子持ちの子どもだった。うまくやろうと努力した。なんとかしようと悲惨な四年間を過ごし、そこであきらめた。ある日、二人で言葉少なに、終わりにしようと決めた。彼女からある男性と出会ったと打ち明けられた。その人と将来を分かち合うつもりだと。幸運を祈る、と私は言った。その点に彼女はいちばん憤慨していた気がする。つまり、私が怒りもせずに自分を手放したことに。彼女のほうは私を必要としなかったのに、私がそれほど彼女を必要としなかったことに憤慨したのだ。彼女はイーレクと、盛大な結婚式やバリ島へのハネムーンなど、私とはしなかった数々のことをした。二人はお似合いだった。子どもはいなかったが、内心、私はありがたいと思っている。イーレクとスティーネの愛情と関心が全部ソフィーにそそがれたからだ。

私が朝食のレストランを選ぶ番だったので、ユニークなブティックが点在し、お気に入りのレストラン〈ベスト〉やミシュランの星付きタイ料理店〈キーンキーン〉があるグルベアス通りの〈ミラベル〉へ行った。〈ミラベル〉のサワードウブレッドはこの街で最高だ。

昔はこんな感じではなかった。子どものころ、当時食の不毛地帯だったコペンハーゲンでは、寿司バーよりホットドッグスタンドのほうが多かった。ところが、かの有名店〈ノーマ〉が「世界のベストレストラン50」に繰り返し名を連ねるうち、この街は食通にとって美食のメッカとなった。

二人ともライ麦パンに半熟卵、スモークトラウト、サーモン、チーズが付いた朝食を注文した。私はヒンスホルム・ソーセージ、ソフィーはグリーンサラダを追加した。人の好みはそれぞれだ。〈ミラベル〉に来てペストリーを食べない手はないので、パンオショコラとクロワッサンも注文した。

天気予報は夕方から雨と言っていたが、午前十一時くらいに太陽が雲間からゆっくり顔をのぞかせて雲を散らし、さしあたり春の陽気が感じられる。いまは五月で、デンマーク人は毎年この月になると、季節が冬から秋めいた春、そして待望の夏へと移り変わるのを息をひそめて待つ。年によっては、天気の神様が夏を飛ばして春から秋へ、また冬へと向かわせることもあるからだ。そんなときは、「でも、五月にはいい日が何日かあった」と言って自分を慰める。

フレンチプレスカラフェにフィルターを押し入れ、ソフィーと自分にコーヒーを注いだ。二人ともブラックが好みだ。店内はぎっしりとは言えないが、屋内にも屋外にも客が座っていた。内より外のほうが多い。ほんの少しでも太陽の光を浴びるチャンスがあれば、それを楽しむのがデンマーク人の性《さが》だから。

「何か変わったことはあった？」コーヒーを半分ほど飲み干したソフィーがそう尋ね、私は彼女のコーヒーを注ぎ足した。

「イーレクの法律事務所の例の案件だが、打ち切ることになった」と答えた。イーレクは弁護士で、私は彼の法律事務所で雇われ調査員として仕事をし、事務所内に個人事務所を構えていた。

「例の強姦《レイプ》事件？」ソフィーはそう尋ねて、鼻にしわを寄せた。

うなずきを返す。

「で……」

「なんの成果もなかった」と、ため息をついた。

「正義はないってこと？」

肩をすくめた。「ぶちのめしてきてくれとブーアに頼むのがせいぜいか」

「ブーアはいまでも人をぶちのめしているの？」

また肩をすくめた。「さあな。しかし、私の知り合いで人を殺したことがあるのはあいつだけだ」

「彼はメディア企業を所有していて、ポッドキャスト番組も持っている」ソフィーはにっこりした。「もうギャングじゃないと思うけど」

ブーアと私はブランビュヴェスタという物騒な界隈でいっしょに育った。私の父親は警察官で、ブーアの父親は整備士だった。私は父と同じ警察官になった。ブーアは筋金入りのバイカーギャングになった。私が警察官だったころ、ブーアは五年間刑務所にいた。更生して出所したいまは元ギャングの更生に力を貸していて、人生と赦《ゆる》しを題材にしたポッドキャストが人気を博している。彼とはいまも友達だ。

「あいつはきれいさっぱり生まれ変わった」と、私は言った。

「あの女の子、本当にかわいそう。レイプされて、犯人は……捕まらないままなんて」ソフィーは憤懣《ふんまん》やる方ないという感じで言った。

「しくじったと思っている……おそらく犯人が将来襲うだろう女性たちみんなにも、申し訳ない」

「それでおしまい？　終わったことなの？」とソフィーは詰問した。

なんと言っていいかわからず、自分にうまくできることをした。肩をすくめたのだ。

「何かしらするつもりでいるんだよね？」娘は挑みかかるように口を引き結んだ。子どものころ、何かにがっかりして私を責めたときのように。

おだやかな笑みを娘に向けた。「かもしれない。考えているところだ。しくじったと言えば、もうひとつ、見込み薄の案件を引き受けた」

「どんな案件？」とソフィーが訊くので、説明した。

「すごい、レイラが戻ってきたなんて」彼女はうれしそうに手を叩いた。「ずっと彼女のことが好きだった」

「よく知りもしないくせに」と、言葉を返した。

「二人は同棲していて……」

「三カ月だけだ……そのあいだも彼女はほとんどいなかった。おまえが会ったのは二回くらいだろう」

「それだけで彼女を好きになった。母《モア》さんは一度会って、彼女を嫌いになったけど」とソフィーは言った。

ステｨーネはそれを認めようとせず、誰かに指摘されると憤慨したが、彼女がレイラをひと目見て嫌いになったのは、私と同棲していたうえにデーン人でなかったからだ。デーン人はヴァイキングと呼ばれた北ゲルマン人の一派を祖とするデンマーク人を指す。スティーネが私のトルコ人の友人エイメンを受け入れたのは、結婚してコペンハーゲンの裕福な家族の一員になっていたからで、彼の欠点はそれで補われた。イラン人の血を引くレイラをスティーネが受け入れるのは難しかった。魔法めいた魅力で私を虜《とりこ》にしたからなおさらだった。他方イーレクは、私が知る中でいちばんおおらかな男だ。妻の元カレである私を含めて、誰でも両手を広げて受け入れる。

「人生最愛の人が戻ってきて、どんな気分?」ソフィーは私をからかって心から楽しんでいた。付き合った女性全般、特にレイラのことを娘に話すのは気が進まない。

娘が口にした〝人生最愛の人〟という部分には聞こえぬふりをした。「戻ってきたわけじゃない。そうじゃないんだ。私にこの件を調査し直してほしい。それだけだ」

「たしかに見込み薄だね。ユセフ・アフメドがサネ・メルゴーを殺したのは誰でも知ってる」ソフィーはクロワッサンをひとちぎりした。

「わかってる」私はスモークトラウトをライ麦パンにのせ、小さく切り分けた。それをフォークにのせて差し出すと、ソフィーは身をかがめてひとかじりした。彼女はすでに卵の半分とサーモン全部を食べ、スモークトラウトを私のために残していた。

ソフィーは私より食べるのが速いし、こちらが新たに引き受けた事件の話をしているあいだもせっせと口に運んでいたので、私がライ麦パンの二切れ目を食べているうちに、もうクロワッサンといっしょにデザートに取りかかっていた。

私がパンオショコラを食べおえコーヒーを飲み干すころには、ソフィーは携帯電話をチェックしてメールに返信していた。今日の次の約束に取りかかる頃合らしい。

「明日は来てくれるよね？」ソフィーはスティーネの家を出ることにしたのだ。両親の家から巣立ち、コペンハーゲン大学で心理学を学ぶあいだ友人とアパートをシェアする。

「ああ」

「エイメンも手伝いに来てくれるよね」

「ああ……うん……もちろん」と返した。

彼女に疑わしそうな目を向けられ、降参した。「いや、すまん、忘れていた。すぐ話しておく」

「彼が忙しかったらどうするの？」とソフィーは返した。

私はにっと笑った。「忙しくなんかない」

「どうしてわかるの？」

「忙しくならないよう、私が頼むからさ。それに、おまえの荷物を運ぶトラックは彼に持ってきてもらうんだ」

「エイメンがいい人でよかった」ソフィーはやれやれとかぶりを振ってから、私の頬にキスをした。

娘が店を出るなりエイメンにメールを打ち、日曜日にソフィーの引っ越しを手伝ってほしいと伝えた。親指を立てた絵文字が返ってきた。

エイメンとは大学時代からの友人で、いまでも午前二時に電話をかけ合う仲だ。たとえば、深夜に彼から電話がかかってきて、「ポーランドの国境で車が動かなくなったんだ、迎えにきてくれないか？」と言われたら、起きて車に乗りこみ、十数時間かけて駆けつけるだろう。

エイメンはいまデンマークの製薬会社で最高財務責任者《CFO》を務めている。トルコからの移民二世としては異例の出世だ。妻であり二人の子の母親でもあるクラーラ・シルベアとフレズレクスベアで暮らしている。クラーラの一族はニーヴォー湾を望むクランベンボー（コペンハーゲンの北部郊外）にお屋敷を構えるデンマークの資産家で、彼女が財団の管理を担っていた。

フィルターコーヒーのお代わりをカラフェで注文し、ディータのサングラスをかけて日射しを浴びながら、レイラと彼女の依頼について考えた。荒唐無稽な話だ。ジョン・レノンを殺したのはマーク・チャップマンではないかもしれない、誰か調査してくれないかと言っているようなものだ。

隣の席にカップルがいた。おそらく付き合って一カ月くらいだろう。まだすべてが新鮮な時期だ。二人とも二十代で、相手にぞっこん。どちらも携帯電話を見ていないからわかる。手をつないでいる。相手に夢中なのだ。なんと清々《すがすが》しい光景か。

もうナアアブロー地区まで来ていたので、〈ミラベル〉の近くに住む友人でポリティケン紙の記者でもあるニコル・ボネにメールを送った。いま家にいて息子はいないから、〈ミラベル〉でビールをおごってちょうだいと返ってきた。

ニコは長身の美女で、髪はブロンド。タイトなジーンズに赤いスニーカー、〝ジャーナリストは解雇される〟と書かれたTシャツという服装だった。フランスとデンマークのハーフで、私とは、ときおりの（しかし、すばらしい）セックスと情報交換に基づく健全な関係にある。しかし、何よりまず彼女は友人だった。よき友だ。それも、頼りになるたぐいの。

ニコとハグを交わした。彼女は私の頬にキスして腰を下ろした。レイバンのサングラスを外し、うれしそうに目を閉じる。「お日様。ママのところにおいで」

コペンハーゲンの天気は市民みんなの人生ドラマに重要な役割を果たす。めったにない好天のときは最高だが、たいていの悪天候のときは北欧ノワールの憂鬱な背景となる。

ウェイターがやってくると、彼女はサングラスをかけ直して生ビールを注文した。私はコーヒーのままだ。

「ユセフ・アフメドのことを教えてほしい」彼女がビールを四分の一くらい飲み干したところで、天気や家族や共通の友人の話をやめて、そう切りだした。

彼女は鼻にしわを寄せた。「どうして?」

「あの事件の記事を書いただろう」と指摘した。

「あの記事には二、三人で取り組んだし、ずっと昔のことよ」彼女は怪訝《けげん》そうに言った。

「何かあったの?」

「何も」

「誰かに調査を依頼されたの? お願いだから、ちがうと言って」

「知っていることを教えてくれ。どんな記事を書いたかは知っているが、記者としての主観的な評価が欲しいんだ」

「次に訪ねるのはトミーのところ?」とニコは言い、考えにふけった。

トミー・フリスクはコペンハーゲン市察の警部。遠い昔、私が金融詐欺部に属していたころの上司だ。私のクビを切った男でもある。国家警察長官のカリーナ・イェンセンにからんだ汚職事件の捜査で、私がデンマークの法律を逸脱したため、やむを得なかったのだ。あのときまで私の職業人生は上向きだった。しかし、『トップガン』のマーヴェリックではないが、あのあと墜落炎上した。

結局、カリーナ・イェンセンは友人と家族を請負業者と偽ってデンマーク国民の血税六百万クローネ（一クローネは約十九円）近くを彼らに渡した汚職容疑で有罪判決を受けた。カリーナが有罪になったところでトミーから復職の打診を受けたが、私はもう私立探偵という生き方がかなり気に入っていた。警察のような上下関係に縛られることがなく、不似合いな制服も着なくてすむ。

ニコには、次に会うのがトミーであることを否定も肯定もしなかった。

「どれも公になっている情報だけど」と彼女はまず断った。「あれは、ええと……五年前だったかしら？　ユセフ・アフメドは自分の息子がデンマーク軍の通訳を務めたかどでＩＳＩＳ（日本では過激派武装組織「イスラム国（ＩＳ）」で知られる）から拷問を受け、殺害されたことを知った」

世界がそれを知ったのは、ＩＳＩＳが拷問と処刑の映像を公開したからだ。動画は多くのサイトから削除されたが、そのときには世の中のほとんどの人がラヒーム・アフメドの死を目にしていた。彼が犯したとされる唯一の罪は、彼の難民認定を拒んだ国の軍隊、デンマーク軍に協力したことだった。

ラヒームがデンマークへ来たのはイラク戦争終結後のＩＳＩＳとの攻防期で、デンマーク軍が戦地から引きあげたあと、内通者の烙印を押された彼のようなイラク人が自国にとどまるのは危険な状況だった。彼はかつて軍の兵舎と最大の難民受け入れ申請所があったサンドホルムに収容され、離散家族の再統合申請が受理されるのを待っていた。単なる形式的な手続きだとラヒームは思っていた。父と母と妹と弟は五年前に難民認定を受け、デンマークの永住権を取得していたからだ。ところが四カ月後、彼の申請は却下され、有無を言わさず飛行機に乗せられてバグダッドへ送還された。

そしてその三日後に惨殺された。

「ビデオが公開された翌日、市庁舎前でサネ・メルゴーに対する抗議デモがあった」と彼女は続けた。

サネ・メルゴーは〝デーン人のためのデンマーク〟を公言する尊大な政治家で、移民の受け入れに強く反対していた。当時は法務長官を務めており、ラヒームの亡命を認めず彼をイラクに送還したのは政府の方針に従ったものと主張した。

ラヒームの死後、サネ・メルゴーはテレビのインタビューに応じ、ラヒームに起こった惨事については遺憾に思うと語ったが、自身の責任は何ひとつ認めなかった。それどころか、ラヒームとその家族がイラクでどのような暮らしを送ってきたかを非難し、それがこの悲劇を招いたのだと主張した。拷問殺人の映像の恐ろしさを思えば、誰でも一歩退くところだろうが、サネはあくまで主張を続けた。

「ラヒームの追悼式の日、サネはポリティケン紙の取材に応じ、イスラム教徒の男は白人女性をレイプしたがっている、ラヒーム・アフメドがそういう男にならなかったのはわたしたちみんなにとって幸運ではなかったか、と語った。文脈を無視して引用されたとして彼女はすぐに撤回したけど、後の祭り」とニコは言い、ため息をついた。「父親にとってはあまりに無情な発言だった。そして翌日、父親は彼女を殺害した」

「ご立派な女性、〝我らがサネ〟を」と口にした。

「冗談でしょう」ニコが呆れたように返した。「当局はラヒームの遺体を引き取ることさえしなかったのよ。ISISが燃やしたと言って。あの映像を見たあと、わたしは何日も眠れなかった。胸が張り裂けそうだった。キム・ストロウストロプを知っている？」

うなずきを返した。たしかに、デンマークの大手新聞ベアリングスケ主筆のことは知っている。

「彼はわたしの友人なんだけど、ラヒームが殺害された直後、サネに公開書簡を送ったの。〝あれにはゾッとした。第二次世界大戦中、わが国はユダヤ人難民を受け入れなかった……あのとき、わたしたちは歴史の間違った側にいた……そしていま歴史は繰り返されている〟と」

「デンマークはユダヤ人をスウェーデンに移送して救ったものと思っていた」とまどって、私は言った。

「まあ、デンマークのユダヤ人は救ったけど、国外のユダヤ人は追い返して、結果、彼らは強制収容所へ送られた」ニコは言った。「でも、わたしたちは戦争に勝った」

「そのとおりよ」

「そして勝者が歴史を書く」

「当局は何を根拠に、サネを殺したのはユセフ・アフメドだと言っているんだ？」と尋ねた。

「当局って……警察のこと？」とニコは尋ね、私はうなずいた。「繰り返すけど、これはすべて公知の事実よ、プレスト」

「きみの覚えていることを、ひと通り話してくれ」午前中、かなりの時間を割いてこの事件に関する記事を読んできたが、ニコは記者のレンズを通して物事を見、異なる視点を与えてくれる。

彼女はすっと目を細めた。「あなた、何か企んでいるわね」

それでも、話す準備ができたら私が話すことは知っていたから、彼女は続けてこう言った。「サネはギレライの夏の別荘にいた。ユセフは彼女にかけ合うためにそこへ行った。どんな会話が交わされたかは誰にもわからない。たぶん、実のある話し合いにならなかったんでしょう。ユセフは彼女を殺し……ＩＳＩＳが息子にしたように彼女の喉を切り裂いて、念のため十五回くらい刺した。写真を見たけど、凄惨だった。いくら相手がサネでも、あんまりなやり方だった」

「ギレライへ行って帰ってきたときの交通手段は？」と訊いた。

「当局、つまり警察によれば、電車で。監視カメラの映像はないけど、聞き込みの結果、彼を見た人が何人か見つかった。電車で往復したことはユセフ本人も認めているわ」

「なのに、彼が全身血まみれになっていることに、誰も気がつかなかったのか？」

「血まみれにはなっていなかった」ニコが言った。「あれは夏至祭の日で、例年どおり雨が降っていた。かがり火を焚くには残念な天候。みんな、浜辺で湿った薪に火をつけようとしていたから、電車にはそんなに人が乗っていなかった。血まみれの服の上にコートを羽織っていたか、服を着替えたか、というのが警察の見解よ。彼らに確信はなかったけど、彼の血まみれの服とサネの別荘のキッチンから持ってきたナイフが、ユセフがスポーで個人経営するキオスクのそばのごみ箱で見つかったから、意に介さなかった」

夏至祭は一年でいちばん夜が短い六月末、浜辺に大きなかがり火を焚いて祝われる。

「その人たちが見たのはユセフで間違いないのか？」と尋ねた。

「これは〝えっ？　別の人が犯人だったの〟というアガサ・クリスティの推理小説とはちがう」ニコは言った。「彼は殺害現場にいた。彼女は死んでいた。彼の服には血がついていた」

「自白したのか？」

「もちろん、自白はしていない」ニコはとまどい気味に言った。「刑務所にいるほかの受刑者と同じように、いまも無実を主張している」

「途中のどこかで証拠になるものを処分してこないような、愚かな男なのか？　自宅のそばに捨ててしまうくらい？」

ニコは肩をすくめた。「激情に駆り立てられた犯行。人は怒るといろんなことをする。それと、忘れないで。犯罪者が頭のいい人間とは限らない。だから犯罪に走るのよ」

「しかし、自白はしていない」

「ええ」とニコは認めた。「激情に駆られてやったことだとしても、刑務所に入っていたいとは思わないでしょうし」

彼女が空のビアグラスを持ち上げてウェイターのほうへ突き出すと、お代わりが運ばれてきた。私はコーヒーのお代わりを頼んだ。

「解決ずみの古い話じゃなく、新しい話を期待していたのに」ニコは注ぎ直されたグラスを掲げた。「まあ、おかげで無料のビールにありつけたけど」

私は頬をゆるめた。「無料のビールに、別の何かもあるかもしれない」

「それがだめなの」ニコは返した。「そうしたいのは山々よ。でも、〝別の何か〟はまたの機会にして。父の六十歳の誕生日で。すぐロラン島へ行って、家族で誕生生パーティごっこに取り組まなくちゃいけないのよ」

午後のビールが遅い昼食になり、さらに別の何かへ突入するのでは、という期待をいだいていたのだ。ニコは私と同じく、いつも乗り気だった。人生でいちばん気楽な相手だ。

彼女はいっしょにいるとき以外、何も私に期待しないし、こちらも同じだ。いまほどたがいのことをよく知っていなければ、カップルになったかもしれない――しかし、よく知ってしまった。彼女は私とそういう関係になろうとは思っていない。おたがいさまだ。

「それはそうと、ハスィングの件はどうなった?」と、私は尋ねた。

「いまは二十一世紀だというのに、女性をレイプした男をいまだ有罪にできずにいる」

私はうなずいた。「不公平な話だが、スカット、人生のほとんどは平等じゃない」

「あなたは声を大にしてそれを主張してきた」ニコは言った。「裁判所の外であの若い強姦魔に、おまえは去勢されてしかるべきだとか言ったそうね」

「うぬぼれようが鼻についてな」ため息をついた。「もっとプロに徹するべきだった」

ニコは鼻で笑った。「身だしなみよくストイックなゲーブリエル・プレストが怒髪天を衝いたわけね」〝身だしなみよい〟という表現は、直訳すれば〝毛一本ついていない〟だ。

自分の禿《は》げ頭を撫《な》でてウインクした。

裁判所の外へ出たら、かつてのゲーブリエル・プレストに戻っていた。つまり、怒れる警官に。報道関係者の前でキレたことを誇らしく思っているわけじゃないが、後悔もしていない。覆水盆に返らずだ。

「何を持っているの?」とニコが尋ねた。

「手がかりだ」

「どんな?」彼女は興奮の表情を浮かべた。

「あいつがレイプしたのはクリスティーナ・ハスィングだけじゃない。ほかにもいるし、誰も証言しようとしなかったから法廷では使えなかった被害者リストを、きみに渡してもいい」とほのめかした。

「なぜわたしに渡すの?」と彼女は探りを入れた。

「あのくそガキは刑務所に入らないが、罰せられてしかるべきだと思っているから、優秀な記者であるきみに譲ろうとね」

「社会の公器で恥をかかせてやれと?」彼女は考えをめぐらした。

「〝欲しいものがいつも手に入るとは限らない〟……」

「〝でも、努力をすれば〟……」ローリング・ストーンズの一節に、彼女は口ずさんで応えた。

「そのとおり」

彼女はつかのま体を引き戻し、そこで私はコーヒーを飲み干した。会計を待つあいだに、ラヒームが殺害されたあとベアリングスケ紙の主筆がサネに宛てた公開書簡を見つけて読みはじめた。

曇りなき信条

ベアリングスケ紙主筆キム・ストロウストロプのオフィスから、デンマーク法務長官サネ・メルゴーへ

親愛なるサネ・メルゴー

一九四二年十月、ブランドラ・ヴァッサーマンは、ある若いデンマーク人男性の力を借りて自分と三人の子──ウルズラ（七歳）、ジャッキー・ジークフリート（五歳）、デニー（二歳）──がベルリンからコペンハーゲンへ逃れたとき、運命が変わったと思った。そして、自分たちの命は助かるにちがいないと思った。

ところが、デンマーク政府はそのデンマーク人男性ほど優しくなかった。コペンハーゲンに住むことを許された数カ月後、ブランドラと三人の子は国外追放処分を受け、歩いてドイツ国境へ戻らされたあと、そこからまっすぐアウシュヴィッツへ送られた。子どもたちはすぐ殺された。母親のブランドラは一九四二年十二月十五日、アウシュヴィッツで心臓へのフェノール注射により処刑された。のちに研究者たちはカイペル通り四十一番地の彼女のアパートから、ベルリン当局が作成した彼女の持ち物リストを発見した。彼女がコペンハーゲンにいたとき未払いだった家賃を補うため、その持

ち物を確保したのだ。

　スウェーデンへひそかに移送されたデンマーク在住ユダヤ人七千三百人が享受した情けを、なぜブランドラは何ひとつ受けられなかったのか？　答えはいたって簡単。反ユダヤ主義はドイツ内にとどまらず、デンマークにも浸透していたからだ。デンマーク人が自国のユダヤ人を助けたのは、彼らがまずデンマーク人であり、宗教は二の次だったからだ。ところが、ブランドラたちのときは宗教が第一になった。

　ブランドラは審査待ちで入国を許されたが、デンマーク国家警察移民局にいたナチスのシンパが書いた報告書には、「生粋のユダヤ人で、宗教もユダヤ教」とあった。

　また、一九四〇年にデンマークから追放された若いユダヤ人夫婦、シュリム・ニードリヒとルース・ファンニ・ニードリヒの話もある。ルースは一九四三年、アウシュヴィッツで犬に嚙まれて死んだ。シュリムはアウシュヴィッツを生き延び、一九四〇年から四三年にかけてデンマークが行ったユダヤ人排除を生き延びた、数少ない一人だった。

　あのときわが国がしたことと、いま私たちがしていることと、どこがちがうのか？このユダヤ人たちに起こったことと、ラヒーム・アフメドの身に起こったことの、どこにちがいがあるのか？

　またしても、デンマークは歴史の間違った側に立とうというのか？

読みおえたあと、深いため息をついた。私たちが過去と真摯《しんし》に向き合うなら、歴史は繰り返されようとしていることに気づくのではないか？　いま保護することを拒んでいるイスラム教徒の難民たちのことを後年振り返ったとき、第二次世界大戦前と戦時中にデンマーク国外のユダヤ人を見捨てたときと同じ罪悪感を覚えることになるのではないか？　なんとも居心地の悪い感覚だった。

3

「そのスーツ、いくらしたんだ？」とトミーが訊いた。

トミーはデンマーク人の標準に照らしても長身の部類だ。ブロンドの髪はふさふさで、ビール腹を抱えがちな年齢なのに健康的な体形を保っている。北欧神のようなルックスに、つらい人生を送ってきたオーディオブックの登場人物のような深みのある声が組み合わさっている。今日はジーンズに黒いシャツ、ブレザー、カウボーイブーツといういでたちだ。カウボーイハットをかぶらせて麦わらをくわえさせたら、クリント・イーストウッドと張り合えるかもしれない。

「上流社会では失礼な質問と受け止められるだろうな」と警告した。

「だったら、問題ない。おれたちは上流社会の人間じゃないからだ。イタリア製か？」と彼は推測した。

「どっこい、サヴィル・ロウ（英ロンドンの高級紳士服店街）だ」

「スウェーデン南部のメトロセクシュアルみたいな服装だ」とトミーは感想を述べた。美意識が高く、服装やスキンケアに力を入れたライフスタイルにこだわる都市部異性愛者のことだ。私が芝居がかった仕草で腕を動かして胸を広げると、トミーはうなずいた。「ああ、たしかに、体形は健康的だ。まともな仕事に就いていないときは、ジムに通うほかないからな」

「ジムには行かない。スパンデックスが多すぎる。それに、まともな仕事にも就いている。どうやってスーツを買ったと思っているんだ?」

トミーはにやりとして、ウェイターに手を振った。私たちは街の中心部にある〈カフェ・ヴィクト〉で待ち合わせ、外のテーブルに着いていた。この時点では実現していなかったが、天気に期待が持てたからだ。

緑色の天幕の下には頑丈な赤外線加熱ランプがあり、その気になれば、あるいはトミーのように一日ひと箱マールボロ・レッドを消費する習慣の持ち主なら、ほぼ一年じゅう外で食事ができる。

ウェイターが来ると、トミーは腕時計を見て、ラフロイグ十年をストレートで注文した。

「もう五時過ぎだ、上等のをやってもいい」とトミーは主張した。「おまえのおごりとなれば、なおさらだ」

「賄賂にならないのか?」

「ばか言え。これは慈善事業だ。貧しい公僕だしな」

私はコーヒーをブラックで注文した。今夜はこのあと、友人とエスプラナデン通りの〈ビストロ・ボヘーム〉で夕食をとる予定だったから、食欲をなくしたくない。

「飲まないのか？」

「夕食の予定があって」と説明した。

ウェイターがトミーのウイスキーと私のコーヒーを運んでくると、トミーがスコッチをひと口飲むのを待って、ユセフ・アフメドのことを訊いた。

「まったく、プレスト」彼はため息をついた。「どうしてそんなことに首を突っ込む？」

ひょいと肩をすくめた。定番の所作だ。

「依頼人は？」

これにも肩をすくめた。

トミーはつかのま考え、苦々しげに、「レイラ・アバディ・クヌーセンだな」と言った。

少しコーヒーを口にした。

「いまはあの女がアフメドの弁護士なんだな？」トミーは不機嫌そうな声で言った。「夕食の相手は彼女か？」

首を横に振った。「あの事件の捜査を指揮したのは誰だ？　捜査資料を見せてくれるだろうか？」

トミーは含み笑いを漏らした。「そんな願いがかなうなら、おれなんか、スカーレット・ヨハンソンにフェラチオしてもらえるさ」

「気持ちの悪いことを言うな、スカーレットはあんたの娘くらいの年齢だぞ。いいから、事件のことを教えてくれ。どうせみんな昔の話だろう」

トミーはウイスキーを飲み干し、ウェイターにお代わりの合図をした。明るいムードに少し影が差した。

「酒二杯分は話してやろう」彼はそう前置きして詳細に移った。「あの事件の指揮を執ったのはヘンレク・モークだ。当時、捜査一課の責任者だった」

デンマーク国家警察機動隊はアメリカのＦＢＩにあたり、その捜査一課は二〇〇〇年代前半にテレビ放映された人気連続ドラマで脚光を浴びた。

「ヘンレクは優秀だ」警察時代に彼の仕事ぶりは聞き知っていた。「いまはどこに？　出世したのか？」

「かつておまえがいた金融詐欺部に格下げされた。それも、部長として異動したわけじゃない」トミーは言った。「選択の権利はあったが、やつは望んであそこへ行った。あの事件のあと、しばらく休暇を取った。以来、やつはあの話を避けているようだ」

「事件がこたえたのか？」と、疑問を口にした。

トミーはテーブルの下で長い脚を伸ばした。あまりきれいとは言えない彼のカウボーイブーツでアレッサンドロ・ガレットの茶色の靴に不規則なパターンを刻まれないよう、私は足を引いた。

「いいか、やったのはユセフ・アフメドだ」トミーは念を押した。「どんなにぎゅっとレイラにペニスを握られても、そのことは忘れるな」

「依頼人に納得してもらえるよう、事件を洗い直すだけだ」と軽い口調で言い、「それに……彼女は私のペニスを握りはしない。優しく頼んだところで」と言い足した。

「あつらえのスーツは空振りだったのか？」

「おっしゃるとおり」ときっぱり言った。「レイラが私に求めているのは別の資質だと思う。私立探偵としての調査能力だ」

「うちは徹底的に調べた。だから、依頼人を納得させてやれ」トミーはそう断言し、そのあとため息をついた。「そんなふうにおれを見るのはやめろ」

「そんなふうにとは？」

「くわえた骨を放そうとしない犬みたいにだ。わかった、モークにつないでやる。できるのはそこまでだ。いいか？」

うなずいた。

「夕食の相手は？」とトミーが訊いた。

「友人だ」

トミーは鋭いまなざしを向けた。自分をよく知る友人、トミーくらい私を昔からよく知る友人がいるのはありがたいことだが、それがマイナスに働くこともある。

「ポリティケン紙の、あのブロンドの記者か？」ニコと私が友人なのをトミーは知っているし、最近、二人で近くのレストラン〈ル・ジャルダン〉に入ったときも、トミーと友人にばったり出くわした。コペンハーゲンは小さな街で、ほとんど村みたいなものだ。

「いや、ニコじゃない」と否定した。「どうしても知りたいなら、古い友人だ」

「昔のセックスフレンドか？」

「夕食を共にする女性みんなと寝るわけじゃない」と返した。「ヘルシンキに住んでいる友人で、仕事でコペンハーゲンに来て、たがいの予定に都合がつけばいっしょに夕飯を食う」

トミーは重々しくうなずいた。「おまえのヘルシンキ人脈を、レイラはどう思っているんだろうな？」

「街へ引っ越す計画はどうなった？」と話題を変えた。ときにトミーには、火花の散るチェーンソーを扱うときくらい慎重な接し方が必要になる。

「遅々として進まない」トミーは冷笑した。「ナディアは子どもや孫の部屋を確保したい。だから二人で大きな家にとどまって、娘たちが孕《はら》むのを待っているんだ。娘たちにすぐ繁殖する気はないから、くそ犬たちのためにでっかい家を維持しているのさ」

「ナディアは元気か？」トミーの妻はジャーマン・シェパードが大好きな愛犬家だ。

トミーは頬をゆるませた。彼は私にとって数少ない、離婚していない友人だ。トミーはけっして浮気をせず、ふらふら遊び歩いたりもせず、いつも笑顔で妻のことを話す。私もナディアとはトミーと同じくらい前からの知り合いで、大のお気に入りでもあった。緊急治療室《ＥＲ》の医師として男性社会を乗り切ってきた聡明な女性だ。如才なく、ユーモアに富む、鋼《はがね》の芯の持ち主だ。両親はキリスト教徒のパレスチナ人。トミーが麻薬常用者に殴られて唇が裂け、ＥＲへ運ばれたときに二人は知り合った。

「彼女はいま、デンマーク国立病院でＥＲ長を務めている」トミーは誇らしげに言った。そのあと彼は二人いる娘の話をした。下の子はサッカーの奨学金でアメリカのノートルダム大学に留学中。上の子はブリュッセルのＥＵ議会でメディアと広報の仕事をしている。

トミーは帰る間際まで娘たちとその恋人たちの話で楽しませてくれた。

「こんなことに時間を無駄にするな」カフェを出るとき、トミーは言った。「ユセフ・アフメドは有罪だ。疑いの余地はいっさいない」

4

「ユセフ・アフメドがやったとは思えない」翌日、ニルス・ブロクス通りの警察本部近くにある〈ビエンス・ボデガ〉で会ったとき、ヘンレク・モークはそう言った。雄牛のような体格で、筋骨隆々としている。私と同じく髭《ひげ》はきれいに剃っているが、私と異なる青灰色の虹彩の周囲が充血していた。

午前九時ごろ電話をかけ、会ってユセフ・アフメドの事件について話を聞かせてもらえないかと頼んでみた。「くだらんことを言うな」と即、却下された。その十五分後に彼から電話がかかってきた。トミーから話を聞いたという。

「銀行家みたいななりをしていると、ボスは言っていた」

「そう、スーツを着ているのがいたら、それが私だ」と言った。

「例のバーにいる」と彼は答えた。

〈ボデガ〉に着いたとき、すでに彼はそこにいて、飲んでいるビールは最初の一杯ではなさそうだった。銘柄のわからないピルスナーの生を飲んでいる。時刻は午前十一時で、店内にはビールと煙草のにおいがたちこめ、さらに消毒液とおぼしきにおいもした。

〈ビエンス・ボデガ〉は肝のすわった地元の住民が通い、道に迷った観光客が行き着くたぐいのパブだ。トリップアドバイザーや〝コペンハーゲンで行くべき場所〟みたいなブログには出てこない。大きな部屋の奥にバーカウンターがあり、質素で清潔感には乏しいが、妙に居心地がいい。店内でビールと煙草を楽しみたい人種にはうってつけの場所だ。

ビールを一杯おごろうというヘンレクの申し出を断り、〝くそ食らえ《EAT SHIT》〟と書かれた白いTシャツにくたびれたジーンズを穿《は》いた退屈そうなブロンドのウェイトレスにブラックコーヒーを頼んだ。二十代の半ばくらいで、大学に通いながらアルバイトで生計を立てているようには見えない。

彼女は白いカップに私のコーヒーを注ぎ、フレンチプレスはカウンターに置いた。

「彼がやっていないなら、なぜ逮捕した？」とヘンレクに尋ねた。

ヘンレクは私を見た。「いつもスーツを着ているのか？」

ひとつうなずく。「仕事中は」

「どうして？」

「制服なんだ」

「しょっちゅうトラブルを起こすと、トミーが言っていた」

またうなずいた。「トラブルは人生の共通分母。巨大な平衡装置だ」

「キルケゴールを引用してやがる」

「サルトルも好きだ」

「どうでもいい」とヘンレクは返した。

「トミーから聞いたが、サネ・メルゴーの事件後、詐欺部に異動したそうだな」

ヘンレクは鼻を鳴らした。「〈ボデガ〉に異動したのさ、ベイビー」彼は最後を英語で言った。私はデンマーク人が母国語に英語の汚い言葉や呼びかけの言葉を混ぜこむのが嫌いだった。

「その話も聞いた」と返した。「お祝い気分だと思ったんだがな。サネ・メルゴー殺害犯を捕まえたんだから」

ヘンレクはウェイトレスにお代わりを頼んだ。彼女のことをメデと呼んだ。彼女は笑顔を浮かべるでもなく、トールパイントのグラスに注いだお代わりを持ってきた。気分が少し改善された。私に笑顔を向けないのは個人的な感情からではなく、いつものことなのだ。

「勝利が微に入り細を穿《うが》って伝えられたなら、それはもはや敗北と区別がつかなくなる」

称賛の思いで片方の眉を上げた。「サルトルか」

「ただのまぬけと思っていたのか」

答えずにおいた。

「ユセフは彼女の夏の別荘へ行った。ノックしたが誰も出てこなかったので、手紙を置いて自宅に戻ったそうだ」ヘンレクはおだやかな口調で言った。「そこは疑っていない」

「手紙には何が書かれていたんだ？」

「手紙は見つからなかった」

「なのに、彼の言葉を信じるのか？」

「そうだ」

「そうは言っても、証拠がそろっているからな」と言い、自分でコーヒーのお代わりを注いだ。意外にも、このコーヒーは悪くない。

ヘンレクがぶすっとした表情で言った。「喉を切り裂くのに使われたナイフ。服についた血」

「我を忘れて殺してしまったように思える」

ヘンレクは首を横に振った。「いかにもな話すぎる。警察が扱う事例では、犯罪者はまぬけと相場が決まっている。だから犯罪者になるんだ。しかしユセフはばかじゃない。頭がいい。イラク人だから、くそデンマークじゃまともに相手にされない。だからイラク人がすることをする――食料品店を開き、経済学の学位を活かして野菜や果物、五十種類のトルコ菓子を売る」

「それでは、彼がやっていないと思う理由の説明になっていない」と返した。

「カリーナ・イェンセンの事件で何があったんだ」と、彼はとつぜん話題を変えた。

三年の刑期を務めて出所した元国家警察長官の話は気が重かった。彼女は自分の経験を本にする契約で高額報酬を手にしたが、いまでも私に腹を立てているだろう。私が始めた捜査で地位を追われる羽目になったからだ。だが、ヘンレクは昔の事件に興味があって訊いているのではなく、お返しが欲しいのだ。そっちが見せるなら、こっちも見せようと。

「私はコペンハーゲン大学経営大学院で経済学の修士号を取っていたから、金融詐欺部の汚職・贈収賄特捜班に配属された。ある国会議員のことを調べていた。自分が役員を務める非営利企業のカネでグッチのローファーを買い、パリに愛人を囲うアパルトマンを買っていた」と説明した。

「おれなんか妻一人でも持て余しているのに、こういうろくでなしどもは愛人を持つ」

「男の妻に会ったから、愛人を持つのは無理もないと思ったが」と私は言った。「とにかく、そこを足がかりに、糸をどんどんたどっていった。古き良き内部告発者《ディープ・スロート》の助言にしたがってカネの流れを追っていったら、最後にカリーナが何をしているかがわかった」

「そのあとは?」

「彼女は捜査の妨害に成功し、私はラナスの別荘詐欺計画の捜査に送りこまれた」

「しかし捜査は行われたし、彼女は投獄された。そうなったのはなぜだ?」とヘンレクは訊いた。酒は回っているかもしれないが、非協力的な目撃者を問い質《ただ》すすべは心得ている。

「ポリティケン紙の若い記者があれこれ疑問を抱きはじめて、いくつか記事を書いたため、当局も捜査せざるを得なくなり、その結果、カリーナを投獄する証拠が見つかった」

「警察があんたのクビを切ったのはなぜだ？」

ため息をついた。「ポリティケンの記者に機密資料を渡したからだ」

「機密情報を漏らしたことが、なぜばれたんだ？」

「その記事が新聞に載ったとき、ポリティケンに友人がいるだろう、漏らしたのはおまえかとトミーに訊かれ、そうだと答えた。その場で解雇だ」ポリティケンに記事が出てから捜査終了まで二年近くかかったし、裁判で評決に至るにはさらに一年かかった。だが、私にはそれが奏功した。私立探偵の免許を取って開業できたから。

「正直に答えたのはなぜだ？」

「トミーは友人だ。嘘はつけなかった」

「言わなくてもばれたと思うか？」と、彼はさらに訊いた。

肩をすくめる。「どうかな。たぶん、ばれはしなかっただろう。記事を報じたのは私の友人じゃなく、友人がいた報道編集室の誰かだ。私は情報源のそのまた情報源……かなり安全な立場だったと思う」

「正直に言えばクビになるのはわかってたんだろう」ヘンレクはゆっくりと言った。

うなずいた。

「とにかく、正直に言ったわけだ」

またうなずいた。

「彼はやっていない」とヘンレクは言った。彼が誰かは言わずもがなだ。

「なぜそう言える?」

「時系列と状況に、トラックが三台通れるくらい大きな穴がある。つまり、彼が黒っぽいコートを着ていたという目撃談から、誰にも服についた血が見えなかったと刑事たちは断定した。コートのことは納得がいく。あの日は夏至祭で、くそ寒かったしな。あのくそ祭りには毎年、針のように細い雨が降りやがる。合法的に焚き火ができる一夜におれたちの目を突く、ただそれだけのために。犯人は彼女の喉を切り裂いた……血が大きく飛び散る。そのうえ十五回刺してもいる。それだけの流血だ、コートだけじゃ隠しきれない」

「着替えを持っていったのかもしれない」とほのめかした。「着替えて、身なりを整えてから家に帰った。血まみれの服は、誰にも気づかれないだろうと考えて持ち帰った」

「キッチンの流しに、誰かが強力な洗剤を使って洗った形跡があった。なぜ現場を科学捜査しなかったのかと考えているなら言っておくが、科学捜査はしたが何ひとつ見つからなかったんだ。だから、彼は体を洗ってきれいさっぱり血痕を落とし、服を着替えたとしよう。しかし、着替えを持ってきたのはなぜだ? どこへ出かけるにも着替えを持ち歩くのか?」と、彼は挑むように言った。

「自分が誰かを殺すつもりだったら、そうする」と答えた。

ヘンレクは首を横に振った。「殺すつもりだったから、先を見越して着替えを持っていったとしよう。着替えまで持っていったのに、凶器を持っていくのを忘れて、彼女の別荘の肉切り包丁を使ったのか？」彼の目に炎が見えた。「それに、犯行後、凶器を家に持ち帰るか？　血まみれの凶器を家に持ち帰って、自分の店と自宅に近いごみ箱に捨てるばかがどこにいる？」

「アドレナリンで頭がいかれることもある」話が不合理なのはわかりながらも、そう言った。

「問題はそれだけじゃない。十以上ある」彼は苦々しげに言った。

「なぜ誰にも話さなかったんだ？」そこでいったん思案した。「あんたの……その……懸念について？」

「いまあんたに話している」とヘンレクは言った。

眉をひそめた。

彼はうすら笑いを浮かべた。「耳を貸したい人間などいなかった。デンマークの全国民がイラクから来たイスラム教徒の難民を犯人にしたがっていた。『Xファクター』（英国の音楽オーディション番組）じゃないが、出来レースみたいなものだ。おれに選択肢はなかった。そもそもおれたちにはなんの関係もなかった戦争にこの国が干渉し、その兵士たちに力を貸したおかげでユセフ・アフメドの息子は拷問の末に惨殺された。直後にユセフ本人も投獄された。それはおれのおかげだ。おれはくそ英雄ってわけさ」

「マスコミに訴えたらどうだ?」と提案した。

「何を?　陰謀論か?　おれは一介の警官だ。犯罪を解決して、家に帰り、メシを食って、家に子どもがいれば話をし、妻とセックスし、週末に天気がよけりゃ庭いじりをする」

「私に話しているのはなぜだ?」

「あの男が本当に有罪なのかと訊いてきたのは、あんただけだからだ」ヘンレクは祝杯の形にグラスを持ち上げた。「おめでとう、宝くじに当選だ」

「当たってもらえるものは?」

「おれのメモがついた捜査資料だ」彼はポケットからUSBメモリを取り出し、私に渡した。「これのせいであんたが捕まっても、どうやって手に入れたか、おれは知らぬ存ぜぬで通す。いいな?」

USBメモリを上着の内ポケットに入れた。

スツールから立ち上がり、握手を交わした。「いつまでこれを続ける気だ?」

「昼飲みか?」とヘンレクは尋ねた。

うなずきを返す。

「必要なだけだ」と彼は答えた。

5

スティーネとイーレクが暮らすアパートに着くと、彼女は険しい目で私をにらんだ。思ったとおり不機嫌だ。ソフィーが家を出ることになり、それに対する心の準備がまだできていないのだ。

「ナアアブローがどんなに危険かわかっているの？」彼女は言った。「あの子のアパートがある通りでギャングどうしの銃撃戦があったのは知っているの？」

「例の移民どもさ」エイメンが入ってきてそう言い、スティーネの両頬にキスをした。身長は私と同じく百八十八センチくらいで、白いものが少しまじってはいるがふさふさの髪の毛をしている。髭はお洒落というより怠けた結果で、トルコ人である点に目をつぶっても、〝自分はいいやつだ、信用できるぞ〟と言わんばかりの顔をしている。

「信じられない、あなたたち二人とも、あの子が住むところをなんとも思わないなんて……なぜウスタブローじゃいけないの？　一歩譲ってヴェスタブローだっていいはずでしょう？　なぜナアアブローなの？」と彼女は説明を求めた。

「彼女の懐具合で住めるのはあそこで、ブルジョワが住むウスタブローよりずっと面白いからだよ」とエイメンが言い、そこでソフィーが大きなスーツケースを玄関へ転がしていった。

エイメンが彼女の手からスーツケースを引き取った。彼は四輪駆動のトラックでここへ乗りつけていた。エイメンが義父と、ときに私と、ノルウェイまでキャンプに出かけるときに使う車だ。

「イーレクは?」と私は訊いた。

「仕事だって」ソフィーはため息をついた。「アパートへ直行して荷降ろしを手伝うと言っていたから、ここは二人でお願い」

「わたしのせいじゃないですからね」スティーネがかん高い声を発した。何年も聞いていたから知っているが、彼女の声には癇《かん》にさわるところがあった。イーレクには同情する。

「母さん《モア》」と呼びかけてソフィーは母親の手を握った。「明日の夜、夕飯を食べに来る。でも、いつまでもこんな感じだったら、もう日曜日にはご飯を食べに来ない」

「これはこの子との約束なの。日曜日には夕食を」スティーネは鼻を鳴らした。「そんなに急ぐ必要がどこにあるの? 大学を卒業するまで待てばいいじゃない」

「大学を卒業するまで?」ソフィーは鼻で笑った。「ばか言わないで。こんな問題で母親と揉めた友達は一人もいないよ。みんな十八歳で家を出たけど、なんの問題もなかった」

「自分の子を愛していない自分勝手な母親ばかりだからよ」とスティーネは断言した。

エイメンと二人でソフィーの部屋から段ボール箱や家具を抱えて階段を四つ下り、スティーネとイーレクの高級アパートがあるウスタブローのロゼス通りにエイメンが違法駐車したトラックへ運びはじめた。ソフィーは四歳のころからここに住んでいて、ここがソフィーの記憶にある唯一の家だ。ヴェスタブローの小さなアパートでともに暮らした年月を記憶にとどめるには、彼女は幼すぎた。

「スティーネは何をいきり立っているんだ？」ソフィーのベッドフレームをトラックに運びながら、エイメンが不思議そうに言った。

「撃ち合いがあってな」と言い、ギャングどうしの抗争の結果、銃撃事件が起こったことを話した。「ちょうどそのとき彼女の同僚がその通りに居合わせたものだから、動転したのさ。それ以来、ナアアブローは悪の巣窟になった」

「イーレクとスティーネはうまくいっているのか？」ベッドフレームをトラックに載せたところでエイメンが訊いた。

「ああ」と生返事をした。「スティーネの機嫌が悪いとイーレクは外へ出る。うちへ来て、家のことを手伝ってくれる。男二人でビールを酌み交わしてあれこれ嘘を並べ、彼は彼女が落ち着いた頃合を見計らって帰っていく」

「それにはどれくらいかかるんだ？」

「長いときで三日」

「きみたちはぼくの知っている別れた夫婦で、いちばん奇妙な二人だよ」エイメンと私は階段を一度に二段上がっていった。

「結婚はしていない」と、念のために指摘した。

「どういう意味かはわかるだろ。イーレクときみは友人になった」エイメンは指摘した。

「ぼくには、クラーラの新しい夫と友達になれるとは思えない」

「きみが彼女を愛しているからさ」


イーレクとエイメンと私でソフィーの荷物を運びこみ、彼女に荷ほどきを託してアパートを出たときは、夕方の六時近くになっていた。ビールと食事を求めて、ソフィーの新居に近いイエーヤスボー通りの〈マンフレズ〉へ行った。

〈マンフレズ〉は〝小皿料理を二、三皿つまむ〟たぐいの店で、メニューひと通りとカリニャン＝グルナッシュを一本注文した。このワインなら豚肉やザワークラウト、牛肉のタルタルステーキ、たらこなどの小皿料理に合うはずだ。

ビール一杯とグラス半分ほどのグルナッシュを飲み干し、コースの一品目――下茹《ブランチング》でしたポテト、たらこ添え――を食べおえたところで、ようやく私たちは口を開いた。まずは基本的なことから。

「ソフィーから聞いたが、新しい事件を引き受けたそうだな」とイーレクが切り出した。

「ああ、引き受けた」

「レイラの頼みだ」とイーレクが言い足した。

エイメンが眉を吊り上げた。「別れた女か」彼はピューと口笛を吹いた。

「さらに傑作なことに」イーレクが含み笑いをした。「調べているのはユセフ・アフメドの事件らしい」

「ユセフ・アフメドの何を調べているんだ?」とエイメンが説明を求めた。

「彼の無実を」とイーレクが言い、二人とも大笑いした。

ウェイターがスウェーデン風レンズ豆のスープとサラダを運んできた。三人でそれを分け合い、着々と料理とワインを平らげていった。

夕食後、イーレクは自分のアパートまで歩いて帰り、エイメンは私を送っていくと申し出た。

「ユセフ・アフメドの件に首を突っ込むなら、くれぐれも注意しろ」とエイメンは言った。

「彼が社会の敵だからか?」

「白人政治家を殺したイスラム教徒だからだ」とエイメンは答えた。

「イスラム教徒ゆえに彼は陥れられたのかもしれない」私は言った。「私はなんの幻想もいだいていないし、きみもそうだろうが、ヨーロッパ人の大半は優越感を維持するためによそ者を責める。こういう事例を手がければ、その状況を改善し、不当な扱いを受けたかもしれない男を自由の身にするチャンスが得られるかもしれない」

「このひとつの事件でデンマークの人種差別に終止符を打てると思うのか?」

「いや。しかし、こういう露骨な人種差別の事例をひとつひとつ追及していかないかぎり、デンマークできみが対等に扱われるチャンスはまずないぞ」

「ここだけの話、上等なのはぼくのほうさ」とエイメンは冗談めかし、赤信号で止まったあと私を見た。「レイラのためにやるのか?」

「ちがう」

「本当か?」

「ああ。しかし、こう言っておくよ。レイラの頼みなら、もっとつまらない事件でも引き受けるだろう」と答えた。

「まったく、ナルシシストにもほどがある」とエイメンは言って笑った。

彼は湖を横断し、右折して東湖《ウスタ》通りに乗り、そこから左折して狭いエガスベア通りに入った。そして私のタウンハウス型集合住宅のそばに駐車した。建物の前の通りにはピクニックテーブルと小さな〝子どもの家〟が置かれている。その外におもちゃの赤いトラックが置きっ放しになっていて、子どもたちがチョークで路上に描いた絵が色あせていた。

「元カレがそこまでする必要はないと思うな」とエイメンは主張した。

ヘンレク・モークから話を聞いたあと、これはレイラのためだけではないと思った。最初は、基本的な調査を行い、ユセフ・アフメドは誰もが思っているとおり犯人だったと伝えるつもりでいた。ところが、一日掘り返しただけなのに、ピルスナー何杯かで罪悪感を紛らしている刑事が一人と、冤罪をにおわせる手がかりが見つかった。もはや目を背けることはできない。

「レイラにそれだけの価値はないのでは」と、エイメンがほのめかした。

肩をすくめる。

エイメンはやれやれとばかりにかぶりを振った。「きみの肩は反射的にすくめられるのか、それとも何かを伝えようとしているのか？」

これにも肩をすくめた。

エイメンはため息をついた。

彼の肩をポンと叩いた。「送ってくれてありがとう」

エイメンの車が走り去るのを見送り、小さな白い門を開けて、タウンハウス前の小さな四角い芝生に足を踏み入れた。

この住まいは十年前に祖母から受け継ぎ、ほかの家族を悔しがらせた。だが、私は祖母のお気に入りだった。だから驚きはなかった。十九世紀に建てられた、俗に〝ジャガイモの畝《うね》〟と呼ばれるタウンハウスが、私は大好きだった。三階建てで、住人はさまざまな形に家を改装している。前の通りもすごく気に入っていた。〝子どもの家〟のそばで子どもたちが遊び、通りの真ん中に置かれたベンチで大人たちが紅茶やコーヒーやワインを飲んでいる。誰もが顔見知りで、年に二度、通りで持ち寄りパーティまで開かれる。

通りの端を横切る東《ウスタ》ファイマクス通りには、〈エメリーズ〉というパン屋があり、のんびりとした日曜の朝にはシナモンロールとコーヒーを楽しめる。この通りにはカフェとバーとショップが点在していて、歩いて五分でコーヒーを飲んだり、食料品を買ったり、美《お》味《い》しいワインを買ったりできる。

未完成作品ではあるが、この家を大いに気に入っていた。

父方の祖母の居間は一階にあり、キッチンと洗面所もついていた。そこには手をつけていない。小さな裏庭へ出て、朝はコーヒーと煙草、夜はスコッチと煙草を楽しめるからだ。煙草は一日二本を自分に許している。必要に応じて三本消費する日もあるが、それには情状酌量の余地がなくてはならない。前回は母が亡くなったときだ。その夜は父といっしょにスコッチ一本と煙草二、三箱で母に別れを告げた。

三階を仕事部屋に改装し、ウォークインクロゼットのある主寝室と未完成の主浴室につながるようにした。浴室には鋳鉄製の平船形で鉤爪《かぎづめ》足がついた十八世紀フランスの年代物《アンティーク》の浴槽があり、その外装は人の手で自然鉄を磨いたものだ。この浴槽ひとつに浴室全体の改修費と同じくらい費用がかかったため、いまこの部屋には一部タイル張りの床に浴槽だけが置かれている。スペイン製の白と黒のアンティークセラミックタイルも、浴室の半分を覆えるくらいは見つけてきた。セメントの床に現代的なトイレを設置した浴室の残りにも、同じタイルを見つけてくる使命を負っている。アンティークの浴槽を買ったら、アンティークのトイレも欲しくなる。タイルが見つかるまでにその購入資金もぜひ蓄えたいと、切に願っていた。十六世紀のスペイン製タイルはけっして安くない。

二階はソフィー用で、寝室と書斎、シャワー・トイレ付きの浴室があり、この階は完成している。元からあった木の床は磨いてなめらかにしたが、素材そのままの風合いを残し、部屋は彼女の好きなクリーム色に塗った。しかし、元からあった梁《はり》を彼女が同じクリーム色に塗りたいと主張したときは口論になった。私は梁の風合いをそのまま生かしたいと思っていたからだ。梁では私が勝ち、花模様のカーテンでは彼女が勝った。双方不満を残す結果となった。

私の寝室はほとんど完成していた。壁の色だけは、まだ（十年が過ぎたのに）決まっていない。ひとつの面を藍《あい》色に塗り、これには満足したが、残りは青みがかった白を見つけるために試したサンプルカラーが寄り集まったままだ。ベッドはキングサイズで、フレームをポルトガルから取り寄せ（アンティークではなくレプリカ）、マットレスは快適だ。マットレスにはけっして妥協しないよう母から教わった。いい助言だった。

〝ジャガイモの畝〟式タウンハウスの所有者にとって、家の改修は趣味を兼ねた仕事だ。

手袋のようにしっくりくるわが家、妥協のいっさいないわが家、ソフィーのおぞましいカーテンを除けばすべて気に入っているわが家を創り上げるのが私の使命だ。家に取り組みはじめてまだ十年。週末ごとにあれこれ直す必要がない状態へ持っていくまで、時間はたっぷりある。

スティーネにとって、この家は二人がうまくいかなかった理由の象徴だった。彼女はエンジニアで、IT企業に勤めていた。安定を切望していた。彼女には目的地がすべてで、私は旅の過程が生きがいだった。しかし、たとえ胸襟《きょうきん》を開くことができていたとしても――結局できずじまいだったが――うまくいかなかった理由はそれではなかった。若くして親になったからでもない。もっと単純なことだ。彼女を愛せなかった。自分が、あるいは彼女が望んでいた形では。彼女のほうも、私が愛されたいと願っていた形で私を愛したことがなかった。

そもそも、自分の家に妥協しない人間が、パートナーに妥協できる可能性がどれだけあるだろうか。

6

アイシャ・アフメドは浅黒い肌をしたソフィーだった。身長も体形も似ていたし、同じような薄紅色の艶やかなリップグロスをつけ、アイメイクの仕方もよく似ていた（〝キャットアイメイク〟というのだとソフィーが教えてくれた）。

レイラがエーゼル通りにある私の事務所にアイシャを連れてきた。名字がディウマンであるイーレクが共同設立者《パートナー》の〈デール＆ディウマン法律事務所〉に、私は事務所を又借りしていた。フランス料理店〈パスティス〉とスーパーマーケット〈アルディ〉の上のワンフロアが法律事務所だ。私はそことコペンハーゲン一帯の何軒かの法律事務所で調査員を務めていた。企業窃盗、横領、産業スパイ、企業汚職、保険金詐欺、浮気調査が仕事の大半を占める。多くの調査員と同じく、私も映画に出てくるような浮気調査からこの仕事を始めた。好きなたぐいの仕事ではなかったが、生活費をまかなえたし、運がよければタウンハウスの改修費にも充てられる。

私の事務所からはゴダス通りの反対側の店が見えた。アンティークショップ〈ラ・ボヘーム家具店〉のオーナーとは手を振り合う仲だ。近くで顔を合わせたことはないが、よくにこやかな笑顔を浮かべて手を振り合った。その隣には行きつけのコーヒーショップ〈カフェ・ボヘーム〉があり、ここはときどき仕事場にもなる。上質のペルーコーヒーとコペンハーゲン最高レベルのパンオショコラを提供する陽気なマーリーネ・エングストロプが店主を務めている。

レイラとアイシャが事務所に来たとき、私は〈カフェ・ボヘーム〉の磁器カップでコーヒーを飲んでいた。パンオショコラで残っているのは包み紙だけになっていた。

アイシャはおどおどしていて、ぎくしゃくした動きで椅子にかけた。ジーンズに黒いバレエシューズ、白いペザントブラウスという服装だ。イスラム教徒の女性の多くとちがって髪は隠さずポニーテールに束ねていた。どこにでもいる同年代のデンマーク人女性といった感じだ。持参したフェールラーベンのバックパックを床に置き、机の脚にもたれさせた。机は私の父が若いころ祖父の切り出しを手伝った木材でできている。来客用の椅子にも同じ木材が使われていて、椅子の横にハンドルがついている。座面は自分の椅子と同じ光沢のある茶色い革に張り替えたので、掛け心地がいい。見栄えのよさと引き換えに快適さや実用性を犠牲にしようとは思わない。

まずは世間話から始めた。アイシャは高校《ギムナジウム》を卒業したばかりで、コペンハーゲン商科大学で金融を学ぶ予定だとレイラが教えてくれた。この夏、アイシャはアマー島の〈アーンスト・アンド・ヤング〉（ロンドンを拠点とする世界四大会計事務所のひとつ）でインターンを務め、五年をかけて私と同じ金融の修士号を取得したあとそこに就職したいと考えていた。

　レイラは体にぴったりした丈の短い黒のドレスに、十センチの黒いヒールといういでたちだった。ドレスに合わせた上着は脱いで椅子の肘掛けに掛けていた。この日は今年最高の五月晴れの一日として記憶に刻まれそうな陽気で、私の事務所もいい感じに暖かくなってきていた。私もスーツの上着を脱ぎ、まさしくそのために置いている木製クロゼットのハンガーに掛けていた。

　クロゼットには予備のドレスシューズやスニーカーも入っていて、ジーンズともう一着のスーツ、アイロンをかけたドレスシャツもあった。朝、ジョギングをして汗をかいたまま事務所に来たときは重宝する。法律事務所の浴室でシャワーを浴びてから、その日の服に着替えるのだ。天気に関係なく毎日走っているし、可能なときは湖からまっすぐ事務所まで走ってくる。朝のジョギングは食べるのが大好きな私が唯一我慢できる運動で、さぼることはない。ジムに通ってクロスフィットとやらにトライしたこともあったが、スパンデックスと引き締まった尻の数々を見ると目が血走ってしまう。

　この日はサンローランの暗い灰色のスーツとブルネロクチネリの白いドレスシャツに、クリスチャン・ディオールの青、灰、赤、銀のネクタイを合わせていた。冬ならそこにベストを合わせるところだが、今日はネクタイもすぐ外される運命にあった。コペンハーゲンの事務所の例に漏れず、ここにも冷房用の空調は付いていない。

ネスプレッソのカップが雰囲気を壊している法律事務所のキッチンからコーヒーを持ってくることもできたが、二人が遠慮したのですぐ本題に入ることにした。一時間後にニコと約束していて、下の〈パスティス〉でランチを共にする予定だ。

「父《アバ》はやっていません」アイシャは小さな声で言った。

うなずきを返す。

「信じてくれないんですか？」と彼女は声をうわずらせた。

手のひらを上にして両手を上げた。「なんの判断も下すつもりはない。どんな話でも聞くし、偏見はいっさいない」

彼女はその言葉を受け入れた。レイラがアイシャを励ますように、彼女の手に手を重ねた。

「アバは善良なイスラム教徒です。あなたたちみんながどう言おうと、暴力はわたしたちの宗教に反する行為です」と、アイシャは真剣な面持ちで言った。

一般化しないよう諭したかったが、私は世界でいちばん肌の色が白い部類の国に暮らしている中年の白人男だ。イスラム教徒であることの意味について、いったい何を知っているというのか。だから黙ってうなずき、コーヒーを口にした。

「あの日、家に帰ってきたアバに血痕はついていませんでした。そう警察に言ったのに、信じてくれなくて……」アイシャは次第に声をすぼませた。

「どんなことがあったのか教えてほしい」とうながした。「お兄さんのことを知った日から」

目の表情が一瞬にして怒りから悲しみへと変わり、涙が湧き上がってきたのを見て、肩に腕を回したくなった。スティーネによれば、私は幼いソフィーの涙に対処するすべを学べずじまいだった。「あなたはまぬけだからあの子に小指一本で振り回されてしまう。ポニーが欲しいと泣かれると、ポニーを買ってきてしまうんだから」――ぐうの音も出ない。

「兄の……ビデオ映像……」彼女は言葉を止めて息を吸った。

レイラが彼女の手を握りしめた。

じっと待つ。

「わたしたち、あの話はベアリングスケ紙の記者から聞いたんです。その人がアバに話を聞くため店へ来たときに。彼から映像を見せられて、アバは倒れました。気を失って。記者が助けを呼び求め、その声が聞こえました。わたしたちの部屋は二階にあって、わたしは階段を駆け下り、母《アミ》も後に続いた。アバは体を起こしたけど、苦しそうだった。何があったのかとアミが尋ねたとき、アバは答えず……嘔吐を始めて胸を押さえていた。心臓発作を起こしているのだとわたしたちは思いました。記者はいい人でした。アバのために救急車を呼び、いっしょに病院まで来てくれたんです。新聞にこのことは何ひとつ書かなかった。アバが気を失ったことも、アミとわたしに映像を見せなかったことも。わたしとアミが頼んでも、記者はそんなことはできないと言って見せてくれなかった」

彼女は言葉を止めて唇を舐《な》めた。

「水を持ってこよう」と言い、事務所を出た。

廊下をキッチンまで歩き、冷蔵庫から水のボトルを一本、戸棚からグラスを三つ取り出した。ネスプレッソのカップは私の環境意識を悩ませたが、〈デール＆ディウマン〉のオフィスマネジャーは再利用可能なガラス瓶に入れた水を何本か冷蔵庫に常備している。紙コップもない。みんなガラス製品を使っている。

水のボトルとグラスをトレーに載せてテーブルに置いた。法律事務所がチョコレート専門店〈サマーバード〉から会議用に大量購入しているアーモンドも容器に入れて持ってきた。

アイシャは水を飲んだ。私はアーモンドをひとつ口に入れた。チョコレートの中で転がしてからラズベリーパウダーをまぶしたもので、チョコの甘さと苦さがラズベリーの酸味を引き立てている。逆もまた然りだ。

「そのあと、何があったの？」レイラがアイシャに優しく問いかけた。

「アバはだいじょうぶ、脱水症状を起こしてショックを受けているだけだと言われました。家に帰って、その夜、アミと映像を見ました」アイシャは嗚咽《おえつ》を漏らしはじめた。

再生紙を使ったティッシュをアイシャの前へ押し出した。彼女は一枚手に取って涙をぬぐった。ティッシュをくしゃくしゃにし、膝の上で丸める。

「次の日、テレビのニュースで取り上げられて、どこもその話題で持ちきりでした。アバはTV2ニュースの取材に応じました。わたしたちは喪に服し、近所の人たちがアパートに立ち寄ってくれた」アイシャは当時のことを思い出して目を潤ませた。「アミもわたしも涙が止まらなかった。あの映像のことはいまでも全部覚えています。何もかも。ラヒームは……兄はデーン人の力になったのに、彼らは兄をこの国に受け入れてくれなかった。難民収容所から故郷へ送り返したんです。亡命はできないが、イラクから家族再統合を申請することはできると言って」

彼女は信じられないとばかりにかぶりを振った。

そのあとどうなったかは知っていた。サネ・メルゴーがTV2ニュースに出演し、ラヒームのことはデンマークの問題ではない、イラクで殺された人のことでなぜみんなこんなに騒ぐのかわからない、と言ったのだ。ISISは毎日のように人を殺しているでしょう？　わたしたちは毎日いきり立っているの？　彼女の思いやりの欠如は、サネの党が連合を組んでいる与党指導者たちから〝人種差別主義者が人種差別をするのは仕方がない〟と受け止められていた。サネは誤解されているのではないか、という声もあった。いずれにせよ、思いやりについてのオピニオン記事を書いた少数の報道機関を除き、表立ってサネを非難する者はいなかった。

「そのあとです、例のデモが起きたのは」アイシャは身を震わせた。「あれは異様でした。あの日、わたしたちはずっと家に閉じこもっていた。翌日にはすべて鎮静化して、ようやく追悼式でラヒームを悼むことができた。アバはほかの父親にはこんな思いをしてほしくないと、サネ・メルゴーにかけ合うことにしたんです。彼女の事務所に電話すると、留守だと言われた。ところが、追悼式の翌日、彼女の事務所から電話があって、会いたいならギレライの夏の別荘にいると言われました。それで……」

片手を上げた。「法務長官サネ・メルゴーの事務所が彼女の居場所をお父さんに教えた？」

アイシャはうなずいた。「はい」

「誰かがお父さんに電話をかけてきて、教えてくれたんだね？」と念を押した。

「はい」とアイシャは再度認めた。「アバは電車に乗ってそこへ行きました。ドアをノックしたけど応答がなかった、とアバは言いました。だから手紙を置いて帰ったんです」

「手紙があったのは間違いない？」

「はい」とアイシャは答えた。「書くのをわたしが手伝いましたから」

「内容は？」

アイシャは大きくひとつ息を吸った。「あなたを赦しましょう、というものでした。あなたに憎しみの感情は持っていない。思いやりを学び、人を傷つけるのではなく人の力になってくれることを祈っている。アバは怒っていなかったんです」アイシャはレイラに顔を向けた。「十五回も刺すくらいなら、憤激して頭に血が上っていたわけですよね？　そのたぐいの怒りをいだける人じゃないんです、アバは」

「電話の話は出ていない」ヘンレク・モークから話を聞いただけでなく、ゆうべヘンレクのメモと殺人事件簿を隅々まで読んだから知っていた。サネ・メルゴーの夏の別荘がギレライにあるのは周知の事実で、死んだ日の朝、彼女は庭に咲いたヒナギクの写真を投稿していたから、彼女が別荘にいたことはインスタグラムでフォローしている人なら誰でも知っていた。

「お父さんはインスタグラムを使っていた？」と尋ねた。

「えっ？　いいえ。わたしでさえ、あれは使っていません。時間の無駄ですから」

「つまり、サネ・メルゴーのインスタグラムをフォローしてはいなかった？」

アイシャは一笑に付した。「はい、繰り返しますが、アカウントはありません……どのソーシャルメディアにも。ばからしいから」

これは私立探偵にとって、情報の金鉱かもしれない。

「お父さんがその手紙を置いてきた場所は？」と尋ねた。

「ドアの下からすべりこませたそうです」

「その手紙を見つけた人間がいないんだ」私は考えをめぐらし、アイシャが肩をすくめるのを見て、身ぶりで先をうながした。

「そのあとアバは家に帰ってきて」アイシャは続けた。「次の朝、警察が来て連行していきました。家を捜索し……それで、ご存じのように、キオスクのそばのごみ箱でナイフと血まみれの服が発見されました。でも帰宅したとき、アバは血のついた服なんて着ていなかった……誓って」

「だがそれは彼の服だったし、付いていた血はサネ・メルゴーのものだった」と指摘した。

「だとしても」彼女は強い口調で返した。「なぜそうなったのか、わたしにはわかりません。誰かがアバを……陥れたのよ」

「きみのお父さんを陥れる計画としては、かなり手が込んでいる。あの日、夏の別荘にいるサネ・メルゴーにお父さんが会いにいくことを知っていたのは誰だろう?」

「アミとわたしと、あとわたしたちの友達が何人か」アイシャは考えこむように言った。「アバはそうすると世間に公言したわけではありません。でも、隠していたわけでもなかった」

私はうなずいた。ユセフが何をするつもりか知っている人間は数人いた。彼の家族と友人が何人かと、ユセフ・アフメドに電話をかけてきてサネ・メルゴーのあの日の居場所を教えた人物だ。この電話の話を警察は信じなかった。

「裁判はあっという間に終わった……見るに堪えなかったけど、あっという間だった。有罪と判定された。死ぬまで刑務所に閉じこめられる」涙が頬を伝った。「さっぱり意味がわからない。アバには彼女を殺す理由なんてなかったのに」

「怒りと悲嘆はときに、思いもよらないことを人にやらせる」

「アバがやったと思っているの？」アイシャは私をなじった。敵意をあらわにして。ソフィーが使うからこの口調はよく知っていた。

「まだわからない」と認めた。「わかったら教えよう」

アイシャはしばらく私を見てから尋ねた。「だからここでは判断しない？」

「そのとおりだ」と返した。

「アバは善人です」彼女はそう結んで立ち上がった。

私も立ち上がり、ヘンリー・アダムズというアメリカの歴史家がかつて言った、〝世の中にもっとも害をなすのは、いつも善人である〟という言葉を思い起こした。

握手のため手を差し出した。彼女も同じことをし、ぎゅっと手を握った。いい子だ。

7

ゴダス通りを歩いてコンゲンス・ニュトーウ広場へ向かうレイラとアイシャを、窓から見守った。姿が見えなくなったところでヘンレク・モークに電話をかけた。

「なんだ？」彼は大声で言った。

「ユセフの娘から話を聞いたところ、サネ・メルゴーの事務所から電話があって、彼女はギレライの夏の別荘にいると教えられたそうだ」

「それがどうした」

「電話の記録はあったのか？」

「キオスクの固定電話にかかってきたと、ユセフは言った」ヘンレクが言った。「キオスクに電話をかけてくる人間がどれだけいると思う？」

「なら、調べたわけだ」

「電話は何本かあったが、彼女の事務所からかけてきた人間はいなかった」と、ヘンレクは断言した。

「しかし、もし誰かがかけてきていたとしたら？」

「メデ、ビールのお代わり」とヘンレクが言った。

「ヘンレク？」

「警察ふうの言い方をすれば、サネ・メルゴーの居場所を教えるために誰かがユセフ・アフメドに電話をかけたという確証は得られなかった。彼女のインスタグラムか、ユランズ・ポステン紙か、彼女の情報を載せているニュースサイトから居場所の情報を仕入れたという説に警察は固執している」

「彼はインスタを使っていないと娘が言っている」私は言った。「年寄りのほとんどは使っていない」

「おれの義母は七十歳だが、インスタのアカウントを持っている。@DitFarmorsKøkkenだ。フォロワーが五万人いる。自分の作った料理の写真を投稿しているんだ。皇太子妃メアリーにもフォローされている」ヘンレクは辛辣な口調で言った。

「スマートフォンかパソコンに……」

「スマホはなかった。パソコンはあった」ヘンレクは確信を持って答えた。「彼はその日、ニュースサイトを見ていた。彼女がどこにいるか知っていた」

「なるほど」

「新しい発見はあったのか？　それとも、おれが調査ずみのことを調べて時間を無駄にしていただけか?」とヘンレクは言った。

「あんたの仕事は完璧だから、あとをたどるしかないと思ったのさ」

「知ってのとおり、おれは多忙を極めている。こんな愚にもつかない質問で、時間を無駄にさせるんじゃない」ヘンレクはそう言って電話を切った。

レイラにメールを打った。〝ユセフ・アフメドとの面会を設定してくれないか?〟

すぐに返信が来た。〝わかった。手配できたら詳細を送る〟

携帯電話をわきに置いて窓から外を見ていると、ニコの自転車がゴダス通りを〈パスティス〉へ向かってきた。今日は女性が短いスカートやワンピースで自転車に乗りはじめるにふさわしい五月晴れだった。ニコはゆったりとした黄色いサンドレス姿で私を元気づけてくれた。

自転車を施錠しているニコを出迎えた。彼女は身を乗り出して、唇に唇を触れさせた。

「お腹がぺこぺこで、ステーキフリット（フライドポテトが付いたステーキ）をずっと夢見ていたのよ」と彼女は言い、二人で歩いてレストランに入った。常連の私はいつもの席に着いた。春の始まりを迎えるために窓が開け放たれているとき、客は店内と店外が半々になる。

ニコはペリエの緑色のプラスチックボトルを注文したが、プラスチックは海でクジラの内臓に帰着するから、私は紙パックの水道水にした。

「では、わかったことを教えてくれないか?」私が注文した牛肉のタルタルステーキと彼女のステーキフリットをウェイターが運んできたところで、そう尋ねた。真っ昼間でもあり、ボトルでなくグラスで赤ワインを一杯ずつ注文することにした。料理に合うのはギガルのシャトーヌフ・デュ・パプ二〇一六年、と意見が一致した。ちなみに、ウェイターも同じ意見だった。

「まず、あのずる賢い坊やを訴えたのは、ハスィングが初めてじゃなかった」彼女は顔をほころばせた。「どうやら、フレズレク・ヴィンダがレイプの告発を受けたのは、これが初めてではなさそうなの」

「だから言っただろ」

「でも、わたしは封印された法律文書も見つけた」ニコは勝ち誇ったように言った。

「どうやって?」

「腕利きの記者だもの」と彼女は得意げに言い、私が片方の眉を上げると声をあげて笑った。「それと、封印された文書を閲覧させてくれる人の知り合いについてがあったから」

「それが封印されている理由は?」

「そのほうが富裕層に都合がいいからよ。リストにあった女の子たち何人かに事情を聴いてみた。ほとんどがカネで片をつけられ、守秘義務契約に署名させられていた。警察に訴えることさえできなかった人もいた。あるカップルは警察に行ったけど、証拠が乏しかった。ここまで漕ぎつけたのはハスィングだけってわけ」ニコは笑顔でグラスを掲げた。

「乾杯《スコール》」

「このあとはどうなる？」

ニコが笑みを広げ、顔を輝かせた。「あなたのくれた証拠は法廷では充分じゃないかもしれないけど、うちの編集長は充分と思ったみたい。もちろん、被害者から裏付けが取れたらだけど。いまはまだ事実確認がすむのを待っているところで、たぶん今週末には、ポリティケン日曜版に二十クローネを払えば、フレズレク・ヴィンダが犯した罪についてもっとよく知ることができるんじゃないかしら」

グラスを掲げて、「サンテ」とフランス語で乾杯した。「ずいぶん早かったな、有能な記者にしても」

「自分で全部調査しなくていいときは楽なのよ」彼女は言った。「あの変質者がそれほど長く罰を免れられるとは思えない」

「あいつみたいな変質者はたくさんいる」

「多すぎるくらい」とニコは同意した。

料理が運ばれてくると、ニコがかつての恋人と共同養育している息子の話になった。十三歳だが三十年経った気がする、と彼女はこぼした。

「元カレは相変わらずむかつくやつで」彼女は言った。「あなたとスティーネはよく殺し合わずにソフィーを育ててこられたわね」

「少々、骨が折れた」早い段階で、スティーネにうまく対処するカギは彼女が挑んでくる戦いにその都度応じないことだと学習した。

「わたし、ある男性と出会ったの。女友達の引き合わせで」ニコがマカロンをかじり、わたしがコーヒーを飲んでいるうちに、彼女は教えてくれた。

「真面目な話か？」

「ゆうべも会って……」ニコは微笑んだ。「見込みはありそう」

「それはよかった」胸に少し引っかかりを感じはしたが。

世の中が変化を続けているあいだ、私は数ある〝出会いアプリ〟でパートナーを探すどころか、スペインのアンティークタイル探しに時間を費やしている。携帯電話にその手のアプリは入っていない。画面を左右にスワイプして女性と出会うには、私は昔かたぎに過ぎた。一定の年齢を過ぎると、ベッドの中と外の両方で楽しめる相手が欲しくなる。これが大人になるということだ。満足度は高くなるが、状況ははるかに複雑になる。

「あなたはどうなの？」

「いまも妥協なきロマンチストだ」

「プレスト、このご時世、あなたみたいな男性は貴重な存在よ」

「知っている」私は言った。「つまり、今日のランチから先、昼下がりの情事はなくなる？」

ニコは笑った。「ええ、だと思う」

「胸が張り裂けそうだ」と、大げさなせりふを口にした。

「ちょっと、やめてよ」と彼女は口をとがらせた。

彼女も私もわかっている。私がニコを好きで、彼女が私を好きなことは。二人がセックスしたくなるのは、とてもいいセックスだからだ。その時間を気に入っている。愛しているのとはちがう。そういう仲になることはけっしてない。

「昼下がりの情事はともかく、ある人に渡りをつけたいんだ、力になってくれないか」と要請した。

「ある人って?」

「サネ・メルゴーの夫だ」

8

コペンハーゲン大学の美術史教授パレ・メルゴーとは、世界初の歩行者天国ストロイエ通りの端、フィオール小路の〈パルダン書店&カフェ〉で会った。大学生や教授に人気の店だ。何年か前に付き合っていた政治学部の学生に教えてもらった。その子とは何週間かの付き合いだったが、〈パルダン〉通いはその後も続いた。提供されるコーヒーを年季の入った革のソファで飲みながら読書を楽しむことができる昔ながらのブックカフェで、心が和む。

パレ・メルゴーをグーグル検索して、妻といっしょの写真を見ていたので、どんな容貌かは頭に入っていた。店に入ってくる彼を窓から見た。長身で、白髪。どこかくたびれた印象を受けた。落とした肩。目の下のたるみ。しなびた煙草を手に、雨から頭をひっこめていた。細かな雨が朝からずっと降っていて、風は刺すように冷たい。暗い色のズボンに、アイロンのかけ方が中途半端な薄青色のドレスシャツ。肘当てがついた縞柄のブレザーを羽織って、そこに身を縮めていた。

吸い殻を道に捨てカフェに入ってきたパレに、手を振った。彼は一瞬いぶかしそうにこっちを見たが、一人合点したようにうなずき、私のほうへ歩いてきた。

午後二時ごろで、カフェはさほど混み合っていない。周囲の人に聞かれずに話ができるだけのスペースがあった。ニコが面会の段取りをつけ、私がどんな人間かも説明していただけに、応じてくれたのは驚きだった。

パレは小さな四角い木のテーブルに着くと、持ってきた革のメッセンジャーバッグを誰もいない隣の椅子に置いた。飲み物を訊くと、ラテにすると言う。それを注文し、私はコルタードを頼んだ。この店のそれが美味しいことを知っていたからだ。生クリームが載ったストロベリータルトも二切れ注文した。彼が求めたわけではないが、ていねいに接したかったし、これくらいの賄賂なら支払う余裕はある。

「おいでいただいて感謝します」二人の間にコーヒーとタルトが置かれたところで私は言った。

彼はラテをひと口飲み、そのあと納得したようにうなずいた。「私が知っているプレストはサッカー選手のカール・プレストだけだ」

その名前には聞き覚えがあった。カール・オーゲ・プレストは一九四八年のロンドン五輪で銅メダルを獲得したデンマークのサッカー選手だ。イタリアのセリエAユヴェントスに所属していた。

「血縁はありません」と答えた。

「きみと会うのを了承したのは、〝くたばれ〟と言いたかったからだ」パレはフォークを手に取り、それを突き刺してタルトを切り分けた。

話しぶりは冷静だった。憤慨しているわけではない。コーヒーを飲み、タルトを食べていた。リラックスしている。いまのはサッカーの話だったのかもしれない。

「家族に雇われまして」と告げた。

「あいつが罪を犯していないと思うのかね？」と彼は尋ねた。上唇についたホイップクリームを紙ナプキンでぬぐう。見当はずれのところを拭いていた。この世になんの心配もないかのように、ストロベリータルトを頬張りつづける。本当に食べることに没頭しているのか、それとも純然たる社会病質者《ソシオパス》なのか。

「自分は考えるために雇われているのではありません。証拠を客観的に見るためです」

「きみは警察を解雇された」彼はしたり顔で言った。

ソシオパス、他人を辱《はずかし》めてうれしがる人間だ、と思った。

「はい」

「なぜだ？」彼は知りたがった。

「はるか昔の話です。過去のことだ」

パレはすっと目を細めた。「歴史なら私の得意分野だ。カリーナ・イェンセンの捜査をしていたそうだね」

「はるか昔の話です」と繰り返し、少し間を置いてから、「奥様を発見したのはあなたでしたね」と言い添えた。

「そうだ」と彼は言った。目の表情に変化はなく、悲しみや喪失感をうかがわせるところも何ひとつない。

「あれから何年か経つ」

「血のにおいが強烈だった」パレは自分の嗅覚を確かめるかのように鼻をクンクン鳴らした。

うなずきを返した。間違いなくソシオパスだ。

「犯人は彼女の喉を切り裂いた」パレはそう言ってタルトをひとかじりし、口いっぱいに頬張ったまま、「そして十五回刺した」と言い足した。

「はい」ヘンレクがくれた資料で写真は見ていた。夫の中になんらかの感情を呼び覚ましてしかるべきところだ。私はあれに嫌悪感を覚えた。とりたててサネに好感を持っていたわけではなかったが。

「あいつが罪を犯していないと思うのかね?」彼は落ち着いた口調で尋ねた。

「わかりません」

パレは冷笑した。「イスラム教徒のくずどもはこの国に入ってきて、我々の資源を使い、わが国民を殺した。なのに、きみたちはやつらを自由に入らせたがる」

〝きみたち〟とは誰のことかと尋ねても調査に役立つ答えが返ってくるとは思えなかったから、皮肉で返すのは差し控えた。そうしたところで小さな満足感しか得られまい。殴ったほうがずっとすっきりするだろう。それも控えた。このパレはユセフにサネを殺されたと思ったから人種差別主義者になったのではなく、妻が殺される前から人種差別主義者だったから殺したのはユセフだと思っているのだ。それは明白だった。

「あの日、どんなことがあったか教えていただけますか？」話を本筋に戻そうとした。

「なぜ？」

「それが出発点なので」

パレはコーヒーを飲み干し、タルトのかけらと生クリームをきれいに平らげた。立ち上がり、私を蔑《さげす》みの目で見た。「いや、あそこから何かが始まったりはしない。あそこですべてが終わったんだ」

彼はそれ以上ひと言も発せず、後ろを振り返りもせずに立ち去った。

ニコにメールを打った。〝あいつは私の支払いでコーヒーを飲み、ストロベリータルトを食べて帰っていった。礼ひとつ言わず〟

〝お気の毒さま〟と返信が来た。

翌日会ったサネ・メルゴーの妹、ウラ・ベアンセンはパレより率直に話してくれた。

彼女はコペンハーゲン郊外のヴェアルーセで、二世帯に分かれてひとつの庭を共有する大きな屋敷に暮らしていた。三年前、夫に先立たれ、いまは一人で暮らしている。サネより二歳年下の六十三歳だ。白い髪をボブに切りそろえ、ジーンズにアグの黒いブーツ、セーターという服装だった。姉に似ているが、より洗練と優雅さを感じさせ、サネ・メルゴーにはない柔らかさがあった。

ウラは何カ月か前に早期退職するまでゲントフテ市でソーシャルワーカーを務め、配偶者虐待が専門だったという。二人で食卓に着いた。彼女はブラックコーヒーと、ホイップクリームを添えたチョコロールケーキを出してくれた。

「サネとわたしは考え方にちがいがありました」と彼女は認めた。「特に移民問題では。わたしはずっとヴェンスタ（デンマークの自由主義政党）の支持者です。かならず青色（党の公式カラー）に投票してきました」

「そのことをサネはどう思っていたのでしょう?」

ウラは笑った。「クリスマスのディナーは騒がしかったわね。わたしと夫のブリーアンはパレとサネ夫婦とは正反対。子どもたちは伯父伯母をありのまま受け入れていました。好きになれないときもあったけど、愛に揺るぎはなかった。サネは子どもができなかったから、うちの子たちをわが子のように思っていたんです。娘も息子も政治の話をしないのが平和のためだと言ったけど、夫は市議会議員でもあったから、政治の話をしないわけにはいかないでしょう?」

彼女の率直さも手作りケーキも気に入った。チョコロールケーキを平らげ、もうひと切れいかがと勧められたときも断らなかった。

「パレと会って話をしました」と打ち明けた。

「彼はなんて?」

「その……」とためらった私に代わり、彼女が言葉を継いだ。「くたばれって?」

「はい」と、苦笑まじりに認めた。

「パレは前から感情にとぼしく寒々しい人でした。サネとはお似合いかしら。二人とも、レーズンみたいにしなびた心の持ち主で」

「なるほど、どうか忌憚のないところをお話しください」ちょっと楽しくなってきた。

彼女はコーヒーの入ったカップを持ち上げ、少し口にした。「姉ですから――」彼女は小声でそう言い、目に涙を浮かべた。「寂しいですよ。あんな死に方をしていい人なんていないと思うけど、自業自得と思っている人は多いでしょうね……わたしたちが多様性や一体感を語っている世界で、サネは均質性と排斥を擁護した。どんなに怖かっただろうと、ずっと考えています。惨殺されたときは恐怖の極みだったでしょう」

「殺人事件についてはどんなことをご存じですか?　事件が起きたときは、どちらに?」

「ここに」ウラは手を振って家の中を示した。「パレから電話がかかってきたのは夜の八時ごろでした。彼は金切り声をあげていて。何があったのか最初はわからなかったけど、二人が夏の別荘にいるのは知っていました。姉がインスタグラムに投稿していたので。サネが死んだと彼は言うんです。すぐブリーアンと車に乗りこんで出発しました。別荘に着くと警察がいた。パレは市内から電車で来たそうで。姉はその日の朝、秘書に車で送ってもらっていました。パレが着いたとき、家は真っ暗だったそうです……常ならぬことでした。ドアに鍵がかかっていて、そこで何かおかしいと彼は感じた。ドアを開けるのに自分の鍵を探さなければならなかった。二人ともドアに鍵をかけたことなどなかったし、あそこの人は鍵なんてかけないんです」

彼女は大きくひとつ息を吸った。パレが照明を点けたときに何を見たか、話す心の準備をしているかのように。

「姉がリビングの床、白い敷物の上に倒れていました。わたしは前からあの敷物が嫌いで。白いから汚れが目立つでしょう」ウラはため息をついた。「血が……あちこちに飛び散っていた。パレも血まみれでした。姉の状態を調べて、蘇生を試みたので。凄惨でした、姉の殺され方は。どうして人間にあんなことができるのか。思いとどまるのが人間性というものでしょう?」

「自分にどれほどのことができ、どれほどの者になれるかを知ることくらい恐ろしいことはない」キルケゴールの言葉を引用した。「人の中には獣が棲《す》んでいる」

彼女はコーヒーカップを置き、話したことで意気消沈したかのように肩を落とした。

「そのあと警察は、あのユセフ・アフメドという男が犯人だと言いました。それが真実でないと思うのは、なぜですか？」

「真実か誤りかはわかりません。自分の仕事は証拠に基づいて確認を取ることです」

「証拠なら、もう充分では？　司法が有罪の判決を下したわけでしょう？」と彼女は言った。

「再調査を依頼されまして」

「つまり、彼が犯人と確認することになるかもしれないわけね」彼女は考えこむようにして言った。

「その可能性は大いにあります」

ウラはうなずいた。「サネはこの事件が起こる前から殺害の脅迫を受けていました。つまり、法務長官なので常日頃から殺害の脅迫を受けていたんです。反イスラム的な政策を唱《とな》えていたのでなおさらでした。移民ができづらくなるようルールを変えるたび、移民団体から殺害予告が来た。移民を支援する控えめな姿勢を見せたら見せたで……白人至上主義者から殺害の脅迫が送られてくる。PET（国家警察情報局）が調査するところでしょうが、姉は……そのことを……」と彼女は言いよどみ、私は先を待った。

警察官になって学んだことがひとつあるとしたら、すべては絡み合っているということだ。一見、うまくはまらないような気がするパズルの一片《ピース》が、最終的に全体像を見るために必要な一枚だったりする。

彼女は大きくひとつ息を吸って、こう言った。「姉は誰にもそのことを話さなかったんです。わたしにしか。毎年、父と母の誕生日にはオーゼンセに出かけました。二人の誕生日は二日ちがいなので。姉と二人……いまはわたしだけですが……電車に乗って、両親が埋葬されたスィーゼン教会を訪ねます。よく〈ホテル・モンゲボー・クロー〉に一泊しました。そこで夕食をとって、翌日、帰ってくるの。それがわたしたちの儀式でした。一度も欠かしたことはなかった。いまも行きますよ。決め事には一種の安心感があって」

私は皿に残っている二切れ目の（最後の）チョコレートケーキのかけらを物欲しげに見、コーヒーを飲んで先を待った。

そこで彼女が立ち上がった。「外に出ませんか？　家の中では煙草を吸わないの」うなずきを返した。カップにコーヒーを注ぎ足して、二人で外に出た。彼女が煙草を差し出す。手がわずかに震えていた。誘惑に駆られたが、申し出は断った。煙草について言えば、いつも私は誘惑に駆られる。しかし、一日二本の決まりを守らないと、立て続けに吸ってしまう。

「姉は本を書いていました」と、ウラが言った。

「本？　回顧録ですか？　それとも小説？　どんな本を？」

ウラはすくめた肩を落としてため息をついた。「題材は第二次世界大戦で……ナチスによるデンマーク占領期のことでした。記事や物語を集め、人から聞き取りをし、資料を探していました」ウラは小さく微笑んだ。「真実の物語を書きたいと姉は言っていました。多くのデーン人は英雄だったけど、殺人やもっとひどい罪を犯しながらそのまま罰を免れた悪人も大勢いたとかで。ベルリンへ何度か足を運んで、ナチスにまつわる公文書を調べ、現地で多くの人から話を聞いたそうです。ご存じのように、姉はドイツ語が堪能だったので」

「いろんな人からお姉さんの話を聞きましたが、その本のことは誰も話していなかった」と私は言い、コーヒーを飲み干した。

「誰も知らないことだし、秘密だからあなただけに話すのよ、と姉は言っていました……その本を出せば大物たちの悪行が暴露されると言わんばかりに」ウラは語った。「真に受けたわけじゃありません。姉はときどきそういう大げさな言い方をすることがあったから。何かにつけて大げさで。だって、占領下のことはみんなが何もかも知っていて、秘密なんて残っていないでしょう。わたしは関心を見せなかった。姉は怒っていたんです……イリーアス・ユール政権と自分の党から爪はじきにされ、引退に追いこまれると思っていて」

「なぜあなたは警察やほかの人に話さなかったんですか？」と尋ねた。

ウラは肩をすくめた。「どうしてかしら。何も言わなかったのは……うーん、ただ言わなかっただけ。話に出なかったので」

「本はどこまで書いていたんでしょう？」

「書きおわったと言ってました……ドイツから最後の文書が届くのを待っていると。〈モンゲボー・クロー〉で夕食をとった夜、姉は心配なことがあると打ち明けました。亡くなる二、三週間前のことでした。本の執筆をやめるよう言われたそうです……重要人物に」

ウラは煙草を深々と吸いこみ、そのあと何かを思い出したように笑った。「沼地にフクロウ《デア・エア・ウーグラ・》がいる《モーセン》、と姉は言いました」

これはデンマークの古い慣用句で、何か怪しいことが進行中という意味だ。元々は〝沼地に狼がいる〟だったのが、デンマークから狼がいなくなったためフクロウに置き換えられた。

「にわかには信じがたい気がしました」ウラは続けた。「姉は秘密をつかんだと言わんばかりの振る舞いをしていたけど、あの時代について秘密なんて残っていません……だから……饒舌《じょうぜつ》にしゃべりたてて気分を高揚させているだけなのだと思いました」

「誰に脅されているのか、それはなぜかという説明は？」

ウラはまた煙草を深々と吸いこみ、私は中毒者のようにニコチンのにおいを嗅ぎたくなった。

「ありませんでした」

「ほかに知っているとしたら、誰でしょう？　本の調査に協力した人がいたはずですね？」とうながした。

「最初はパレが手伝ったのだろうと思いました」ウラは答えた。「歴史が専門の教授ですから。でも、訊いてみたら、彼は知らないと」

「執筆にはコンピュータを使っていたんでしょうか？」

「ほかに何で書くというの？　でも……確信はありません」ウラは不安げに言った。「コペンハーゲンへ帰ってくる電車の中で、姉は印刷した用紙の束を読み返していました。例の本だと言って。わたしは上の空だった。サラ・ブレーデルの小説を読んでいて、第二次世界大戦時の陰謀よりずっと面白かったので」

「どんな形で殺害の脅迫を受けたのか、話していましたか？」と尋ねた。ＰＥＴなら、ほかの政治家や王室が脅迫を受けたときと同様、サネ・メルゴーが受けた脅迫も記録したはずだ。

　ウラは煙草をもみ消した。「いいえ」

「その脅迫にはどういう手立てを講じるつもりだったのでしょう？」

「何も」ウラは微笑んだ。「姉は原稿を読み通しながらこう言いました。『やるならやってみたらいい。サネ・メルゴーの力を見せてあげる』。姉にはそういう豪胆なところがありました。簡単に怖がったりしないんです」

「なぜ警察には言わなかったのに私には話してくれたのですか?」

「さあ。正直、この話はすっかり忘れていて、大事なこととは思いも……」彼女はいちど言葉を切って微笑んだ。「つまり、あなたが現れるまでは」

「お話しいただいてありがとうございました。それと、コーヒーとケーキをごちそうさま」

「どういたしまして」彼女は顔をほころばせた。「あなたはいい人ね、お若い方。それに、お客様はうれしいものよ」

「何か思い出したことがありましたら、電話でけっこうですから、どうかお知らせください」と言って、名刺を手渡した。

9

サネ・メルゴーの死亡時に彼女の個人秘書を務めていたアレクサンダ・イプセンとの顔合わせを、ウラがお膳立てしてくれた。アレクサンダはいま、首相の広報戦略顧問で政界のスピンドクター（広報活動などで情報操作を行う専門家）と陰で呼ばれるミゲル・トアセンに仕《つか》えていた。

「自分がここにいる理由がわからない」トーヴェヘーレン市場にある〈コーヒーコレクティブ〉の外のベンチに座ったところで、アレクサンダが口を開いた。ここは農産物も食品もアルコールも、何もかもが必要以上に高い、都会の屋内マーケットだ。

私はトーヴェヘーレンを気に入っていて、夏の日中は〈コーヒーコレクティブ〉の外、夕方にはその数メートル先の〈ヴィノ・フィノ〉へ移動して、勤務時間のほとんどを過ごす。ナアポアトの地上駅と地下鉄駅に隣接していて待ち合わせに便利だし、秒速一二五メガバイトという申し分ないＷｉ－Ｆｉ環境で、美味しい飲み物を楽しみながら仕事ができる。

「サネ・メルゴーの話を聞くならあなたが最適だと、ウラから教えられまして」と説明した。

彼はうなずいた。

緊張している。

フェイスブックやリンクトインのプロフィールから三十代前半なのは知っていたが、見た目はそれより若かった。デンマーク製の濃紺のスーツに、くるぶしの少し上に裾があるパンツ。靴下を履かずに靴を履いていた。上着の下に白いVネックのTシャツがのぞいている。靴下なしで靴を履くのは許せても、Tシャツにスーツはファッション的に許しがたい。

アレクサンダはジェルで固めたブロンドの髪をしきりに触り、寸分の乱れもないよう顔から離していた。けさ身だしなみを整えた場所にちゃんと収まっているか確かめているかのように。自分の見かけに気を配る男性は受け入れられるが、それはその結果が好ましい場合に限られる。アレクサンダの人助けの技術《スキル》がファッションのスキルより優れていることを願うしかない。

この日も五月晴れだったので、私はトム・フォードのオフホワイトのリネンスーツと、イートンの薄青色のドレスシャツを選んできた。スーツの上着にTシャツを合わせるものではない。

ちゃんと靴下を履いたうえでダービーの青いスエードシューズを履いて、この日の制服を完成させた。髪があったときでもヘアジェルを使ったことはない。野暮だからだ。ジェルやオイル、誤った知識を植えつけられた若者が髪につけるどんなものより、腕のいい理髪店で定期的に散髪したほうがいい。しかし五年前、遺伝のなせる業《わざ》には勝てないとみずからの意思で頭髪を剃り上げて以来、その問題はなくなった。結果、帽子のバラエティが豊かになり、夫が妻の親友とファックしている現場を写真に収める悪趣味な私立探偵ではなく、フィリップ・マーロウの気分を味わうことができた。

ローマのヴィンテージショップで手に入れたジョルジオ・アルマーニの青いストローハットを調整し、アレクサンダの目が見られるようにした。「コーヒーを飲みながら、ざっくばらんな話ができたらと」と言い、若かりしころ年頃の魅力的な女性に向けたような微笑を浮かべてみせた。〝私は殺人鬼ではないし、けっして後悔しない楽しい時間を約束する〟と言わんばかりの笑みを。

アレクサンダは座ったまま体をこわばらせた。「ミゲルにはここで会っていることを伝えていない」

「ミゲル・トアセンに？　首相の広報戦略顧問《スピンドクター》の？　またどうして？」

「ボスだから」アレクサンダはこの現場をミゲル・トアセンに見られないか心配そうに周囲を見まわした。

「あなたのボスにはあなたをつけまわす以前に、もっとやるべきことがあると思うが」私は言った。「それに、以前の上司の話をすることを、なぜミゲルが気にするのだろう？首相とサネは所属する党も別々だった」

「二人は友人だった」アレクサンダは乾いた唇を舐めた。「昔から友人だった。知らなかったのか？」

「耳に挟んだことがあったかもしれない」

「それで、何が知りたいんだ？」アレクサンダはきつい目を向け、口調を鋭くした。「三十分後に会議がある」

「サネと最後に話したのはいつですか？」彼女が執筆していた本のことを訊きたかったが、まずはこの男の気持ちを少しほぐすことにした。

「あの朝……彼女が亡くなった日の朝……」アレクサンダはため息をついた。「夏の別荘まで車で送り、そのあとパレに車を返した。サネは上機嫌だった。庭仕事をし、書きかけの記事に取り組んでその日を過ごすつもりでいた」

「街へ戻ってから、サネの夫のところへ車を届けたわけですね」パレは電車で行ったとウラが言っていたから、ここは確認しておきたい。車があるのに、なぜ電車で行ったのか？

「そうだ」アレクサンダは無頓着に返答した。「世間が彼女をどう思っているかは知っていたけど、いい上司だった。すばらしい政治家だった。学ぶところが多かった」

あなたもサネ・メルゴーと同じ偏屈な人種差別主義者ですかと質問を投げて、この場をぶち壊しにしなかったことを誇らしく思った。

「とても博識だった。政治に詳しくて」とアレクサンダは言い、「自分の知る誰よりもデンマークの歴史に精通していた」と続けた。

おお、私立探偵の手引きで言うところの〝呼び水〟だ。心の中でにやりとした。

「聞いたところでは、彼女は歴史を題材に本を執筆していたとか」と、さりげなく話を振ってみた。

アレクサンダはとまどいの表情を浮かべた。「歴史の本？　それはないと思うな。サネの流儀じゃない。彼女は回顧録すら書こうとはしなかった。俗悪だと考えて」彼はそう言って、何かを懐かしむように笑みを浮かべた。「首相と喧嘩になったことがある。そのときはまだ首相でなく、一介の国会議員だった。彼の父親は回顧録を書いているんだが、サネは首相に、『ギアトが自分で書くはめになったのは、彼のために書きたいと思うくらい彼のことを好きな人がいなかったからよ』と言ったんだ。首相は心底怒っていた」

ギアト・ユールは八〇年代にデンマークの首相を務め、いまは息子のイリーアス・ユールが首相になっている。ユール家は政界の王族だ。

「ウラによれば、サネは何度も殺害予告を受けていたとか」歴史の本の話では埒《らち》が明きそうにないとみて、次の質問に移った。

「ああ、とんでもない量のね。ちなみに脅迫は全部が全部、移民からだったわけではなく、デーン人、真のデーン人から寄せられたものもたくさんあった」興奮して顔が上気してきた。「ユセフ・アフメドが送りつけてきたことがあったか、うちで脅迫状も調べた」

「あったんですか？」

アレクサンダは首を横に振った。

「サネの事務所から電話があって、彼女が夏の別荘にいることを教えられたと、ユセフは言っているそうですが」

アレクサンダは鼻を鳴らし、コーヒーをひと口飲んだ。「ああ、それがぼくたちの仕事だ。どこの馬の骨とも知れない連中に電話をかけて、法務長官の居どころを教えてやるのさ」

「ユセフは夏の別荘を訪れた日、サネに置き手紙をしていったそうですが、それについて何かご存じでは？」と尋ねた。

「知らないね」アレクサンダは横柄な口ぶりで答えた。「なあ、調べたけりゃいくらでも調べればいいが、事実は変わらない。あの中東野郎《ペルコ》が刑務所で朽ち果てることを願っているよ」

「外国人と言うのが正しいと思うが」とおだやかに返した。

「よしてくれ。ペアニレ・ヴェアモン（デンマークの政治家）じゃないが、ありのままの言葉で呼ぼうじゃないか。中東野郎は中東野郎、デーン人はデーン人と」とアレクサンダは言った。

デーン人であるとはどういうことか訊きたかったが、この男もデーン人と白人は同義語と信じているような気がした。デンマークをふたたび白色にしたいのだと思うと、このひどい身なりの男に心底うんざりした。

立ち上がり、「わざわざどうも」と言って立ち去った。

握手はしなかった。顔を殴りもしなかった。

「調子はどう？」電話に出ると、レイラが尋ねた。

「元気だ。きみは？」街の騒音に負けないようエアーポッズに大きな声で言った。

アレクサンダと会ったあと、自転車で事務所へ向かう途中だった。

彼女がため息をついた。「どこにいるの？」

「事務所に向かっている。〈デール＆ディウマン〉で弁護士と打ち合わせがあって」

「何か進展はあった？」とレイラは尋ねた。

「ない」強引に追い越しをかけたことに自転車の男が中指を立てたが、相手にしなかった。

「何も？」

「話すほどのことは」

「まったく、ゲーブリエル」声が大きくなった。「正直に答えてくれない？」

〈パスティス〉前の駐輪場に乗り入れ、自転車を止めて鍵をかけた。自転車の前に固定したトゥミのメッセンジャーバッグを持ち上げ、右肩から斜めに掛ける。その間《かん》ずっと黙っていた。

「ゲーブリエル?」レイラがいらだち気味の声で呼びかけたが、そこにはあきらめの思いも混じっていた。

「何人かから話を聞いたが、何もわからなかった」建物に入り、事務所がある三階まで階段を二段ずつ駆け上がった。

「誰から話を聞いたの?」彼女は強い口調で答えを求めた。

「レイラ、何かわかったら教える」と言って事務所に入った。

バッグからラップトップを取り出してテーブルに置き、バッグをクロゼットに掛けた。上着も脱いだ。リネンか何か知らないが、くそ暑い。今年に入ってようやくコペンハーゲンは気候変動の恩恵を受けはじめた気がする。昨年は夏も含めて一年じゅう雨が降っていた。温暖な気候を約束する航空券の値段がドンと跳ね上がった。これだけ天気がいいと、今年は近場の旅行が流行になりそうだ。

「明日の夜、一杯やらない?」とレイラが言った。

「〈ニールス・ラン・ドーキー〉で演奏がある」また会えるという考えに軽いときめきを覚えながらも、会いたくなかった。

私は〈モジョ〉以外に〈ニールス・ラン・ドーキー・インターナショナル・コレクティ

ブ〉でもジャズバンドといっしょに出演している。ゲーブリエル・プレストはブルース一色ではない。魂にはジャズも宿っている。

「十五分だけでいいの」懇願口調ではなかったが、声に震えを聞き取り、降参した。

「九時開始だから、八時ごろ、〈いつもとちがうワインバー〉でどうだ？」

「どこのこと？」

「ワインバーで、〈いつもとちがうワインバー〉という店名なんだ。レーヴェンデル小路にある」

「見つける」とレイラは言い、しばらく黙ってから、「どうしてわたしにそんなに怒っているの？」と言った。

「怒ってなんかいない」こわばった声が言葉を裏切っていた。

「声が怒ってる……まだ怒っているのね……」

裏切って浮気したことか。そう、まだ怒っているかもしれない。

「レイラ、これから人と会うんだ」と言って電話を切った。

〈デール＆ディウマン〉のカスパ・デールが抱えている保険がらみの案件について彼と打ち合わせをしているあいだも、レイラにどんな思いをさせられたかを考えていた。エイメンは「離れていったのは彼女のほうだ」と言ったが、それはあながち間違いではない。これまで恋愛関係になってセックスした女性の中で、一生添い遂げるところを想像したのはレイラだけだった。二年付き合い、同棲したのは三カ月という短い時間だった。それでも人生最愛の女性だったが、手に入らなかったのだから愛は役に立たなかった。もう手に入れるつもりもない——裏切りの苦い思いがいまなお口の中で発酵しつづけているからだ。

レイラは同棲中に前の恋人と寝た。スティーネと別れたあと、ようやく本気になった女性だったのに。浮気をしたのは、彼女が大学生活を送ったロンドンへ出張したときだ。彼女は帰ってきて言った。過ちだったと。「許してくれる？　あなたを愛しているし、うまくやっていきたい」

許すと言ったものの、その後はいわゆる〝受動的攻撃〟で二人の暮らしを悲惨なものにしてしまった。喧嘩はしょっちゅうで、同棲中にほかの男と寝たことを持ち出しこそしなかったが、そのことがずっと心の奥に張りついていた。

そんなとき祖母が亡くなり、アパートを出てタウンハウスに移り住むことで、元カレの話を聞いてからの崖っぷち状態にみずからとどめを刺した。

その後もあちこちでレイラを見た。コペンハーゲンはひとつの村のようなもので、会いたくない人たちにもしょっちゅう出くわす。何年か時間はかかったが、最後には目をそらさずに笑顔で挨拶できるようになった。

なのに、またあの怒りの荒野へ引き戻された心地がする。本当の意味で忘れてはいなかったのだ。そのことに気がついて、天を仰いだ。

10

「それときちんと向き合ったことがなかったのよ。どうなると思っていたの？　そのうち〝ほーら乗り越えた〟ってなると思ったの？」翌日、イルセ・ポウルセンの自宅オフィスを訪ねたとき、イルセは言った。

三年間受診してきた精神療法士《セラピスト》イルセに緊急予約を取った。オフィスはウスタブローの集合住宅にある。コペンハーゲンでお気に入りのフランス料理店〈レストラン・ル・サンジャック〉の上だ。

イルセとの出会いは、彼女がストーカーに被害に遭って相談に来たときだった。ストーカーは彼女の患者の一人で、いまはユトランド半島北端の北ユラン地域にあるブラナスリウ精神科病院の住人だ。裁判官命令によりその男はそこで暮らすことになった。

イルセとはたがいのことをよく知る間柄になったが、男女の仲にはならずにすんだ。たぶん彼女がこっちに魅力を感じなかったおかげで、私は患者の一人として受け入れられたのだ。

「ちゃんと向き合った」と異を唱えた。

「どうやって？　生きて動いている女性みんなとファックして？」

「若気の至りだ。いまはもっと思慮深くなっている」

「それは確かでも、あなたはまだレイラにきちんと向き合っていない」とイルセは主張した。「あなたは彼女を愛していた。だから裏切られたと思った。そしてそのあと、関係を維持しようとした彼女を邪険に扱ったことに罪悪感を覚えた」

「ほかの男と寝たんだぞ」かつて覚えた怒りがこみ上げてくる感じがした。「そいつとファックした、それも一度だけじゃなく。そのあと〝やらかした《ウープス》〟と言ったんだ。それどころか、ロンドン滞在中に私の電話を無視して二週間もそいつと情事にふけっていた。まったく、勘弁してくれ、イルセ」

「彼女がどんな仕打ちをしたかじゃないの。あなたはそのことにしっかり向き合わなかったと言っているの。あなたは傷ついた」

　ひとつ大きく息を吸い、ため息をついた。

「傷ついた」と認めた。「くそみたいに心が痛かった」

「いまも痛い？」

「ああ。彼女を見ると、心が痛む」

　イルセはうなずいた。

「彼女を失いたくなかった。うまく乗り越えたかったが、できなかった。始終腹を立てていて、彼女を見るたび自分を愛していないとしか思えなかった。愛していたら、ほかの男と寝たりできるわけがない」何年も語られるときを待っていたかのように言葉がほとばしり出る。誰にも話したことがなかった。エイメンにさえ。彼女とは終わったと伝えて、何があったのかと訊かれたときは、ほかの男と付き合っていたとだけ伝えた。その後、私は誰かれかまわず女と寝て、レイラのことは乗り越えられたものと思っていた。

「ほかの男と寝たと言われてからは一度もセックスしなかった。向こうはしようとした……でも、こっちはできなかった」どれだけ心が痛かったか、どれだけ彼女を傷つけたか、いまも鮮明に覚えている。

「それで、いまは？　彼女が助けを求めてやってきたとき、あなたはどう感じた？」

眉を吊り上げ、フッと笑った。「勝った気がした」

「彼女が先に折れて、あなたを頼ってきたことに？」

「哀れだろう？」

「少し」イルセは微笑んだ。「でも、めずらしいことじゃない」

「私に助けを求めにくる機会を、彼女は待っていたのだろうか？　それとも、本当に切羽詰まっただけなのか？」

イルセは肩をすくめた。「彼女がどう感じてどう考えるかは、あなたに左右できることではない。あなたにできるのは、それとどう向き合うかだけ。わたしが訊きたいのは、彼女の力になっていることをあなたがどう感じているのか」

両手で顔をこすり、顔を上げてイルセを見た。「もう一度チャンスがめぐってきたかもしれない、かな。もうこりごりだと思っていたくせに。まったく……いやになる」

イルセはうなずいた。「もう一度チャンスがって、どういう意味？　彼女と寝るチャンス？　それとも、やり直すチャンスのこと？」

体面をかなぐり捨て、可能なかぎり正直に言った。「彼女といっしょのときがいちばん幸せだった。いまの自分は心底幸せになる方法を忘れてしまった気がする。彼女といたらまた幸せになれるかもしれない」

「彼女があなたを幸せにできないことは、もうわかっているはずよ、ゲーブリエル」イルセは諭すように言った。「あなたを幸せにできるのはあなただけ」

「ああ、わかっている。だから苦しみもがいているんだ」

イルセがどう言おうと、ワインバーで待っているレイラを見ると幸せな気分になった。白い縞が入った青のパンツスーツ。それに合わせたヒール。肩までゆるやかに垂らした髪。彼女は頭皮をマッサージしていた。右手首に黒い髪ゴムが見えた。髪を下ろすためにいま外したばかりであるかのように。ここ数日より下まで、白いシャツのボタンを外している。

一瞬、気を引こうとしているのだろうかと思った。

私が近づいてくるのを見たとたん、髪を頭の後ろでぎゅっと結わえ、上着のトップボタンをはめてのぞいていた肌を隠したとき、考えは変わった。

「やあ《ハイ》」と声をかけ、腰を下ろした。

レイラはリースリングのオレンジワインを飲んでいた。この陽気にぴったりの飲み物だ。〈いつもとちがうワインバー〉はエイメンの友人が投資した店で、モルドバやジョージア、ハンガリー、アルメニア産などめずらしいワインの仕入れに力を入れている。デンマーク産のワインまであった。私みたいなワイン好きには、建国期が古い国々で造られたワインを薦めて期待に応えてくれる。

フェドーラ帽をカウンターのギターケースの横に置いて、最近のお気に入りのひとつ、モルドバの〝黒い乙女〟、カベルネ・フェテアスカネアグラを注文した。

グラスをカチンと合わせたところで、レイラは「相変わらずワインが好きなのね」と言った。

「これは黒い乙女。ダークチェリー、プラム、チョコレートの芳醇な味、オーク樽を使わないからバニラもバターも感じない」

「来てくれてありがとう」彼女はにっこりした。口紅をつけていないのは、私に会うためにわざわざ化粧をし直したりしなかったということだ。こっちは服装に普段より時間をかけてきたというのに。今日の私は黒いシルクのドレスシャツと黒のパンツ、濃い灰色のフェドーラ帽、ジョン・バルベイトスの暗い灰色のベルベットブレザーに黒のオックスフォードシューズ。ジャズの一夜や別れた恋人との一夜にふさわしい服装だ。

「どういたしまして」と、グラスを持ち上げた。イルセと話をして自分が怒っていることに気づいたおかげで怒りは薄れ、心なしか敵意も和らいでいた。

「似合っているわ」彼女は言った。「髪の毛がなくても」

ワインをひと口飲んだ。「きみも似合っている。髪形は変わったが」以前はショートボブで、一九二〇年代のセックスシンボルのようだった。

いっしょに暮らしていたときどんな髪形だったか思い出そうとするかのように、彼女は一瞬、眉根を寄せて、それからうなずいた。「伸ばしたの。いまは髪をアップにしている。このほうが、手がかからないし」

彼女に腹を立ててはいない。そう思って喜びに浸った。愛してもいない。その認識にたどり着いて、いい気分だった。何かに勝利したような。

「似合っている。幸せそうだ」レイラへの気持ちに確信を得たいまは、寛容な気持ちになれた。

「ええ。法律事務所のパートナーになって」と彼女は言い、そのあとためらいがちに、「わたし……付き合っている人がいるの。結婚……すると思う」と言い足した。

薬指できらめいているダイヤモンドを見落としていた……いや、はめていたら気づいたはずだ。外しておいたのだ、と気がついた。彼女は何を考えていたのだろう？　婚約者がいるとわかったら、私が自制を失うとでも思ったのか？　全然かまわなかった。

「おめでとう」

「あなたは？」

「いまもタウンハウスの改修にいそしんでいる」私は言った。「いまもソフィーのパパだ。相変わらずの探偵稼業。そして、いまも独り身だ」

「いまもタウンハウスの改修を――あの家を手に入れてから、もう……何年？　十年になるでしょう」彼女は面白そうに温かなまなざしを向けた。

「その作業に無償の愛を捧げている」

「お洒落にもこだわるから、いまもかつかつの暮らしね……」彼女は言葉を止めて、少し体を起こした。「例の事件のことで誰に話を聞いてきたのか、教えて」

トミー、ヘンレク、パレ、ウラ、アレクサンダとどんな話をしてきたか伝えた。サネが取り組んでいたという本のこと以外は、すべて。サネは秘密にしていたようでもあり、詳細がわかるまで話せない。

八時半ごろ、もう帰って〈ニールス・ラン・ドーキー〉の出演準備をしなければいけないことを彼女に告げた。

帽子をかぶり、離れかけたところで振り向いた。「怒っていたのは確かだが、きみにじゃない。自分にだ。結局、最後までうまく伝えられなかった。そのことはすまなく思っている」

「わたしがあなたを裏切ったのよ」

うなずきを返す。「ああ、そのとおり。そして私の振る舞いは最悪だった。どちらも事実だ」

「浮気したことは悪かったと思ってる」彼女は大きくひとつ息を吸った。「これ以上怒らせたくないけど、いまその彼と暮らしているの。彼がロンドンからコペンハーゲンに引っ越してきて……」

「いま言ったように、もう怒っていないし、きみが幸せでいてくれてうれしい。またわかったことがあったら、すぐ連絡する」

外へ出たとき、煙草を吸うか壁に拳を打ちつけたい欲求に駆られた。

ちくしょう。まだ怒っている。

その夜、ドラムスの男に言われた。誰かをぶちのめしたがっているような弾き方だ、喜びより怒り、エレガンスより攻撃性が勝っていると。まさしく図星。誰かをぶちのめしたい気分だった。

11

「悲しみを紛らしているのか」フレズレクスベア庭園を見晴らすバルコニーの椅子に腰かけたところで、エイメンが言った。

「悲しんでなどいない」と言い返した。「飲んでいるのが、舌を楽しませてくれる二〇〇一年のバローロだからだ。ピエモンテとバローロの当たり年だった」

「友人から安く譲ってもらったんだ。一ケース」エイメンはボトルをじっと見て、「それと、当たり年は二〇〇一年じゃなく二〇〇〇年だ」と言い添えた。

ため息をついた。「二〇〇〇年はバローロの当たり年じゃなかった。アルコール分が多すぎ、甘すぎた。しかし、三杯目からあとはどんな味でも関係なくなる」

そこにエイメンの妻クラーラがバルコニーへやってきた。長身で浅黒い肌をした夫のそばへ来ると、小柄で色白に見える。黒いドレスを着て、青い目に負けないくらい明るく大きなダイヤモンドを身につけていた。ブロンドの髪をゆるくシニヨンに束ねている。彼女の一族が後援しているデンマーク王立歌劇場の〈トスカ〉の初日公演に行ってきたのだという。

「レイラが戻ってきたそうね。離れていった人が」クラーラは私の椅子の肘掛けに腰を下ろした。身を乗り出し、私の禿げ頭にキスする。「彼女に振られてから、こんなあなたを見るのは久しぶりかしら」

「最後にもう一度言うが、こっちが振られたんじゃない。ミレーデもこっちから別れたし」大学時代、うまくいきそうで結局うまくいかなかった相手のことだ。

「いまの彼はあのころよりいいワインを飲んでいる」とエイメンが指摘した。

クラーラがバローロのボトルを見て顔をしかめた。「当たり年じゃないわね」

「二人ともたいしたワイン通だ」エイメンが言った。「一本五十クローネにしては、とてもいいワインだよ」

「わたしがとまどっているのは、ゲーブリエル、レイラと破局したときのあなたはこんなものじゃなかったからよ」クラーラは唇を開き、何もかも知り尽くしたような笑みを浮かべた。「あなたはお祖母《ばあ》さまのタウンハウスに引っ越して、性病の心配もせず、誰かれなしに寝ていた」

「性病を避ける方法はある」

「だけどいま、彼女が戻ってきて、沈着冷静なゲーブリエル・プレストにちょっかいを出している。わたしの大好きな状況よ」クラーラは愉快そうに言った。少しうれしそうだったかもしれない。

「きみたちみたいな友人といると……」と言いながら、空のグラスにワインを注いだ。「ぼくも楽しんでいるよ」エイメンがウインクをよこした。「こういうきみを見ていると楽しくなる」

「〝こういう〟とは？」と尋ねた。

「感情を持った人間みたいな」とクラーラが説明した。

「昔みたいな」とエイメンも同意した。

そこでクラーラは立ち上がった。「着替えてくる。戻ってきたら、あなたが巻きこまれたユセフ・アフメド事件のことを聞かせてちょうだい」

「行って、教えてきてやれよ」と、私はふてくされたようにエイメンに言った。「そろそろコーヒーに移ろうか」

ボトルに残っていたワインをグラスに注いで、ぐっと飲み干した。眉を吊り上げたエイメンに、「一本五十クローネのワインを無駄にする手はないだろう」と言った。

「冒瀆《ぼうとく》的行為だ」とエイメンも同意した。

私がクラーラとエイメンと出会ったのは大学時代で、二人はそのころから付き合っていた。クラーラはデンマークの名門シルベア家の一員だ。世襲財産と昔ながらの白人の特権に恵まれていたから、彼女がトルコ系のイスラム教徒であるエイメンと結婚したときは大騒ぎになった。いまでこそエイメンは受け入れられているが、シルベア家の家族行事のどれに出席するかは慎重に選んでいる。クラーラが彼に出席を迫ることはなかった。彼のほうも自分の家族の集まりに出るようクラーラに迫ったことはない。イスタンブールでも、デンマークでも。

いろんなカップルを見てきたが、クラーラとエイメンくらいバランスの取れたカップルはめずらしい。二人とも相手を縛りたい気持ちがまったくなく、つねに交わるとは限らない人生をそれぞれに送っているのが大きい。

クラーラがデイジーダックのパジャマを着て戻ってきた。三人で大きなキッチンの小さな食卓を囲み、クラーラがお気に入りのポートワインを注ぐようエイメンに求めた。私の前にエスプレッソをすべらせてくれたエイメンに礼を言った。

「今日、ミゲル・トアセンに会ったの」と彼女は告げた。

眉を吊り上げた。首相の広報戦略顧問《スピンドクター》、アレクサンダのボスだ。

「あなたとエイメンが友達なのを知っていたわよ」彼女は微笑を浮かべてそう言い添え、ポートワインをひと口飲んだ。後ろの引き出しに手を伸ばして〈サマーバード〉のチョコレートを取り出し、私たちの前に置く。

「彼が私を知っている？」そいつはびっくりだ。「名もない人間を……まあ、彼の助手に会ったのは確かだ。たぶん、その男から聞いたんだな」

「だとしても、なぜぼくと友達なのを知っているんだ?」エイメンが疑問を口にした。

「われらがプレスト氏のことを調査したんでしょうね」クラーラが言った。「興味深いわ」

「理解に苦しむ」と、私は言った。

「どんなことを言っていた?」エイメンがヌガーたっぷりのチョコレートを箱から選びながら尋ねた。

「ゲーブリエルがレイラに協力しているのは知っている、みんなの時間を無駄にするだけだ、とだけ。あとは、エイメン、あなたにこの話をしてはいけない、友達のゲーブリエルにそれを伝えるだろうから、って」クラーラは明るく微笑んでいた。「わくわくするわね。イリーアス・ユールのスピンドクターがあなたの調査をやめさせたがっているんだもの。彼が気にしている理由を、わたしは知りたい。あなたもでしょう?」

エイメンは首を横に振った。「不思議でならないことが起こると、きみは興奮する性質《たち》だ。ここは心配してしかるべきだろう。ミゲル・トアセンは権力を持った蛇だ。敵に回したくない」

「ミゲルは生かじりの半可通、ただの大物きどりよ」クラーラは居丈高に言った。

「かもしれないが、ゲーブリエルの名字はシルベアじゃない」エイメンは妻の手を握り、それから私に顔を向けた。「プレスト、今回の件から手を引くことを考えたほうがいい。ユセフ・アフメドは有罪で、きみがすることはみんなを怒らせ、きみの世界全体を混乱に陥れるだけだ」

「イスラム教徒を守るにあたり、きみとちがって私には問題がない。白人の特権がある」と、彼の目を見て言った。

エイメンはクラーラの手を下ろして椅子から立ち上がった。こうすればいらだちまぎれに拳を硬い天板に打ちつけずにすむとばかりに、彼はジーンズのポケットに両手を入れた。

「ぼくがイスラム教徒だからイスラム教徒を守らないという意味か」彼は語気を強めた。

エイメンはおだやかな男だ。めったなことで激高したりしない。だが、クラーラと私は彼の怒りのツボを心得ていて、今回のように、ときにはそのツボを押してみる。

「きみは慎重なんだ」喧嘩はしたくなかった。ワインを一本近く飲み干していたし、エスプレッソを飲んだだけではこの議論ができるほどアルコール濃度を下げられない。

「慎重になる必要があるからだ」とエイメンは返した。

「そのことだ、私が言ったのは」

大学時代、エイメンが朝の五時にバーから外へ出たところを、いきなり三人の白人に襲われた。五分ほど遅れて出てきた私は怒鳴りつけて突進することで暴漢たちを追い払った。エイメンは二人に腕を押さえられ、もう一人に繰り返し腹を殴られていた。人種差別的な暴言を浴びせられながら。受けた心の傷は薄れていったが、慎重を期す必要があるという現実をエイメンが受け入れたのはこのときだったと思う。私とつるんであちこち出かけはするが、彼は白人でないし、デンマークでは、人種差別による無差別的な暴力を避けて通れる保証はない。いつどこで何があってもおかしくない。あの日、〈ハイジズ・ビアバー〉の外で受けたような暴力もあれば、会議室で起こる微妙なたぐいの暴力もあるだろう。「ぼくは臆病者じゃない」エイメンは憤りのまなざしで言った。「気をつけてほしいのは、きみが怪我をするかもしれないからだ」

エスプレッソを飲んだ。いまの忠告に返せる言葉が思いつかない。

クラーラが私の肩に手を置いた。「必要なことをすればいいの。わたしで力になれることがあったら教えて。来週の水曜日にオープンする画廊へ足を運ぶ予定で、そこにミゲルも来るの。何か伝えてほしいことがある？」

エイメンが首を横に振った。「彼をそそのかすんじゃない、クラーラ」

「彼のしていることが気に入らないなら、あなたは関わらなくていい」クラーラは夫に言った。「でも、彼がどうすべきかを指示する権限はない。たとえ友人であっても」

エイメンがため息をついた。両手をひょいと持ち上げ、腰を下ろす。「降参だ」

エイメンをいらつかせたくはなかったが……前にもいらつかせたことがあったし、どうすれば怒りを静められるかはわかっていたので、あまり心配はしていなかった。「話のついでいいから、今回の件とは関係ない感じで訊いてみてくれないか。サネ・メルゴーが本の執筆に取り組んでいたかどうか」

「どんな本？」クラーラが訊いた。「自伝のたぐい？」

「いや。ナチス占領下のデンマークが題材だ」私は言った。「彼女にその本を書かせたくない人間がいたと思われる」

エイメンが眉をひそめた。「なぜ誰が、それを気にするんだ？　サネは……まあ、悪名は高かったが、政治家としては終わりに差しかかっていた」

「最後の作品《スワン・ソング》、か」クラーラがポートワインをひと口飲んで考えこむようにつぶやいた。

二人の七歳の娘が小さな泣き声をあげているのが聞こえ、クラーラはグラスを置いた。「何かわかったら連絡して、ゲーブリエル」彼女は私の頰にキスをして、娘のニューサの様子を見にいった。

「自分がいま何をしているのか、ちゃんとわかっているのか？」エイメンが妻のグラスを持ち上げ、ポートワインを少し口にした。

「いや。自分が何をしているのか、全然わかっていない」

「まあ、それがせめてもの救いかな、妻を巻きこんでしまったからには」

12

〈パスティス〉のテーブル席で絶品のキールロワイヤルを飲んでいたのは、ここのバーテンダーがニコラ・フィアットのシャンパンにどのくらいクレーム・ド・カシスを加えるのが適量かを心得ているからだが、そこへフライア・ヤコプセン巡査部長がやってきて、向かいに腰かけた。

「まだ仕事中なら、ランチにお酒はいけないわね」彼女は私のグラスを手に取って、くいっと傾けた。

「何か注文しようか?」と訊いてみた。

「ルール違反だから」と、彼女はため息をついた。

ラップトップを閉じてわきに置く。「この近所に来たのは、たまたまか?」と皮肉を込めて尋ねた。フライアはゲントフテ市警の巡査部長で、私を見つけるためにわざわざやってきたのは明らかだ。

様子を見にきたウェイターに彼女が私の飲んでいるものを指差すと、彼はうなずいた。

「あなたのおごりよ」と彼女は言った。

「いいとも」と笑顔で言った。「仕事中に飲むというルール破りを犯してまで、ここになんの用だ？」

フライアとはいっしょに警察学校へ通った仲だ。といっても、ずっと昔のことだし、それ以降は共通の友人たちといっしょに社交の場で顔を合わせるだけだ。いちばん最近は、彼女の署が担当したクリスティーナ・ハスイング強姦事件の捜査中だった。

「友達の顔を見に寄っちゃいけないの？」

「まずFCKの話からか、それともすぐ本題に入りたいか？」フライアはフットボールクラブ・コペンハーゲンの熱狂的ファンだ。

「いいわ。ゆうべ、あなたはどこにいた？」

「驚いたな」恐ろしいとばかりに眉を吊り上げる。「一杯おごらされたうえに、自分がどんな夜を過ごしたか話さないといけないのか。やっぱりこれは逢瀬じゃないわけだ？」

彼女はにっと笑い、キンキンに冷えたキールロワイヤルを目の前に置いたウェイターに礼を言った。そのあと、「自家焙煎のアーモンドとオリーブも持ってきてくれる？」と注文を追加した。

「それもこっち持ちか？」

「ゆうべ、フレズレク・ヴィンダが襲われてボコボコにされたの」彼女は落ち着いた声で告げた。

「犯人に一杯おごるべきだな」あのくそいまいましい強姦魔が相応の報いを受けたと聞いて、心が温まった。

フライアはカクテルをひと口味わい、ずっと飲みたくてたまらなかったかのように目を閉じた。

「あの男が別の女の子をレイプした話、ポリティケンに漏洩《リーク》したのはあなたでしょう」ニコの記事は先週末に掲載されていた。

フライアに笑みを向けた。「女の子たち。複数形だ。私が秘密を他言しないのは知っているだろう、フライア」

「ゆうべはどこにいたの？」ふたたび彼女は尋ねた。「七時から八時のあいだ？」

「もう前戯はおしまいなのか？」彼女が任務を遂行しているのはわかっているが、軽口が嫌いでないのも知っていた――というか、それを期待していた気がする。

クリスティーナ・ハスイングだけでなく、ほかにも女性を大勢レイプしていながら、金持ちの父親がいるおかげで罪を免れてきたくそ野郎がどんなにむかつくか、私は声を大にしてきた。フライアは私をよく知っているから、そいつをぶちのめすのが私の流儀でないことは心得ていたが。

ウェイターが小さな白い椀をふたつ、布ナプキンといっしょに前に置いた。片方には大ぶりのオリーブ、もう片方には自家焙煎アーモンドが入っていた。注文は以上と伝えると、ウェイターは離れていった。

「さあ、プレスト」フライアはオリーブをつまんでかじりついた。

「話すことは何もない」自分が意地を張っているのはわかっていた。

「連行することもできるのよ」と彼女は警告した。

「私がいま法律事務所の仕事をしているのは知っているか?」と天井を指差した。「きみがなぜ私にあれこれ質問しに来てかまわないと考えているのか、〈デール&ディウマン〉はぜひとも知りたいだろう。私は自分の職務を果たしているだけの、つつましやかな私立探偵だ」

「つつましやかなあなたなんて見たことがない。あなたの元奥さんの夫でハスィングの弁護士である彼にも、どこにいたか訊いたのよ。つまり、関係者全員に訊いているの。ヴィンダは覆面をした男に野球のバットで殴られた……襲ったのが一人か複数かはよくわからなかったそうだけど」

「ますます興味深くなってきたな。ただし、スティーネは元妻じゃない。結婚はしていないから。イーレクはなんて言った?」

「とっとと失せろ、だって。そうはいかないと食い下がったけど」フライアは苦々しげに言った。

「きみは私のことを知っている。私にとってはルールがすべてだ。あの弁護士がとっとと失せろと言ったのなら、同調するしかない」アーモンドを三つ取って口に放りこんだ。

「まったく」フライアは悪態をついた。「あなた、裁判所の外であの坊やを脅したでしょう。神様とメディアとみんなの前で、おまえをぶちのめしてやると言ったのよ」

「あのときはちょっとむかついていた。あとで冷静さを取り戻した」

「で、そのあとあなたは、ファックしているポリティケン紙のブロンド女性に話をリークした」とフライアは続けた。

「彼女はニコル・ボネといって、腕利きのジャーナリストだ」と柔らかな口調で伝え、同じ口調で「彼女にそういう言い方はやめてほしい」と言い添えた。

フライアは片手を上げて謝った。「ごめんなさい、言いすぎた」心から反省しているようだ。

キールロワイヤルを飲み干した。「エイメンの家で夕食をとっていた。夜中の二時までいたし、酔っていたから人をぶちのめしたりできなかった」

フライアは緊張を解いた。「うちの署長はあなたの仕業と決めつけているの。そんなはずはないとわたしは言ったけど。なので、エイメンに確認を取ったら……」

「あるいは、クラーラにでも」と選択肢を提示した。

「そうね。クラーラ・シルベアでもいい。それでボスは黙るはずよ」

笑顔を見せた。

「ヴィンダのどら息子はどうなった？」どのくらいダメージを受けたのか知りたかった。

「捜査中の事案については話せない。知っているでしょう」フライアは心がとろけそうな

「ハスィング強姦事件で警察がしくじったこともわかっているはずだ」

「レイプ事件は簡単じゃない」こっちが言い返す前に彼女は片手を上げた。「しかるべき方法でやらないと現状を変えられない。それはともかく、あの坊やは放蕩《ほうとう》の一夜を過ごそうと〈ジョリーン・バー〉へ向かう途中、覆面の男、もしくは男たちにフレスケ広場の路地へ引きずりこまれてボコボコにされたの。あごを骨折して、肋骨が二本折れ、脳震盪《のうしんとう》を起こし、走って逃げようとしてごみ箱につまずいたとき足首を捻挫した。国立病院に入院中で、父親のヴィンダ氏はあなたを名指しで非難している」

「あごを骨折したのか？」

フライアはにやりとした。「ええ。針金《ワイヤー》で固定するはめになったわ。話はキーボードで入力したものよ」

「それはよかった」喜ばしいかぎりだ。

「犯人は誰だと思う？」とフライアが訊いた。

「わかるわけないだろう」

「思い当たる人はいない？」

首を横に振った。

「ねえ、プレスト。あなたの仕業じゃないのはわかってる。でも、ほかの人を焚きつける可能性までは否定できない」

もういちど首を横に振った。「それは自分の流儀にもとる。私なら覆面はしない。ぶちのめしているのは私だとわからせたいからな」

13

　リビングをこれまでより明るい淡い青色に塗り替えていたとき、エイメンから電話がかかってきて、昨夜の私の居場所についてゲントフテ市警から問い合わせがあったと教えてくれた。

「きみから何も言われていなかったから、本当のことを話せばいいと判断したよ」

「正解だ」

「よかった。もしかしたら、もっと別のことを言ってほしかったかもしれないと、クララが心配していた」

「警察に嘘をつくのもいとわないのか、クララは?」と、答えを知りながらも尋ねた。

「もちろんさ」と言って、エイメンは電話を切った。

　壁の前へ戻った。最終的に自分が下した選択に満足していた。リビングの壁の色を決めるのに二年かかった。混沌の中でも生きていける自分だが、さすがに十年は長すぎたと思いはじめていた。次はリビングとキッチンの仕上げが必要だ。それが終わったら寝室と浴室に取り組もう。

リビングの壁を塗りおえ、年代物の浴槽に汗だくの体を浸そうと浴室へ向かいかけたとき、ニコがドアをノックした。コペンハーゲンで一、二を争うイタリア風ピザの小さな店、〈メドバーアン・マーマキアゲン〉のロゴがあしらわれた大きな紙袋と、ワインのボトルを一本持っている。

「〝本気になるかもしれないわたし〟にさようなら」彼女は片手でピザの箱、もう片方でワインのボトルを持ち上げた。「ピザとキアンティのボトルを持って参上」

「正しいパスワードです。お入りください」

風呂はやめにして、ニコが花崗岩のキッチンカウンターに皿を並べているあいだに急いでシャワーを浴びることにした。彼女はこの家に明るい。私が階段を下りたときには、カウンターに皿と厚手の白い布ナプキン、雰囲気づくりのティーランプが置かれ、ヴィクトローラ・ジャクソンのレコードプレイヤーからビル・エヴァンスの「インタープレイ」が流れていた。

彼女が差し出すワイングラスを受け取った。

「よくわかっていなかったら、私を誘惑しようとしていると思うだろうな」と言い、彼女の横に座った。

「男の心をつかむいちばんの早道は……」彼女はワイングラスを私のグラスにカチンと触

れ合わせた。キアンティがピザといっしょになくなりかけたところで、フライアの訪問を受けたことを打ち明けた。「やったのは誰だと思う?」

彼女は邪気のない目で私を見た。「見当もつかない」

「本当か?　何か知っているような顔をしているぞ」彼女のグラスを半分まで満たしてキアンティのボトルを空にした。ワイン用冷蔵庫から別のボトルを見つくろうため立ち上がり、ボジョレー・ヴィラージュに決めた。グラスを重ねるごとに味覚は鈍くなっていくのだから、ゲームの終盤に上等のものを飲んではもったいない。

「記事が出たあと、あいつは留守電に脅迫のメッセージを入れて、侮辱的なメールを送りつけてきたわ」彼女は言った。「よくあることよ。わたしの署名記事を読んで褒めてくれる人もいれば、そうでない人もいる」

「たしかに」カウンターにもたれ、足首のところで脚を交差させて彼女を見た。

「ピエールに話をしたの。どんな人かは知っているでしょう?」

ピエール・ボネはニコの叔父だ。かつてACミランに所属したサッカーのスター選手で、チームの誰よりイエローカードをもらい、誰より得点を挙げた。フィールドの内外でかんしゃくを起こし、イタリアメディアから〝怒り《ラ・フリア》〟と呼ばれた。引退して、いまは五十代半ば。恵まれない移民の若者を支援する団体でサッカーのコーチをしている。

「どうしてラ・フリアにフレズレク・ヴィンダの話をしたんだ?」

ニコは両手で大げさな身ぶりをした。「叔父だからよ。年がら年じゅう話をしているわ」目を閉じて、怒鳴りたくなるのをこらえた。「やったのはピエールじゃないと言ってくれ」

彼女は失笑した。「ピエールは五十六歳のテディベアよ」

「まさか、これはきみとつながりが？」

「わたしが何とつながるの？」彼女はいたずらっぽく笑った。

「ニコ……ヴィンダはこのままじゃすまさない。かならず警察に調べさせる」

ニコは肩をすくめた。「ピエールが友人たちと今朝アメリカへ発《た》った話は、あなたにしたかしら？　ハーレーを買って、そのあとミルウォーキーからカリフォルニアまでぶっ飛ばす予定。三カ月がかりの大冒険よ」

ワイングラスを置いて彼女に歩み寄った。両手で顔を挟んで口づける。「新聞記者にはめずらしく……きみは……」

「とてもセクシー」彼女は私の下唇を歯でとらえた。「上の階にワインを運ぶ？　たまにはキッチンでするのもいいけど、今日は何週間かぶりにジムへ行ったから、筋肉痛で」

ワインのボトルを手に取った。「その凝った筋肉をほぐせるか試してみよう」

眠っているニコを置いて、湖を周回する朝のジョギングに出かけた。戻ってきたとき太陽は明るく輝いていて、キッチンで女性が二人、コーヒーを飲んでいた。話しながら笑っていて、一瞬、家を間違えたのかと思った。

黒髪のレイラはダーク系のパンツスーツ。明るいブロンドのニコは私のシャツ一枚で、袖をまくっていた。昨夜、私と何をしていたのかに疑いの余地はない。

「おはよう」と、二人の後ろから近づいて声をかけた。

レイラはあいまいな感じの笑みを浮かべた。

「シャワーを浴びて仕事に行く」とニコは言い、コーヒーを飲み干した。「プレスト、前回置いていった服だけど、まだある？」

微笑を返した。ニコは力を貸したいのだ。二人は付き合っているとレイラに思わせるように。しかし実際、彼女は一度ならずこの家に服を置いていった。「私のクロゼットだ、クリーニング店のガーメントバッグに入っている」

「Tシャツをクリーニングに出してくれたの？」信じられないとばかりに彼女は尋ねた。

肩をすくめる。「服の世話はリーナに任せているから」

洗濯も家事もするが、好きなわけではない。二、三年前にリーナを雇って週一回、掃除とシーツの交換と洗濯、その他もろもろを任せていた。リーナは十年近くスティーネとイーレクのところで働いていて、私の面倒も見てくれることになったのだ。

「ごめんなさい。じゃまする気はなかったの」レイラはニコが意図したとおり気まずそうな表情を浮かべた。

ユーラのコーヒーメーカーのスイッチを入れた。コーヒーの入ったカップを持ち、裏庭へ足を踏み出した。「話は外でもいいか?」

「ああ……朝の一服」彼女は思い出した。「まだ吸っているのね」

とがめるような口ぶりだった。「朝一本に、夜一本。ゆうべは一本も吸っていない」

「代わりにニコを味わっていたからかしら」声がそっけない。そのことに気づいたかのように、彼女は「あなたが誰とファックしようが、わたしには関係ないけど」と、よどみなく言い添えた。

「彼女のことをそんなふうに言わないでくれ」と軽く返したが、しっかり警告の意は込めた。煙草に火をつけて灰皿の置かれたテーブルに座り、ベンチにスニーカーの足を載せた。

レイラはひとつ息を吸って目を閉じた。その目を開けて、「ごめんなさい。口が過ぎた」と言った。

「気にするな」煙草をふかす。「それで、用件は?」

「昨夜、刑務所でユセフが暴行を受けたの」

「波が広がっている」と口にし、うんざりした気分で煙草に目をやった。まずヴィンダがやられ、こんどはユセフか。

「なんですって?」

「なんでもない。先を続けてくれ」

「ネオナチのたぐいの仕業だと警察は考えている」彼女は説明した。「彼は国立病院に運ばれた。集中治療室《ICU》に入っている。脾臓《ひぞう》が破裂して」

「重傷なのか？」

彼女は肩をすくめた。「内出血はなんとか止められたみたい。ユセフを襲った男は、刑務所から出ようとするのはやめろと言ったそうよ。『イスラム教徒の雌《ビッチ》弁護士に手を引くよう言え、さもないと、次はおまえも女も命はない』と」

「ずいぶん具体的だな」エイメンから気をつけろと言われたのを思い出した。

「ええ」

「『イスラム教徒の雌弁護士』というのはきみのことか？」

「コペンハーゲンで数少ないイスラム教徒の弁護士だし……どう見ても雌よ」と言って、レイラは笑った。

微笑み返す。「わかった。教えてくれてありがとう」

「それだけ？　〝教えてくれてありがとう〟だけなの？」彼女は憤慨したように言った。

「どうしてほしいんだ？」と尋ねた。

彼女は怖い目で私を見た。「ただ伝えたかっただけ」

「わかった。いま伝わった」

毒づきたい気分だった。腹立たしい。彼女はなんの予告もなしに現れ、ここでニコを見た。前夜ベッドを共にした女性が浴室でシャワーを浴びているあいだに、傷つきやすそうな大きい茶色の目で私を誘惑している。

「警察にユセフの特別警護を要請した。駆けつけるって」

「入院中なら警護は楽だろうな」私は言った。「警護中でも彼に会えるのか？」

「病院で彼に会ったけど」彼女は少しうわずった声で言った。「すごく……小さく見えた。文字どおり打ちのめされ、心も打ちのめされていた」

うなずいて、最後にいちど煙草を深く吸いこんだ。

「彼には生きていてほしいの、ゲーブリエル。今回はわたしのせいみたいな気がして……」

目に浮かんだ涙が顔を伝った。

自分に泣きどころがあるとすれば、強い女の涙だ。煙草の火をもみ消して彼女に歩み寄った。腕を回すと、彼女は体を寄せた。

そこへニコが下りてきて、レイラの後ろから口の動きで「だいじょうぶ？」と尋ねた。首を横に振った。

ニコはうなずき、口の動きで「電話して」と伝えた。

少ししてレイラは泣きやみ、体を離した。「ありがとう」

「できるだけ早く調査を進められるよう、全力を尽くしている」彼女が安心できるよう慰めの言葉をかけた。「今後も引き続き努力する」

「犯人があなたを狙ってきたらどうするの?」

「きみも狙われる可能性がある」

「たしかに」彼女は言った。「わたしはこの世から消えてほしいと思われているイスラム教徒の雌弁護士だし」

「私も気をつける。だからきみも気をつけてくれ」

彼女が帰ったところでトミーに電話をかけた。

「知っているか知らないが、刑務所にいるのは犯罪者で、こういうことが起こるときもある」とトミーは言った。

「そいつらは彼に脅しをかけたんだぞ、トミー」私は言った。「はっきりレイラとわかる言い方で、彼女についても脅しをかけた。レイラの素性をそこいらの犯罪者が知っているわけはない」

トミーはふーっと長いため息をついた。「調べてほしいのか?」

「そうだ」

「誰かの神経にさわっているのはおまえの仕事か、それとも彼女の仕事か?」と彼は尋ねた。

「たぶん、私のだな。あれこれ訊き回っているから」

「おまえが誰かの神経にさわっているのなら、ヘンレク・モークは買い手を後悔させるとんまじゃないのかもしれない」トミーは私と同じくらい疲れた感じの声で言った。

「かもしれない」

「これまで、誰から話を聞いた？」

　正直に伝えた。

「そのアレクサンダという男だが、首相の広報戦略顧問《スピンドクター》に雇われているんだな？」

「そうだ」

「首相のスピンドクターがクラーラ・シルベアを介して、おまえに手を引くよう求めたわけか？」とトミーは言った。

「そうだ」

「悪い評判が立ちかねないからそう言ったのかもしれない」とトミーは示唆した。

「ああ、かもしれない」

「やっこさんはスピンドクターで、情報操作が仕事だ」とトミーは言った。

「私もそれを考えていた」

「いずれにせよ、なぜそこまでおまえのことを気にするのか？」トミーは質問をしているのではなく、考えをめぐらしていた。

「いい質問だ」

「あの殺人事件を表立って捜査し直すわけにはいかない。批判が殺到するからな。誰がユセフ・アフメドを狙ったのか、それはなぜかということなら、こっちでも表立って捜査ができる。それと、レイラが警護を受けられるよう確実を期そう」彼はいちど言葉を切って、「気をつけろ。いいな?」と言い足した。

「承知しました、警部」

「まったくむかつくやつだ、プレスト」

「それはないでしょう、警部」

トミーは笑って電話を切った。

14

クラーラはグッチのワインレッドのドレスをまとい、ふしだらな雰囲気と洗練された雰囲気を同時に醸し出していた。彼女以外でそんなことが可能な女性を私は知らない。クラーラからフォーマルな服装を指示されていたので、彼女のドレスと同じワインレッドのシャツとクリスチャン・ディオールの紺色のスーツを選んだ。ネクタイは締めていない。ロロ・ピアーナの青いベルベットのフェドーラ帽で服装の仕上げをした。

クラーラが画廊〈ガレリ・フェルト〉の外で迎えてくれた。私を頭のてっぺんから足の爪先まで見て、よろしいとうなずきをよこした。「あなたが真っ白なデンマーク人でなくてよかった」

「白いデンマーク人だし、過分な特権も手にしている」

「何が言いたいかはわかるでしょ」彼女は私の帽子の縁に指を走らせた。「あなたの一族でラテンの血を取り入れた人を称賛すべきだわ。オリーブ色の肌の持ち主でない人がワインレッドを着たら、ドラキュラに見えてしまう」

うなずくしかない。

「健康的な体形もいいことね。こういう服装をする男性はきっと……女性的だと思われて、寝てもらえないでしょうから」

腕を差し出すと、彼女はそれを取り、少し私に体を寄せた。

「今回は、いつもみたいにわたしを置いて魅力的な女性と逃げていかないでね」

前腕に置かれた彼女の手を軽く叩いた。「ここでいちばん魅力的な女性と腕を組んでいるんだ、これ以上の願いはないいさ」

「お世辞の上手なこと」

ユセフ・アフメドが災難に遭ったあと、画廊のオープニングに私が同行してミゲル・トアセンに会うのがいいのではと、エイメンとクラーラの意見が一致した。あからさまだが、これが真の手がかりなら、直接会って話すことで何かが動きだすだろう。動きださなければ、この筋は手詰まりで別の筋を当たるべきだとわかる。

〈ガレリ・フェルト〉は北欧モダンデザインが専門で、デザイナーのハンス・ヨルゲンセン・ウェグナーの作品を展示していた。私はウェグナーの作品が好きで、リビング用に彼の年代物のフラッグハリヤードチェアを買った。革とステンレススチール、アイスランド産羊革《シープスキン》を組み合わせて創り出した象徴的な外観に感激したものだ。掛け心地もすばらしく、冬の夜には音楽を聴きながら本を読み、贅沢な時間を過ごすことができた。

「クラーラ、よく来てくれたわね」クラーラの数多《あまた》いるおばの一人で、フェルト家と仲がいいノーマ・シルベアがエアキスをした。七十代で、香水も宝石も服装もシャネルだ。少し見下したように私を見て、「エイメンは来られなかったのね」と言った。

クラーラはにっこりした。「代わりに、わたしと同じくらい芸術が好きな親友を彼が貸してくれたの。ノーマおばさま、こちらはゲーブリエル・プレスト」

私の挨拶に対し、ノーマは、「帽子をお取りなさい、お若い方、それが礼儀というものよ」と居丈高に命じた。

「彼には髪の毛がないの、おばさま」クラーラは私にぴったり寄り添った。「エイメンもわたしも、帽子をかぶった彼のほうが好きよ」

ノーマは呆れたように鼻を鳴らして離れていった。

「いまので、エイメンときみと私が三人婚《メナージュ・ア・トロワ》の関係にあるみたいな印象を与えてしまったかな」と私は言った。

「ああいう俗物にはあのくらい言ってやらないと」そこでクラーラは自分の父親に目を留め、心からの笑みを浮かべた。

ヴィクト・シルベアは背が高く、青い目と白髪まじりの頭髪の持ち主だ。投資会社を経営し、神様より金持ちで、それゆえ好き放題生きていた。エイメンを気に入り、クラーラの母親をはじめシルベア一族は二十歳のエイメンを紹介されたとき卒倒するくらいショックを受けていたが、ヴィクトは両手を広げて彼を受け入れた。二人ともキャンプやハイキングが大好きで、長い週末にはノルウェイやアイスランドまで遠出する。いつでも歓迎すると言われているから、私も可能なかぎり参加した。ヴィクトはワイン好きではないが、この世に完璧な人間などいない。それでもスコッチ通だし、釣り糸とスイスアーミーナイフとマッチ一箱で釣ったマスをきれいにさばいて焚き火で料理するすべも心得ていた。

「法に触れる問題に巻きこまれていると聞いた」クラーラがほかの人たちと交流しているあいだに、ヴィクトと私はバーカウンターへ一杯やりにいった。

「はっきりおっしゃってください」

「アストリズ・ヴィンダ夫人が今日ここに来ている」ヴィクトが警告した。「彼女はきみを見ると同時に……」

「息子が入院中なのに画廊のオープニングに来たんですか？」

「成り上がりたい野望に立ちふさがるものはない」ヴィクトは言った。「あのどら息子をぶちのめしたのはきみか？」

「いえ」

「きみがやったなら、褒めてつかわしたい」ヴィクトはマッカラン十八年を二人分、ストレートで注文した。最高級のスコッチなので、喜んでシャンパンを見合わせた。

「レイラ・アバディ・クヌーセンと仕事をしているとか」彼はそう言ってグラスを掲げた。

自分のグラスをカチンと合わせた。「よくご存じですね」

　ヴィクトは微笑んだ。「毎度のことだよ。特に、話がうちの子たちのことになると。自分のものは大事にする主義でね」クラーラは一人娘で、エイメンと私が彼女と仲よくなった大学時代からヴィクトは私たちのことをまとめて〝うちの子たち〟と呼んでいた。

「少しでいいから財産を遺すと遺言状に書いてください。そしたら家を完成させる足しになる」

　ヴィクトは鼻で笑った。「きみの家がいつまで経っても完成しないのは、きみが完成を望んでいないからだ。完璧主義者は物事を修正するために後ろを向きつづける」

　うなずきを返した。「もっとも苦痛な状態は未来を思い出すこと。特に、けっして手に入らない未来を」

「誰の言葉だね？」

「キルケゴールです」

「けっして手に入らない未来の話を私たちはしているのか？　これはきみの家の話か、それともレイラのことなのか？」ヴィクトはヴィンダ夫人がにらんでいる先から私が外れるように場所を移動した。「私といるかぎり、彼女に襲われることはない」

「全能のヴィクト・シルベアですから」二人で部屋の反対側へ歩いて向かうと、ワインレッド色のひらめきが見えた。

「たぶん、クラーラといるほうが安全だ」ヴィクトは誇らしげに言った。「あの子はときに獰猛《どうもう》になる」

彼がミゲル・トアセンと話していたクラーラに私を託したとき、確実にこうなるよう親子がタッグを組んで導いてくれたのだと理解した。つまり、強姦魔の母親から離れたところで私が首相の広報戦略顧問《スピンドクター》と会えるように。

「お行儀よくな」ヴィクトが私の耳元でささやいた。「あの男は全権を握っている」

ミゲル・トアセンの容貌はブロンドヘア版のGQ誌や、第二次世界大戦ものの映画の容姿端麗なナチス親衛隊将校役のキャスティングリストから飛び出してきたようだった。髪は品よくカットされ、角刈りではないが長髪とは呼べない。いい髪形の価値をわかっている男だ。体にぴったりのスーツを着用し、その濃い灰色が青灰色の冷たい目を引き立てていた。

「ロロ・ピアーナか?」彼はシャンパングラスで私のフェドーラ帽を指した。私は感心してうなずいた。男性のほとんどはフェドーラ帽と野球帽の区別もつかない。

「わたしはスィーネを探して、彼女の本がどんなに好きか伝えてくる」クラーラは私の頰にキスをして離れていった。

二人で離れていく彼女を見守った。ミゲルがひとつ大きく息を吸った。「彼女は特別な女性だ」

「はい」

暗黙の了解のように二人で庭へ出ると、デンマークとスウェーデンを隔てる青いウーアソン海峡が無限に広がっていた。世界最大級の交通量を誇る水路ウーアソンの北側は、毎日七十隻近いフェリーが行き交う。だが、私たちの立っている場所に商業用フェリーの姿はなく、見えるのは高価なヨットやモーターボートだけだ。高級マリーナ〈トゥボー・ハウン〉に停泊しているのだろう。太陽が沈むころ、水面はまだきらきらと光が反射していたが、五月から六月、七月へ向かうにつれ、日照時間は長くなる。

「アレクサンダ・イプセンと話をしたそうだね」ミゲルは高い円卓にグラスを置いた。

「はい」上等のスコッチをひと口飲み、ミゲルが話の核心に行き着くまで酒と眺めの両方を楽しむことにした。政治家タイプはかならず遠回りをする。

ミゲルはうなずいた。「二年前に禁煙したんだが、いまは吸いたくてたまらない」

「あいにく、煙草は持ち合わせていません」

「知っている」ミゲルは少し得意げに言った。「きみは朝晩一本ずつ吸う。走ったあとに一本、寝る前に一本」

〝首相のスピンドクターがしがない私立探偵のことを、なぜそんなによく知ってるのか?〟と訊いてやりたいところだが、思いとどまり、少しだけ煽《あお》ってみることにした。

「ご存じか知りませんが、煙草は健康によくない」

ミゲルはナチス親衛隊の将校が誰かを処刑する直前のような笑みを浮かべた。

「ひとつ首相の頼みを聞いてほしい」ミゲルは過剰なくらい用心深く言った。

眉を吊り上げる。

「サネ・メルゴーの事件だが、首相はあれをそっとしておきたい。犯人は捕まった。レイラ・アバディ・クヌーセンはどう思っているか知らないが、この私が保証する。法の裁きは下された。調べたところで、古い石炭をひっくり返すだけだ」返事をせずにいると、彼はこう付け加えた。「今年は選挙の年で、サネのときみたいに移民の問題を大きな争点にしたくない。デンマーク人と党にとって大事な、ほかの問題を議論したいのだ」

これ以上眉が吊り上がったら、禿げ頭からフェドーラ帽が落ちただろう。

「人に質問をして、話を聞かせてもらっているだけですよ。ニュースになるとは思えない」ミゲルが手の内を見せたことに興奮したが、表面には出さずウイスキーを口にした。

「そうならないよう、この私が万全を期す」ここでもミゲルはうぬぼれた様子だった。

「しかし、きみはポリティケン紙とのつながりがあるようだし、フレズレク・ヴィンダや……カリーナ・イェンセンのときみたいに、新聞にリークされては困る」

彼の目を見て、もうひと口ウイスキーを飲んだ。

「そう、きみが何をしでかし、なぜ警察を解雇されたのか、我々は知っている」ミゲルは微笑を浮かべたままで、まだ楽しげだ。この男が薄気味悪くなってきた。

「それはよかった」

「我々にはきみの窓口に影響を及ぼせるコネクションもある」彼はすっと目を細め、いかにも不愉快そうに口元をゆがめた。

さすがにむかついてきた。私がここで高級スコッチを飲んでいるあいだに、この男はニコになんらかの力を行使すると脅しをかけてきたのだ。

「というと？」と、冷静に尋ねた。

ミゲルは質問を聞き流した。「これはデンマーク首相の頼みごとだ。めったに頼みごとをしないお方だが、誰かに頼みごとをするときは友人として記憶にとどめる」

〝イリーアス・ユールのような、権力を保持するためなら誰とでもほいほい寝そうなマスコミの娼婦《しょうふ》に自分は投票していないし、友達にもなりたくない〟と返したいところだが、子どもじみたまねは思いとどまった。

「首相は権力者で、私は探偵を生業《なりわい》にするただの男だ。友達になれるとは思えない」

彼はうなずいた。「面白いユーモア感覚の持ち主とは聞いていた」

「いまは冗談を言ってるわけじゃない」

「こちらもだ」ミゲルは笑みを浮かべると同時に威嚇してのけた。「ひとつだけ質問がある。イスラム教徒の熱血弁護士が引き起こした、あのばかげた一件の調査をやめないか？」

こんどはレイラへの脅しか。上等だ。

「断る」と言ってウイスキーを飲み干した。

ミゲルはしばらく無言のまま、険のある冷たい目で私を凝視した。臆病な人間なら縮み上がっただろうが、あいにく〝禿げ頭のスーパーマン〟は肩をすくめただけだった。

「冗談抜きで明言しておこう。この調査は最後までやり通す」私は言った。「それと、こっちにもひとつ質問がある」

「どんな？」とミゲルは尋ねた。自分のボスの頼みと聞いて素直に従わない人間には慣れていないようだ。

「サネ・メルゴーが亡くなる前に書いていた本、ナチス占領下のデンマークを題材にした本について、何かご存じでは？」

場数を踏んだ探偵でなければ、彼の目がわずかに揺らいで口がきゅっとすぼまったのを見落としていただろう。

「いや」と、彼は早口で言った。

「ありがとうございました」と帽子を傾け、煙草を吸いたくてたまらなそうな有名人、ミゲル・トアセンを〈ガレリ・フェルト〉の庭に置いて立ち去った。

15

ニコはまた私と一夜を共にした。

二人で朝のコーヒーを飲んでいるとき、今夜は空いているかと訊かれた。「〈モジョ〉に出ている」と言い、朝の一服に火をつけた。セックスとコーヒーと煙草。幸運に恵まれた満ち足りた男だ。

「あなたは多面的よね。私立探偵。献身的な父親。服装は……まあ、どんな服装をしているかは言うまでもないか。さらに、あなたはギタリスト……」

「指先が器用なんだ」と彼女にウインクした。

ニコはにっこりした。「それについてはわたしが保証する」

「どんなことをするにしろ、同じ一人の男さ」

「かもしれない」ニコは長いため息をついた。「あなたにレッテルを貼ることはできない……貼りたいわけじゃないけれど……」

「私にレッテルを貼ったなら、それは私の存在を否定することになる」

「たしかに」ニコはひょいと両手を上げた。「キルケゴールの言葉ね」

「何が言いたいんだ？」煙草を深く吸いこむ。

彼女は小さく笑った。「別に。ただ、ときどき不思議に思うの。あなたを動かしているのは何なのかって」

「きみに見えているのが私という人間だ」と、本心から言った。

彼女は大きく相好を崩した。「わたしにはあなたの一部しか見えていないの、愛しい人《モン・シェリ》。見えているのはあなたが見せてくれるものだけ」彼女は私に歩み寄り、爪先立ちになって唇に軽く唇を触れさせた。「どんな人でも、あなたが好きよ」

キスを返す。彼女は小さく鼻歌を口ずさんだ。

「楽しかった。近いうちにまた」

「今週は息子がいて……だから……」

「だったら、できるときにすればいい」

「それだけのこと」と彼女は言って微笑んだ。

「そう」私は同意した。「それだけのことだ」

「人生は解決すべき問題ではなく、経験すべき現実である」彼女は満足げに言った。

「こんどはきみがキルケゴールを引用している」

「あなたの影響よ」彼女は離れていきかけたところで振り返り、「プレスト、レイラのこと、本気になりかけているならそう言ってね」

首を横に振った。「いや……だいじょうぶだ」

「それは倒れる前に言うせりふ」

〈モジョ〉を出たのは夜中の二時だった。自転車が駐《と》めておいた場所から消えていた。めずらしいことではない。コペンハーゲンで自転車が盗まれるのは日常茶飯事だ。

落胆せず、ギターケースを手に二キロの道のりを歩いて帰ることにした。五月も終わりに近づいていたが、天気は持ちこたえている。ニーナ・シモンの「シナーマン」を口笛で吹きながら、パーティで遊び疲れて仲間からはぐれた人たちといっしょに歩いていった。

私の家があるのはデンマークの画家C・W・エッカースベアにちなんで名づけられたエッカースベア通りで、そこに入ったとき事件は起こった。細い通りの真ん中あたりにある〝子どもの家〟を通り過ぎて鍵を探りかけたとき、後ろでガサッと音がした。

二人いた。真上の街灯が切れていたため姿は見えず、人影だけが見えた。

一人が後ろから私をつかまえ、万力のように首を絞め上げた。

嚙み煙草のようなにおいがした。ギターケースが地面に落ちる。もう一人がまずあごを殴って脳を揺らし、そのあと胃袋を打った。巨大な拳で、ハンマーのように硬かった。また一発、さらに一発。三発目で吐き気とショックに見舞われ、数えるのをやめたが、さらに何発か襲ってきた。

嚙み煙草のにおいの男が手を離したところで膝をつき、のどにこみ上げてくる胃袋の中身を押し戻した。ハンマーの拳の男に腹を蹴られ、前のめりに倒れた。

星が見える。

「ユセフ・アフメドには近づくな」嚙み煙草の男が耳元で言った。訛りのあるデンマーク語。たぶん……ロシア人だ。

近所の前庭に明かりがともり、男たちが走って逃げだすあいだに私は頭を持ち上げた。一本の腕にタトゥーが見えた。髑髏《どくろ》マークのまわりに数字が記されていた。気を失う前に77と108だけ判読できた。


病院へ向かう救急車の中で目を覚ました。体を起こそうとすると、若い女性救急隊員に動かないよう命じられた。頭が痛く呼吸も苦しかったので、言われたとおりにした。

「首を絞められています。ネックレス状の痕がしばらく残りますよ」救急隊員は言った。「それで小柄で、髪はブルネットだ。手袋をはめた手首の近くに蝶のタトゥーが見えた。

気を失ったのね。痛めつけられていくつかあざができているけど、だいじょうぶ」

「損傷《ダメージ》は？」と、しわがれ声で尋ねた。

「腹部にかなり大きな打撲の痕がある」と別の声が言った。男性の救急隊員だ。大柄で、ブロンドの髪にマンチェスター・ユナイテッドの帽子《キャップ》をかぶっていた。

「内臓を並べ替えられたような心地がする」

「いや」帽子の男性が言った。「ちょっと押し合いへし合いしたくらいだ」

「あとは、唇が切れている」と、蝶のタトゥーの女性が教えてくれた。「倒れてアスファルトに顔をぶつけたときに切れたみたい。あごもすりむいている。たぶん目のまわりに黒あざができるはず」

「ギターは？」と、しゃがれ声で訊いた。

「ギターなら無事だ」帽子の男性が言った。「近所の人が預かってくれた」

救急車のサイレンを聞きながらため息をついた。胃袋の夕食を損しただけで命に別状はないのに、コペンハーゲンを疾走する救急車の中に寝かされているなんて、ばかみたいだ。

「喉が痛い」かすれ声で言った。

「ええ、首を絞められるとそうなるの」蝶のタトゥーの女性が言い、「こんなお洒落な格好の男性を拾うなんて、めったにないことよ。素敵なスーツね」と付け加えた。

「素敵だったスーツだ」帽子の男性が言った。「今夜、ホームレスの男性を拾って……なんともいい香りが残っていてね」

「どうりでさっきから、かぐわしい香りがするわけだ」ユーモアを交えようと、私は言った。

腕を上げ、ブレザーの袖を見て、ため息をついた。「ちくしょう、ヴィンテージのブレザーだったのに」

「それがいまや……元ヴィンテージ」蝶のタトゥーの女性が言った。

「ヴィンテージというより欧州のごみ《ユーロトラッシュ》だな」と、帽子の男性が言った。みんなで笑った。

国立病院の緊急治療室《ER》は混み合っておらず、すぐに診てもらえた。深夜のERはたいていそうだが、医師は若い男性だった。訊いてみると、ヴィルヘルム・トムセン医師はこの病院で研修を始めたばかりだそうで、痛くても軽傷だから専門医に診てもらう必要はないと教えてくれた。

「ぶちのめされた人間専門の医者はいない？」若い医師があごをきれいにしてくれるあいだに訊いた。

「ぼくがそれだ」彼は聴診器を使い、はい、息を吸って、吐いてと指示をした。「だいじょうぶ。傷を縫う必要もない」

「本当に？　腎臓がつぶれた気がするんだが」腹をそっと触ってみた。

「ああ、腹を何発か殴られるとそんな気がするんだ」彼の患者への接し方には改善の余地があった。「そのうち治るよ。痛み止めをもらってこよう。お酒といっしょに飲まないように」

「酒を飲まないようといつも努力するんだが、成功したためしがない」

「ああ、腹を殴られた人はそうらしいね。処方箋を取ってくる」医師は話を聞こうと辛抱強く待っていたアンセルム巡査部長に私を託した。

何か見ていないかと巡査部長は訊いた。

「暗かったし……殴られていたので」

「うん、そうなると何もまともに見えやしない」と巡査部長は同意した。

「巡査部長、警察に入って何年になる？」

彼は鼻にしわを寄せ、「暴行を受けたのは誰かを怒らせたからだとわかるくらいの長さかな」と言った。

自分を襲った男たちのこと、タトゥーが見えたこと、ロシア訛りのことを伝えた。

「ロシアンギャングが入れるタトゥーだ」巡査部長は面白そうに言った。「ロシアのマフィアを怒らせたのか？」

「まさか」と異を唱えた。「ロシアのマフィアを怒らせようなんて、誰が思うものか。それを言うなら、どんなマフィアでもだが」

「だったら、何が連中を怒らせたのか調べたほうがいい。その――」彼はメモを見た。「ハンマーの拳の男だが、次は銃を持っているかもしれないぞ」

「しかし、警察は私を守り、奉仕してくれる」

「ああ、いつでも」彼は手帳を閉じた。「家に帰れるか？」

「友達に電話した」ふらつく足で立ち上がり、ユーロトラッシュと化した上着を手にした。医師の携帯電話を借りてエイメンにメールを打ち、国立病院のERへ迎えに来てほしいと伝えていた。すぐ行くと返信があった。彼は何も訊かなかったし、訊かずにいてくれるのもわかっていた。

足を引きずるようにしてERを出ると、エイメンといっしょにトミーが待っていた。映画では車椅子で病院から出ていくのが定番だが、擦り傷くらいしか負わずにERへ来た人間には当てはまらないようだ。

トミーを見てアンセルム巡査部長が硬直した。「警部の友人なのか？」

「ああ。もっと優しくしておけばよかったか」

巡査部長はトミーに敬礼した。「外で待っていろ」とトミーが命じた。「報告してもらう」

巡査部長は小走りに立ち去った。

「ひどい顔だ」とトミーは言った。

「この上着はヴィンテージだぞ。あちこち破れている」クリスチャン・ディオールの黒いベルベットブレザーを掲げた。パンツも破れていたが、こっちはあきらめてもいい。「それと、フェドーラ帽が行方不明になっている」と不機嫌そうに告げた。

「刑事二人にすぐ当たらせる」トミーはそっけない口調で言った。

「ああ、色はグーリン・リバー・グレイ。暗い灰色だ」

「わかった」

そこで足元がふらついた。エイメンが駆け寄り、腰に腕を回して支えてくれた。

「制裁を加えられたわけだ」トミーは私と同じくらい不愉快そうな顔で言った。

「よくわかったな。だてに警部じゃない」出てきた声は自分のものと思えなかった。疲れていた。そのうちもたなくなりそうだが、体が大きく長身で力持ちのエイメンがひっくり返らないよう支えてくれているかぎりは安心だ。

「どこへ行きたい？」とエイメンが尋ねた。

「うちへ」

クラーラを心配させたくない。私を見たら心配するだろう。こういう状況だけに、彼女がいっしょに来なかったのは驚きだった。たぶんエイメンは、何があったかわかるまで彼女を起こさないことにしたのだ。

「クラーラは知っている」彼は言った。「きみはうちには来ないだろうと言っておいた」

「自分の家がいい」

「おれが状況をつかむまで、家にいるんだぞ」トミーがぶすっとした声で言った。「それともいま教えてくれるのか？」

「ずたぼろの男に慈悲を」と、うめき声で言った。これは冗談ではなかった。痛みと、今夜を乗り切るために医者が打ってくれた鎮痛剤で、目を開けているのもやっとだ。トミーの相手をできる状態ではない。

エイメンがトミーにうなずきを送った。〝話を聞いておくから、聞きにくればいい……あとで〟という意味だ。

ペンキ塗りたてのリビングで、アルネ・ヤコブセンのヴィンテージソファに座り、何があったかエイメンに打ち明けた。ラフロイグ十年をストレートで飲むのと、氷入りのビニール袋をタオルでくるんだ氷嚢《ひょうのう》で冷やして唇の腫れを抑えるのを、交互に繰り返した。

「ミゲル・トアセンに脅されたあと、ぶちのめされた」エイメンが言った。「ぼくは金融おたくで刑事じゃないが、そんなぼくにでも、両者のつながりは明らかだ」

「なぜあいつにロシアンギャングの知り合いがいるんだ？」

「どんな人種にも顔は利くさ」とエイメンは言い、ため息をついた。

「トミーはレイラに監視をつけると言った。しかし……ニコが……彼女が無事か確かめないと」

エイメンはうなずいた。「明日……いや、今日……何時間かしたら、確かめに行く」

もう次の日か、と胸の中でつぶやいた。朝の六時。いつもなら走りに行っている時間だ。

「きみは痛めつけられたばかりだ」エイメンは心配そうに私を見た。「少し眠ったほうがいい」

うなずきを返した。

「本当に痛めつけられただけですむのか？」とエイメンは尋ねた。声に恐怖が感じられた。

「ああ。騒ぐほどのことじゃない」

「そうだろうさ」彼は皮肉たっぷりに言った。

無事なほうの目とふさがりかけた目で彼を見ながら、ウイスキーをもうひと口飲んだ。

「この件から手を引くべきだと思っているな」

「その話はあとでしよう」

うなずいて、うめき声をあげた。頭が割れそうな心地がする。

「そこまでだ」エイメンは私の右手からスコッチのグラス、左手から氷嚢を取って、私をそっと寝かせた。

気がつかないうちに彼は毛布をかけてくれ、私の向かいに置かれたフラッグハリヤードチェアに座って、心配そうな顔で寝ずの番に就いてくれた。

16

襲われた三日後、ユセフ・アフメドに会った。

レイラが会う段取りをつけるのに少し時間がかかったのは、彼の傷が癒えておらず、まだ入院していたからで、お役所的な手続きにも時間がかかった。刑務所で会ったほうが早かったかもしれない。あそこは面会のプロセスが確立されている。

この時点で私が受けた暴行の名残は、唇の裂傷と腹部の打撲、あごと手のひらの擦り傷、少し紫がかった右目の周囲、そして拭いきれない恐怖感だけだった。

ユセフ・アフメドの目の黒あざは黄色と青色に変わっていて、私より治癒が進んでいるのは明らかだった。あごはまだ腫れている。五年前の新聞に載った写真より老けて見えた。暴行を受けたのも一因だろうが、もうひとつ……もっと深く絶望的な状況、つまり生き甲斐を失い、努力したいとすら思わない精神状態にあったからだろう。

彼とは国立病院の安全な部屋で会った。レイラが付き添い、心配そうな視線をちらちら私に投げていた。私に何があったかは伝えていなかったが、トミーから知ったのだ。トミーはレイラが知っていることを聞き出すために尋問した。弁護士には守秘義務があると、彼女は法律用語をまくしたてた。トミーに言わせると、そこには〝とっとと失せろ〟という言外の意味が込められていた。トミーは日常的に巡査一人を見張りにつけると彼女に伝えたが、感謝する気はないと彼女は返した。自分に奉仕して身の安全を守るのは警察の義務だからだ。いつもながら、レイラには行く先々で友達を作る才能がある。

「会っていただいて、感謝します」とユセフ・アフメドに礼を言った。

「誰かに脅されて暴行を受けたそうですね、レイラから聞きました」彼は弱々しく見えたが、声には力があった。「これ以上、調査はしないほうがいい。そっとしておきなさい。こんな状況だから」

「脅されてやるべきことをやらないようなら、別の仕事を探さなくてはいけない」これはリハーサル済みのせりふで、簡単に舌から転がり出た。リハーサルしておいてよかった。私を脅すために送りこまれたロシアの悪漢たちは、私のひ弱な骨だけでなく私の友人や家族の骨にも、恐怖心を植えつけることに成功していたからだ。

ユセフは弱々しく微笑んだ。「私は彼女を殺していません」これは彼がリハーサルしたせりふと理解した。簡単に舌から転がり出てはきたが、しかし誠実な決然とした目を見たとき、真実を語っていると思った。

「全部話してください」私は言った。「いちばん最初から、何もかも。あなたにとっての最初がなんであれ」

ユセフは深く息を吸った。「ラヒームがイラクに送還された日は世界が真っ暗になった気がしました。難民収容所にいる息子に、私たちは面会すら許されなかった。ラヒームはデンマーク軍の通訳を務めていたのでイラク国内にいてもらいたいのだと、私たちは思っていた。だが状況は、日を追うごとに悪化していった」

レイラが彼に水を持ってくると言って立ち上がった。次のところを聞きたくないのだ、と気がついた。ラヒームの死にまつわる部分を。それは彼女だけではない。私も聞きたくなかった。だが、聞く必要があった。これも仕事の一部だ。ラヒームが悲惨な目に遭い、その父親がそれを見たのなら、勇気を持って聞くべきだ。

「新聞記者がキオスクに来た……ベアリングスケの記者が。私は知らなかった。聞いていなかった。動画のことは彼から聞いたんです。気の毒に、彼は私が知っていると思っていた。しかし、私は知らなかった。でも……見るしかなかった」レイラが戻ってきてグラスを渡すと、ユセフは水をひと口飲んだ。グラスを置いた手が震えていた。「息子は殺された」彼の苦悩を見て私は手を伸ばし、震える手に手を重ねた。

「記者は……何度も繰り返し私に謝りました。眠るたびに息子が死ぬところが見える……目を閉じるたびあれが見えるんです。悪夢の中で、まぶたの裏で……私は始終あれを見ている」

レイラは窓辺に立って、硬直した背中を私たちに向け、ドレスパンツのポケットに両手を入れた。

「サネが夏の別荘にいると、誰かから電話がかかってきたそうですね」と話をうながした。

ユセフは肩をすくめた。「夢のような気がする。誰も信じてくれなかった。そんな電話はかかってきていないと警察は言ったが……かかってきたのは事実だ。ほかにどうやって知るというのか？　別荘に来れば彼女は会うと、かけてきた男は言った。マスコミのいないところで会いたいのだと思いました。言いたいことを細大漏らさず言えるかどうか自信がなかった。怒っていたし、息子の死を嘆き悲しんでいた……彼女を前にちゃんと話せるかどうか、自信がなかった。だから、思いをすべて手紙にしたためた。アイシャに手伝ってもらって。本当の自分より高潔な人間でいたかった。彼女を憎みながらも、赦すと伝えたかった。手紙に赦すと嘘を書いた。そう口で言って手紙にも書けば、いずれ彼女を赦せるのではないかと思ったからです。わかりますか？」

私なら、わが子の死を招いた張本人を絶対に赦せない。ユセフは私より広い心の持ち主だった。

「でも、彼女は別荘にいなかった」そのことに彼はまだ驚いているようだった。「ほっとして、手紙を置いてきました。面と向かって嘘をつかずにすむことに安堵して。私は臆病者でした」

キルケゴールは人を赦すことがなぜこれほどまれなのかと疑問に思い、それは赦しの力への信仰があまりに希薄だからだと考えた。赦しがなんの役に立つのかとみんなは思うが、ユセフ・アフメドは赦しが自分を浄《きよ》め、息子を称え、最終的に自分が得られる唯一の正義になることを知っていた。

「あなたは私が知っている中でいちばん勇気のある人かもしれない」と心から言った。

彼は苦悩の目で私を見た。「私は息子を救えなかった。アッラーがこういう形で私を罰しているような気がする」

「神様は……アッラー、イエス・キリスト、どの神様でもいいが……理性を超越した存在であって、私たちが憎み合うようには私たちを憎まないと思います」と言うと、ユセフはうなずき、私は続けた。「別荘に行ったとき、周囲に人はいなかったですか?」

「いや」ユセフは首を横に振った。「近所の人も見ていない。家は大きな敷地にあって、周囲から隠れていた。最初は見つからなくて、少し歩き回ったくらいだ」

別荘はグーグルマップで見てあった。大きな敷地の真ん中に立っていて、広い庭と鬱蒼《うっそう》とした木々に囲まれていた。幹線道路から、曲がりくねった長い私道が家の玄関まで続いていた。

「手紙を中へすべりこませたあと、少し待ちました」ユセフは記憶をたどりながらゆっくりと語った。「なぜそうしたのかは……よくわからない。そのあと歩きはじめて……鉄道駅へ向かった。十五分くらい歩いて」

「誰か見ていませんか？　犬を散歩させている人でもいい。車は？」と記憶の再生をうながした。

　ユセフは眉をひそめた。「そういえば……私道に車があった。それが出ていった。私と同じように道に迷って、引き返すために私道に入ったのかと思いました」

「どんな車か、覚えていますか？」

　ユセフは肩をすくめた。「白い車です。新しいタイプの、音をたてない車だ」

「電気自動車ですか？」と尋ねた。

　彼は微笑んだ。「それだ」

　これは探偵にとっての手がかりだ、と思った。サネ・メルゴーは白いテスラを持っていた。妻が亡くなったあと、パレはその車を手放した。

「運転していたのはどんな人でした？」

「すまないが、見ていない」ユセフは言った。「大事なことですか？」

「お気になさらず。何時ごろでした？」

「午後六時ごろ」彼は考えこむように言った。「電車で家へ帰りました。次の朝、警察が来て……」

　彼は話を終えた。私が知っているとおりの話、私が読んだとおりの話、アイシャが言ったとおりの話だった。なんのちがいもない。

話が終わったとき、ユセフはくたびれ果てていた。男性の看護師が部屋に連れ帰って休ませた。看護師の優しさに心が慰められた。少なくともここのスタッフは彼に敬意と注意を払っている。心が痛み、彼の悲しみが病院の消毒液のにおいのように染みついて離れなかった。

レイラが車で事務所まで送ってくれた。「彼はなかなかよくならないの。見つかっていない内臓の損傷があるのではと医師たちは考えているけど、彼の体力はまだ再手術できるほど回復していなくて」

「気の毒に」

「調査を続けたい?」と彼女は訊いた。

「え?」私はとまどって返した。「続けたくないわけがあるか?」

「殺されるかもしれないからよ」

「たいていの人間よりはしぶといさ」と、彼女にウインクした。もちろん虚勢だったし、それは彼女もわかっていた。襲われた夜、考えていた。〝あれが拳でなくナイフだったら?〟と。次はそうなってもおかしくない。わからないのは〝なぜか〟だ。何か発見したわけでもないのに、いろんな人間が私の調査に憤っている。この騒ぎの火種になっているのはサネが取り組んでいた本としか考えられない。

「この先、どうしたらいいのかしら」レイラがぽつりと言った。

　私も同じことを考えていたが、次にどうすべきかはわかっていた。「ベルリンへ行く必要があると思う」

「なんですって？」

　レイラに本のこと、サネはベルリンの公文書館を訪ねていたとウラから教えられたことを打ち明けた。

「たぶん、連邦公文書館ね」レイラはのろのろ運転の車を追い越した。「ロンドンにいたころ、生き延びたユダヤ人に美術品を返還するよう求める訴訟に取り組んだことがあった。あの公文書館から情報を手に入れたのよ。あそこに保管されている文書は広範囲にわたっている。でも、ゲーブリエル、サネが書いていた本のせいでなぜあなたがロシアの悪党たちに拳を振るわれるのか、わたしにはわからない」

「今年は選挙がある」ミゲル・トアセンがそう言っていた。

「それとなんの関係が？」

　肩をすくめた。わからない、と。

「連邦公文書館に行ったことがあるなら、いっしょに来ないか？」彼女を誘う予定はなかった。制御を失った物事のように口からすべり出てしまった。なぜ彼女を誘ったかはあとで考えよう……別の機会に。一生その機会はないかもしれないが。

前回彼女とベルリンへ行ったのは、二人が付き合っていたころだ。アレクサンダー広場のそばにある高級ホテルに泊まり、眼下に街を見晴らす豪華な部屋のバルコニーで交わした愛の営みが強く記憶に焼きついている。

「いつ行きたいの？」

「明日は会議があるが、明後日には出発できる」と提案した。

彼女はせいぜい数秒しか考えなかった。「いいわ」

事務所の前に車が止まり、私が車のドアを開けようとしたとき、彼女が私の手に手を重ねた。「ありがとう、ゲーブリエル」

手の向きを変えて彼女の手を握りたかった。しかし思いとどまり、彼女の手の下からすっと手を抜いた。「礼は必要ない。きみに雇われている身だ」

17

　ソフィーが来るときはいつも前もって電話をかけてくるので、ユセフ・アフメドに会った翌日、なんの予告もなしにやってきたときは驚いた。

「やあ《ハイサ》」と軽く抱きしめた。彼女は私にしがみつき、いきなり泣きだした。襲われた話はしていなかったが、知られてしまったようだ。

「だいじょうぶだ」と言ったがソフィーは首を横に振りつづける。

「ほら」私を見られるよう、彼女のあごを持ち上げた。「私ならだいじょうぶだ」

　彼女はうなずいた。「ちがう……そうじゃなくて」

「だったら、なんだ?」

　ソフィーは私の肩に顔を埋めた。そのままぎゅっと抱きしめられるうち、胃袋で恐怖が小さな渦《うず》を巻いた。「誰かに危害を加えられたのか?」

　彼女は首を横に振った。

「ソフィー、好きなだけ泣いてかまわないが、まず理由を教えてくれ」声にパニックが表れないよう努め、冷静さを保とうとした。

　彼女は鼻をすすった。それから携帯電話を取り出した。ロックを解除し、写真を出す。

　ぎょっとして身を引いた。

　ソフィーの部屋の玄関ドアに死んだ猫が釘で打ちつけられ、血まみれのメモに〝ニャア！　父親によろしく、ソフィー〟と書かれていた。

「ニナの猫かと思ったけど……あの子は近所にいて無事だった」ニナはソフィーのルームメイトで、休暇を取ってイビサ島にいるという。

　ソフィーは震えていた。目に見えるほど震えていた。彼女をカウチへ導き、肘掛けからカシミアの毛布を取ってそれで体をくるんだ。隣に座る。立ち上がろうとしたら膝が崩れるにちがいない。ソフィーに腕を回して額にキスした。ゲーブリエル・プレストらしく冷静沈着を装ってはいたが、娘と同じようにガタガタ震えだす寸前だった。

「警察には通報したのか？」と、優しく尋ねた。

　彼女はうなずいた。「警察が来る前に出てきた。まず父さん《ファ》に会う必要があると思って。どういうことかはわかっているの？」

　うなずいた。「ユセフ・アフメドがらみだ」

　そのあと仕方なく、数日前に自宅前で起こった小さな事件について話した。

　ソフィーは見るからに動揺した。「なぜ教えてくれなかったの？　母さん《モア》は知っているの？」

「何カ所か擦りむいただけだし……」

「ばか言わないでよ。事の深刻さをごまかす気？」ソフィーは体を離し、その顔は怒りに引きつっていた。

「いや。すまん。おまえの言うとおり、深刻な状況ではある」彼女を抱き寄せ、背中をさすって彼女と自分自身を慰めた。胃袋に恐怖が沈殿し、ずっしりと重い感じがした。

「心底怖い」

「わかる。私も怖い。しかし、心配するな。今回の調査はやめる。手を引いて、それがみんなにわかるようにする。そしたら、もう手を出してこない」選択の余地はない。ソフィーまで巻きこんだ以上は。娘を危険にさらすわけにはいかない。

ソフィーがまた私から体を引いた。「なんですって？」彼女はさらにひどく怒っていた。

「おまえの安全を確保する」私を見るよう、彼女の顔を両手で挟みこんだ。「そして、おまえはしばらくお母さんとイーレクのところにいろ。私が調査から手を引いたとみんなにわかるまで」

「逃げちゃだめ」ソフィーは顔から私の手を外した。

ため息をついた。「ソフィー、やつらは猫を殺して、おまえの家のドアに釘で打ちつけていったんだぞ」

「だからわたしたちは尻尾《しっぽ》を巻いて逃げ出すっていうの？」

「私たちじゃない、私だけだ。それでおまえの安全が保証されるなら、私はそうする。恥とは思わない」

「だめだよ、恥じなくちゃ」彼女の態度から恐怖はきれいさっぱり消えていた。

「ソフィー、いい子だから、聞いてくれ……」

「無実の人が投獄されているかもしれないのに、どうするって？　逃げる？　ほかの人が調べたらどうなるの？　レイラが続けたらどうするの？　彼女は続けるに決まってる。そしたら彼女が狙われる。そうなったら、どんな気がする？」

「彼女も手を引く。私が手を引かせる。それに、ユセフ・アフメドは本当にサネ・メルゴーを殺したのかもしれな……」

「だったら、なぜやつらは父さんを脅してるの？」ソフィーは腕組みをし、私から距離を取った。このポーズには見覚えがある。子どものころからソフィーはこうしていた。〝筋道を立ててこの問題を論じ合いたい、自分が勝つまで〟という構えだ。

そのとき私の携帯電話が鳴り、手に取った。トミーからだ。「ああ、ここにいる」

「いまから行く、彼女もそこにいさせてくれ」とトミーは言った。

「警部にはほかにやるべきことがあるんじゃないか？」と言ったが、電話はもう切れていた。「トミーが来る」携帯電話をズボンのポケットにしまった。

「わたし、一一二番（ヨーロッパ共通の緊急通報番号）で応答した人にトミーの孫だって言ったの。嘘ついちゃった」

「やっこさんも満更じゃないだろう」と、私は笑った。

スコッチを持って出て、二人で外のベンチに座り、飲んで神経を落ち着かせた。煙草に火をつけ、娘の冷笑には気づかないふりをした。

「悪者に殺されなくても、煙草で命を落とすよ」

「くそみたいにひどい一日……いや一週間だった」ルールを破るだけの理由はあった。正当な理由が。

十分少々で、トミーのパトカーが回転灯とサイレンを使ってやってきた。制服姿から見て、署で大事な会議でもあったのだろう。階級を示す肩章が付いた水色のドレスシャツに、紺青色のドレスパンツ。黒いカウボーイブーツは制服の均質性に対する抵抗のしるしだ。

「まずひとつ、ドアに釘で打たれた猫は元々死んでいた」とトミーは断言した。

「そう」ソフィーは安堵の吐息をついた。「どこかのペットをわざわざ殺してきたのかと心配してた」

トミーはスコッチを断ったがコーヒーの入ったカップは受け取り、いますぐユセフ・アフメドの事件から手を引いて警察に任せたほうがいいという私の意見に同調した。

「へえ、もう警察でやっていたってこと?」ソフィーが皮肉たっぷりに訊いた。

「昔はあんな優しい子だったのに」トミーはとがめるような目つきで私を見た。「この子に何をしたんだ?」

ソフィーがすっと目を細めた。「いまでも優しい子だよ。でも、警部と元刑事がわたしより腰が引けているのは悲しいな」

「おまえを守る必要があるからだ、ソフィー」彼女には通用したためしがない〝いやならけっこう〟という口調で、私は言った。

「だったら、守ってちょうだい」ソフィーはにこやかに言った。

私は片手を上げてトミーを制した。「警官はいい。おたくの部下は信用できない」

「そんなことがあるか」トミーがむっとしたのがわかった。憤慨しただけでなく、少し傷ついてもいた。まあ、そこは自力で乗り越えてもらうしかない。大事なのはソフィーの安全だ。

「警察にこの子のベビーシッターは務まらないよ、トミー。それにミゲル・トアセンの手がどこまで伸びるかわかっていない」顔に手をやりたい衝動にあらがった。疲れたときやストレスを受けたときにしがちな仕草だ。

「どうする気だ?」トミーがいらだちの口調で言った。「一日二十四時間、週七日、ずっと娘を手元に置いておくのか?」

かぶりを振った。「ブーアに連絡する」

トミーは鼻で笑った。「警察ではなく、服役したことがある元バイカー、元ギャングの男に娘を守らせるのか?」

「ブーアは名案かも」とソフィーは賛成した。

「ブーアがこの子にあてがうのは凶悪な連中だぞ。筋金入りのワルだ」

トミーは軽く抵抗したが、すでに負けを認めていた。私と同じく、ソフィーを確実に守れるのは筋金入りのワルたちと考えていたのだ。

「私はそれでいい」と私は言った。

「きみは、ソフィー?」とトミーが尋ねた。「コペンハーゲンの街をバイカー連中と歩き回って平気なのか?」

「それなら、誰にも煩わされずにすみそう」ソフィーはにっこりし、そのあと私を見て言った。「ネオナチのタトゥーを入れていない人たちにしてくれる? あれを見るとぞっとしちゃって」

「信じられん」トミーはため息をついた。「しかし、おまえの娘だ、驚くにはあたらない」

予想はしていたが、やはりスティーネには、全部あなたのせいだと責められた。たしかに私のせいではある。イーレクとソフィーは私を責めず、いけないのは悪者たちだと言ってくれたが、救われた気はしなかった。

「なんのために娘の命を危険にさらすの？　殺人犯を無罪にするためじゃないの！」と、スティーネは金切り声をあげた。

みんなで食卓を囲んでいた。コーヒーとケーキを前に、話は文明的に始まったが、ソフィーが洗いざらい話した時点で空気が険悪になった。

「レイラとかいう女とファックしたいなら、しにいけばいい。でも、自分のズボンに収まらないからって、娘を犠牲にしないで」とスティーネは怒鳴った。

「レイラのことをそんなふうに言わないでくれ。彼女と寝ているわけでもない」自分と関係のある女性を貶《おとし》められるのは我慢ならなかったが、冷静に話すよう努めた。スティーネはわかっていて私を怒らせようとしているのだ。「これはレイラの問題じゃなく、正義の問題だ」と私は言い足した。われながら陳腐なせりふだが、それが本心だった。正義のためなのだ。

「この子の家のドアに死んだ猫を釘で打ちつけていったのよ」スティーネは恐怖に目を見開いた。

「わかってる」スティーネの手に手を重ねた。彼女の恐怖は理解できた。自分もそれを感じていたからだ。

彼女は首を横に振った。「どうしてほかのみんなみたいな普通の仕事ができないの？」

「私は弁護士だぞ」とイーレクが指摘した。

「誰もあなたを殺そうとはしてない」とスティーネがつぶやく。「それに、ゲーブリエル、イーレクとわたしが標的になったらどうするの？　そのときはどうするの？」

私はうなずいた。「きみがそう言うのはもっともだ。私は……」

「やめて、やめてよ、もう」ソフィーが立ち上がって腰に手を当てた。「臆病者になる言い訳に母さんの心配を使わないで」

グサッときた。私はソフィーの父親だ。スーパーマンだ。その私をいま娘は臆病者と呼んだ。しかし、娘の安全を守るために必要ならどんなことでもする。

「この人を焚きつけないで」スティーネがぴしゃりと返した。

「スティーネ、彼は仕事をやり遂げなければならない」イーレクが静かな声で言った。「これは選択ではない。我々は自分の職務をまっとうし、必要なことをするだけだ」

「どうしてわたしは会計士と結婚できなかったの……会計士だったら安全なのに」スティーネがため息をついた。

私が出ていくまで怒鳴り声と金切り声は続いた。たぶん帰ったあとも続いていただろう。ソフィーは健気にも、私が事件に取り組んでいるあいだ母親に我慢して両親のアパートで暮らすと言ってくれた。

スティーネのアパートから自宅に帰る途中、トミーから電話が来た。

「おまえが知りたいだろうと思ってな。サネ・メルゴーのラップトップには目立ったものは見つからなかった。文書やメールといったありきたりのものしかなかったが、最近はクラウドやら何やらも使える」

「で？」

「そこにも何もなかった」彼は言った。「ポルノサイトすら訪れていない」

「いいことだ」

「サネ・メルゴーの件でおれにできることは以上だ」トミーは疲れた声で言った。「ヘンレク・モークと協議した。おまえが怪我をしたのは気の毒だが、いずれにしても調査は続けるべきというのが、あいつの考えだ」

「それはよかった」

「プレスト、体を大事にしろ」

「わかった」上着の下のホルスターに収まっているグロック26の重みを感じた。スティーネの家で上着を脱がなかったのは、彼女が銃を見たら血管が何本か切れるかもしれないと思ったからだ。私立探偵のご多分に漏れず、私も銃の携行許可証を持っている。このグロック26が気に入っている。フルサイズのグロックより小さくて隠しやすい。

「携行しているか？」私の考えを読んだかのようにトミーが訊いた。

「ああ」私に携行許可証があることをトミーは知っていた。

「そうか。持っていかないのではないかと心配していた」

「持っていないと不安だ」と正直なところを言った。

銃の愛好家ではないが、職務上必要なときもある。好きではないが、月に一度は射撃場に通って、いざというときどうすればいいかを指に覚えこませている。警察官だったころ麻薬組織の手入れの現場で、銃撃に加わったこともあった。人の体を弾丸が貫通するところも見たことがある。さいわい、撃たれた警官は一命をとりとめた。それがあって、しばらく銃には触れなかった。以来、万一に備えて携行する必要を感じたことが二度だけあったが、今回くらい現実的な脅威は久々だ。命を落とすかもしれない現実的な危険に直面するのは初めてと言ってもいい。その認識に身が引き締まった。怖い。それを認められないほど頑固でも誇り高くもなかった。しかし、どこか浮き浮きしている自分もいた。財務記録を掘り返して横領犯を一掃する仕事とは次元のちがう、困難かつ重要な事案に取り組んでいることに興奮していたのだ。

18

ブーアとはヴェスタブローのダネブロー通りにある〈ダック・アンド・カヴァー〉で会った。ブーアお気に入りのバーだ。彼が煙草を吸えるよう、二人でオールドファッションドを手に外へ出て、小さなテーブル席に着いた。

私のオールドファッションドはウイスキーを使った定番のもので、ブーアのはウイスキーの代わりに麦茶を使ったヴァージン・オールドファッションド。ブーアは元アルコール依存症でありながら、バー通いを愛している。鉄のように堅い意志の持ち主だ。

「うちの親父の八十歳の誕生会に来なかっただろう」と、彼はとがめた。

うなずきを返した。招かれた誕生会や記念日に全部参加していたら、ほかに何もできなくなる。

「会は盛況だった」ブーアは言った。「親父がよろしくと言っていた」

「よろしく伝えてくれ」パーティを欠席する埋め合わせにプレゼントを送っておいた。

「ウイスキーのボトルも喜んでたよ」とブーアは付け加えた。

ブーアは大柄な体つきで、ギャングから足を洗ってはいたが、腕に彫られたさまざまなタトゥーと禿げた頭を見ると、誰も近づこうとしなかった。かつては凶悪なバイカーで、何度か人を殺めているが、殺人で立件されたことはない。しかし、麻薬の手入れを機にそんな暮らしに別れを告げ、刑期を務めたのちに社会復帰した。いまはメディア企業を経営していて、そこへ元ギャングを雇い入れ、映画や人気のポッドキャストにも資金を投じている。長年付き合っていたマルデという辛抱強い男性と結婚し、アフリカから二人の子どもを養子に迎えた。ナアアブローに住み、十年前には想像できなかった暮らしを送っている。家庭的な男になり、子どものオムツをせっせと替え、保育園へ送り迎えをし、夜のデートの計画を立てていた。

煙草と子どもの話が終わったところで、「力を貸してほしい」と願い出た。

彼はまた煙草に火をつけた。この国はどこででも煙草を吸うことができる。あちこちに誘惑が潜んでいるのに、この習慣をどう断てというのか？　胸の中でそういらだたしげにつぶやいた。

「なんでも言え」とブーアは言った。文字どおりの意味だ。

ユセフ・アフメドのこと、自分が襲われてソフィーに何があったかを打ち明けた。

「ロシアンマフィアと揉めているわけだ。理由はわかっているのか？」

「いや」

「常時、部下を二人、彼女に付けよう」このたぐいの話になると、ブーアの人材は豊富だ。

「おまえは？　おれが付いてもいいぞ。いまでも手の動きと銃の扱いは衰えてない」

銃という言葉を聞いてもぞもぞと腕を動かしたのは、銃の携行に良心の呵責《かしやく》を覚えていたからだ。

「調査から手を引くって手もある」ブーアが示唆した。「おまえがやる必要はないだろう」

「手を引くわけにはいかない」

ブーアは煙の輪越しに私を見た。「おまえはいいことをするために探偵になった。それはわかっている」

ブーアとは長い付き合いで、エイメンほど親しくはないにしろ、ときにはエイメン以上にわかり合えることもある。

「いいことをするために警察官になったのは間違いない」と同意した。「善人と悪人の区別がつかなくなったとき辞めた。探偵稼業では、善人と悪人の区別がつきにくい。探偵を雇って奥さんのことを調べさせるのはどういう人間かってことだ。保険金詐欺や横領の調査もある。カネはたんまりあるが道徳的には破綻している会社に、気の毒な貧乏人が強盗をはたらいたりする。しかし、今回の一件はちがう。善人と悪人の見分けがつく」

ブーアは煙草をもみ消し、私の肩をポンと叩いた。「今日のうちに兄弟《ブラザー》を何人か、おまえの家に行かせるから、いっしょにソフィーのところへ行け」

「娘はスティーネのところにいる」私は言った。「あそこへ送りこんでくれ」

「イーレクのことは気に入っている。彼にはなんの問題もない」

「たしかに」

「おまえの元妻はどうかしている」と彼は言った。

「元妻じゃない」私は根気強く訂正した。「結婚したことはないからな」

しばらく口を開かず、カクテルを飲み干した。そのあとスティーネのアパートへ歩いて向かいながら、できるだけ早く自転車を買うか借りるかする必要がある、と頭にメモをした。

ふだん事件に取り組むときにすることをした。あらゆることを考え抜いた。今回の一件は、物騒なことが起こっている割に誰かを困らせるような情報は見つかっていない。サネの妹から、サネがドイツ占領下のデンマークを題材に書いていた本についての示唆を得た。ヘンレク・モークが罪悪感から酒に溺れた事実もある。ミゲル・トアセンがピリピリしていることも、首相の頼み事もわかっている。

それらを全部合わせてみても、何も出てこなかった。

では、なぜ私は脅されたのか？　なぜ自分は銃を携行しているのか？　そして、なぜソフィーのドアに猫の死体が釘で打たれたのか？

サネの本のことを再考した。彼女があの本に取り組んでいたことを誰も知らないようだが、誰かしら知っている人間がいるはずだ。そこに何かがある。そんな気がした。彼女の秘書を務めていたアレクサンダ・イプセンは、サネをギレライで降ろし、パレの自宅に車を返したと言った。だが、警察の資料によれば、パレは電車でギレライへ行っている。テスラと電車――私ならテスラを選ぶだろうが、テスラでなかったら電車のほうがいい。交通渋滞にも遭わずにすむ。

ユセフ・アフメドが見たのは音がしない白い車だった。しかし、電気自動車の消費税率が下げられたおかげで、コペンハーゲンの路上にはたくさんテスラがある。どのテスラであってもおかしくない。テスラに乗るような裕福な市民は、その多くがギレライに夏の別荘を持っている。白いテスラが駐まっていたことに意味はないのかもしれない。

考えにふけってはいたが、自分を尾《つ》けている男がいることに気がついた。ジーンズに白いTシャツで、青い野球帽《キャップ》をかぶっている。コペンハーゲンの心地よい夏の夕暮れどきに歩いているほかのデンマーク人と変わりはない気もした。時刻は夜の八時半ごろで、日はまだ落ちておらず、人が大勢いた。にもかかわらず、男は周囲に溶けこめていない。男に気がついたのは、ウィンドウの帽子を見ようと店の前で足を止めたときだ。そのあとウィンドウのスーツを見ようと足を止めたときにも気がついた。ウィンドウの靴を見ようと足を止めたときにも。

ブレザーの内に手を入れてグロックに触れた。銃に触れて安心することが逆に気になった。路上で襲われた経験から学習していた。まず、これまでより周囲に気を配っていたし、もういちど襲われることもわかっていた。今日、明日ではないかもしれないが、今回の謎がほどけてきたら、いずれ同じようなことが起きるだろう。

　エイメンが考えていたように、ミゲル・トアセンの仕業なのか？　かもしれない。しかし、サネ・メルゴー殺害事件に首を突っ込んでいることが気に食わない、ナショナリストの白人であってもおかしくはない。

　スティーネのアパートの近くまで来たところでくるりと向き直り、尾行してきた男に近づいていった。男はその場に立ちすくんだ。タトゥーを見て何者かわかった。

「保護が必要なのは私じゃないと、ブーアに伝えてくれ」私は言った。「私を尾けても、くその役にも立たない。きみにはストロイエから気がついていた」

　男は肩をすくめた。「そいつはだめだ、ボス。何があっても離れるなとブーアから言われている」

　首を横に振った。「いや、きみは私の娘に付いていてくれ」

「それはルックとビッグ・ボーの仕事だ」と彼は言い、握手のために手を差し出した。

「おれはスモール・ボー」

　手を握って大きく振った。この男は百九十五キロくらいありそうで、そのうち百キロは筋肉だから、ビッグ・ボーのビッグとは文字どおりの意味なのかといぶかった。

「ビッグ・ボーはどれだけ大きいんだ?」と訊いてみた。

スモール・ボーは作り笑いを浮かべただけで答えなかった。

しばらく見つめ合ったあと、私は肩をすくめた。ブーアと話す必要がある。スモール・ボーは命令に従っているだけだ。デリケートな案件を調べている状況だ。このでかぶつにコペンハーゲンじゅう付いてきてもらう必要はない。

驚いたことに、スティーネは怒鳴っても金切り声をあげてもいなかった。ブーアは広告代理店に勤める伴侶がミーティングを兼ねた夕食に出かけたため子どもたちと家にいなければならず、私を待てなかったので、代わりにルックとビッグ・ボーを置いていった。元ギャングの二人とイーレク、ソフィーはリビングでツボルグのビールを飲んでいた。ソフィーは最近友達とロンドンに旅行し、そこで撮ってインスタグラムに上げた写真を見せていた。私も誰とでも話ができるが、それは仕事の一環だ。その点、ソフィーは私より優れている。人と話すだけでなく、関係を築くことができた。この一件に片がつくころには、ルックとビッグ・ボーはソフィーと仲よくなり、私たち平凡な人間と同様、彼女の足元にひざまずいているだろう。

「あのくらい強そうなら充分ね」ギャングのタトゥーを入れた大男二人とイーレク、ソフィーが話しているところを見ながら、スティーネは言った。私たちはリビングからキッチンへ抜ける戸口に立って、ささやき声で言葉を交わした。

「実際、強い」と請け合った。

「人を殺したことはあるかしら？」とスティーネが言った。

「あるかもしれない。しかし、いまはブーアのところで働いているし、あそこの従業員はみな悪事と手を切っている……つまり……いまのところは」

「ちがうの、人を殺したことがあるならそのほうがありがたいと思って」と彼女は言い、私を唖然《あぜん》とさせた。「誰かがソフィーに手を出そうとしたら、彼らが対処してくれるわけでしょう。それに、ブーアはあの子のことが大のお気に入り。つまり、わたしはあの人のことを好きになれたためしがないけど、向こうはあの子のことを気に入っているし、あなたが身勝手なくず人間になりそうないまは、あの子が彼に気に入られていてよかったと思う」

スティーネに腕を回して抱きしめた。彼女も体を寄せた。「あの子が家にいてくれるのがうれしいの。あの子が戻ってきて喜んでいるわたしを、ひどい母親だと思う？」

「いや」と、彼女の髪に口づけた。「きみは愛情深い母親で、あの子のことを心配している」

「そしてあなたは最低の親」と彼女は言い、私の腰に腕を回した。

「ああ」と彼女を抱き寄せた。鬱陶《うっとう》しくて仕方がなくても、娘の母親だ。私の家族なのだ。

夕食後、ソフィーといっしょに階段を下り、道端に立って行き交う車をながめた。

彼女が外へ出るときはルックとビッグ・ボーがかならず同行したが、家にいるときは、部屋が五階でセキュリティがしっかりしている点を当てにした。外出したいときは彼らにメールを送り、彼らが上がってくるのを待たなければならない。ソフィーの居心地が悪ければ、彼らはいっしょに歩かず、後方に控える。彼らといっしょのところを見られても、なんの問題もない、とソフィーは言った。

「手配をありがとう」ソフィーはそう言ったあと、スモール・ボーに気がついた。彼は通りの反対側で木に寄りかかって私に手を振っていた。

「あれは誰？　ブーアのところの人？」

「スモール・ボーだ」

ソフィーは破顔一笑した。「どうしてスモール・ボーなのかな。ビッグ・ボーと体のサイズは変わらない気がするのに。靴の大きさ？」

私は笑った。「私を尾けさせるためにブーアが送りこんだ男だ。目立たずにいてくれるとありがたいんだが」

「彼がいてくれてよかった。次に父さんが襲われたときは、助けてくれる人がいるわけよね」ソフィーが言った。「どのくらい危険な状況なの？」

「いまか？　危険はない。しかし、私が調査を続けることをやつらが知ったときには……」と、言葉をにごした。

「もう、ユセフ・アフメドは無実だと信じているんでしょ?」

肩をすくめた。

「これは大事な仕事よ」ソフィーは力説した。「いままで父さんがしてきたどんな仕事より大事。カリーナ・イェンセンの一件よりずっと。無実の人間がしてもいないことで罪に問われて投獄されているんだよ」

この知性と自覚にあふれるわが子を、私は愛していた。スティーネとは問題が多くても、ソフィーの育て方は間違っていなかった。道徳的に健全で、頭脳明晰で、自覚と勇気を備えた子に育ってくれた。まだ二十歳で、凶悪な脅しに遭ったばかりだというのに、自分と同じくらい勇敢になって果敢に戦えと私に言っている。ならば戦わずにはいられない。

スモール・ボーはうちのリビングのカウチで寝た。玄関と裏口に近いところがいいと、彼が主張したのだ。私に何かあったらぶちのめすと、ブーアから申し渡されたという。

「そんなことしないのは知っているだろう」と言い聞かせた。

スモール・ボーはうなずいた。「ああ、わかっているさ。でも、彼がこうしてほしいと言うなら、そのとおりにする。怖いからじゃない、わかるだろ。尊敬しているからだ。あんたが何をしているかも、彼から聞いた。正義のために戦っている。崇高な使命だ。だからおれは、必要な時間ここにいて全然かまわない」

スモール・ボーのことをまぬけなならず者と思っていた自分が恥ずかしくなった。私の知る警察官の多くより、この男のほうがよほど誠実だ。ならず者にはならず者の掟《おきて》がある。独特のルールと倫理観がある。人を殴るくらい屁とも思わないし、必要なら人を殺すかもしれないが、このスモール・ボーは正義を信じている。法律が提供する正義ではなく、弱肉強食の世界の正義。野卑《やひ》な正義。神々が小出しにするたぐいの正義だ。

ベッドに横になったままニコに電話をかけた。

「何を着ている?」と訊いた。

彼女は笑った。

ソフィーと自分に何があったか打ち明けた。今回の一件に片がつくまでは、念のため私に近づかないでほしいと伝えた。そう話しながら、このとんでもない状況に決着をつけられると考えるのは少し自信過剰かもしれないとも思った。

「プレスト、それはできない」

「ニコ――」

「だめ」と彼女は遮《さえぎ》った。「わたしは新聞記者よ。危ない状況になるたび逃げ出すようじゃ、別の仕事を探さないと。あなたも同じことを言っていると聞いたわ」

「ミゲル・トアセンははっきりときみに言及した」私は言った。「あいつは冗談で言っているんじゃない」

「わたしだってそう。子どもが家にいなかったら、あなたにここへ来てと頼んで、何を着ているかわかってもらうところだけど」

ため息をついた。彼女が聞く耳を持たないのはわかっていた。トミーが部下に見張りを命じてくれるかもしれないが。

「うん、まあ……そっちへ行って掛け布団の下をのぞくわけにはいかないから、何を着ているか教えてくれないか？」

「知らないほうがいいかも」

19

スモール・ボーをしたがえて走りだすことから一日は始まった。彼には物足りないようだ。体が温まったところで、まともなトレーニングをやりにジムへ行かないのかと訊かれたとき、それを確信した。中指を立ててやりたかったが思いとどまった。

まだ自転車がないので事務所まで歩き、スモール・ボーもついてきた。私は日刊ニュースのポッドキャストに耳を傾けた。現首相の祖父であるアーネ・ユールの生誕百年がテーマだ。

「アーネ・ユールこそ真の国民的英雄です」デンマークのジャーナリスト、エーダム・ホルムが言った。

いかにもこの手の番組らしく、同じくデンマークの有名ジャーナリスト、アネグレーデ・ラーセンが反論した。「それはどうでしょう。もう第二次世界大戦から充分な時間が経ったいま、私たちは戦争のアドレナリンに毒されることなく、より透明な光に照らして物事を見ることができる。ユール一族がドイツと組んで大儲けした建設会社を手放したのは確かだが、そのカネを懐に収めたことは忘れてはいけない。彼らが今日《こんにち》のデンマークでもっとも裕福な家族のひとつになったのは、そのカネのおかげなんですから」

エーダム・ホルムはこの反論に取り合わなかった。アーネ・ユールはデンマークの抵抗運動組織《レジスタンス》〈ホルガー・ダンスク〉の主要メンバーで、三十件近い妨害工作《サボタージュ》に加わった。組織の頭脳と筋肉として〈フォーラム・アリーナ〉の爆破を主導し、おかげでドイツ軍はあそこを兵舎に転用できなくなった。

「事実、アーネ・ユールはデンマーク国王フレゼリク九世から米大統領自由勲章とダネブロー勲章の名誉十字を授けられている」

アネグレーデ・ラーセンは苦笑した。「アーネ・ユールらが建物を爆破してドイツ軍に抵抗するいっぽうで、一族が経営する〈ユール&ブロア〉は一九四五年四月まで西海岸でドイツ軍の掩体壕《バンカー》を造って莫大な財を築いたことが公文書で確認されています。彼らは不正な手段で手に入れた富と親デンマークの汚れなき名声を守ることには、どうにか成功したようですが」

アーネその人、そしてヨーロッパに平和をもたらそうとした彼の志と苦闘を描いた伝記映画『ピースメーカー』が公開中で、その製作総指揮を執ったデンマークの映画監督キール・アンデルセンがここで議論に加わった。公開の時期が夏に催される生誕百年記念行事と重なったのは偶然ではない（選挙シーズンと重なったことも、と私は皮肉めいた思いをいだいた)。これで議論は二対一だ。「アーネ・ユールの遺産は、今日の我々の遺産であるヨーロッパ最長の平和な期間なのです」とキール・アンデルセンが発言を締めくくったとき、アネグレーデ・ラーセンに勝ち目はなさそうだと思った。


その日の午後、ブーアに電話をかけた。事務所の外に残ったスモール・ボーは腕組みの姿勢で、映画に出てくるボディガードさながらだった。大きな腕、禿げた頭、数多くのタトゥー、メタリカのレトロなTシャツを引き伸ばす上腕二頭筋。

「〈デール&ディウマン〉の素敵な秘書たちがスモール・ボーにおびえている」

「怖くても、殺されるわけじゃない」ブーアは同情しなかった。

「銃を携行している」と言った。

「おまえが?」

「そうだ」

受話器からブーアのショックが伝わってきた。「いや……そいつは驚きだ」

「明日、ベルリンへ行く」

「あいつを連れていってもいいぞ」とブーアが提案した。「いい旅の友になる」

「クラーラのポルシェで行く。レイラもいっしょだ」

「なぜ車で行く? 飛行機のほうが安全だ」とブーアは主張した。

「聞こえなかったのか？　クラーラが新品のポルシェ９１１を貸してくれるんだ」

「新品？　彼女もおまえの運転は知っているだろう？」

「生産ラインから出てきたばかりのまっさらだ」私は満足そうに言った。「私の運転にはなんの問題もない」

「おまえは無謀な運転をする」

「それは若いころ起こした一件の事故に基づく、主観的な意見にすぎない。いずれにしても、あの車にスモール・ボーが乗れるスペースはない」

　ブーアは考えあぐねている様子だったが、結局折れた。「いいだろう。だがそれは、おまえが銃を携行していく場合に限る。何を持っていくんだ？　ベイビー・グロックか？」

「あのベイビー・グロックで充分だし、ＡＫ－47は私の服装に合わない」

　彼は鼻で笑った。

「飛行機で行かない理由はそれもある。武器は携行したいが、ドイツの連邦警察と面倒になるのは避けたい」と付け加えた。「どうだ、私に都合のいいことばかりだろう？」

「ああ、それはわかる。ＥＲに一度運ばれ、警察の訪問を何度か受け、娘の家のドアに死んだ猫が釘で打たれた。これ以上重なったら、生きて帰れる保証はないぞ」彼はそっけない口ぶりで言い、そのあと、「ルックとビッグ・ボーはソフィーのそばに置いておく」と言い添えた。

「ありがたい」

数時間後、誰にもじゃまされることなく仕事にいそしんでいると、イーレクが事務所に入ってきてスモール・ボーのことを質問した。彼がいなくなったのを知ったのはこのときだった。さよならも告げず、解任通告を受けて姿を消していた。

私はイーレクの法律事務所のパートナー、カスパ・デールが抱える離婚案件の報告書を書きおわったところで、イーレクが抱える厄介な保険金詐欺事案の報告書も提出した。後者の報酬は主浴室の改修費に充てるつもりでいた。いまのタイルと調和するヴィンテージのスペインタイルについて、手がかりをつかんだからだ。

「ベルリンの宿泊先は？」一日の終わりに事務所で荷物を詰めこんでいたとき、イーレクが尋ねた。

「シュプレー川沿いのアレクサンダー広場に面した、ベルリン大聖堂が見える素敵なホテルのスイートを予約した」以前レイラと泊まったのとは別のホテルだ。記憶を呼び起こしたくなかったし、いまは新しい思い出を作るときかもしれない。

「ふーん……スイートなのか？」

「そうだ、寝室ふたつの」レイラが誤った印象を受けないよう、そうしたのだ。レイラは好きなほうで寝ればいい。

〝彼女にどこで寝てほしいの？〟と、頭の中でイルセの声が尋ねた。

よくわからないことに一瞬で気がついた。いっしょに寝てほしいのかどうか、よくわからない。それがいい考えなのかどうかも。

　年を取ってきたのだろう。セックスはセックスだ。楽しい。汗もかく。少し退屈なときもあるが、たいていは楽しい。特に、この年齢になって目が肥えてくると。セックスする相手のことを好きになりたい。つまり、相手をよく知る必要がある。

　もっと若く、浅はかでもわかりやすかったころの人生はちがった。

「レイラとよりを戻すのか？」とイーレクが尋ねた。

「いや」

「いや？」だったらなぜスイートなのか、なぜ別々に部屋を取らないのか、というのが言外の意味だ。

　答えは、両面作戦を取るつもりだからだ。この先の運命を危険にさらしたくはないが、障壁も作りたくない。私のセラピストが言ったように、レイラについて私の頭は混乱していた。

「近くにいれば守りやすい。それに彼女は別の男と婚約している。そもそもこれはきみが鼻を突っ込む問題じゃないだろう？」

「きみは妻の元夫だ。家族の一員だ」彼は説明した。「だから、きみの問題は私の問題でもある」

ため息をついた。「スティーネと私は結婚していない。知っているだろう」と私は言った。「だから元妻じゃない」

「言い方のちがいにすぎない。きみは子どもの母親《ベイビー・ママ》だと言い、私は元妻と言う」

「ベイビー・ママと言ったか？」

イーレクは満面の笑みを浮かべてうなずいた。「ああ、ビッグ・ボーからヒップホップ音楽の手ほどきを受けてね。曲の中にベイビー・ママの話がよく出てくる」

その夜、私はスティーネとイーレクのリビングに置かれているカウチで寝た。

来客用の寝室は断った。寝ずの見張り《スタンディング・ガード》……いや、寝ながらの見張り《スリーピング・ガード》を務めた。ビッグ・ボーとルックは朝八時にやってきて、ソフィーを大学まで送っていく。生まれたときからソフィーを知っているブーアは彼女の安全を確保することだけを考えていた。ソフィーは一度だけ警察に逮捕されたことがある。地球の日《アースデイ》の行進が暴徒化したときで、そのとき彼女は私ではなくブーアに電話した。参加は見合わせるよう私が言い聞かせたのに、耳を貸さずに参加したからだ。

暖かい夜だったから、スティーネがくれた毛布を床に敷き、下着のパンツとTシャツを着た。スティーネのカウチに裸で寝るわけにはいかない。目を覚ましたまま横になり、リビングのガラス壁越しに空をながめた。この日は六月で、太陽は夜十時ごろ沈み、翌日四時台にまた昇ってくる。

眠れない。眠らなければいけないのはわかっていた。明日、レイラとベルリンへ行く。フェリーの二時間を含めて六時間の車の旅になる。夜遅くに出発し、デンマークのゲッサーからドイツのロストックへ最終フェリーで渡り、ベルリンには早朝に着く予定だ。しかし、眠れなかった。ときどきあることだが、今回の状況を考えていると眠れなかった。

今回の状況にはまったく合点がいかない。ユセフが濡れ衣《ぎぬ》を着せられた可能性を無視して事件を決着させた警察の仕事は杜撰《ずさん》としか言いようがない。トミーはサネ・メルゴーの事件を再捜査しようとしない。私をぶちのめしてソフィーを脅したやつらのことは捜査しても、再捜査の話には関わろうとしない——死んだ猫がぶら下げられるに至っても。

起き上がってイーレクの仕事部屋へ行き、メモ帳とペンを取ってきた。食卓を前に、関係者の名前を全部書き出した。ウラ・ベアンセンの名前を書くと同時に携帯電話が鳴り、画面にウラの名前が表示された。

警察がウラと彼女の隣人と私から話を聞きおわったときは、コーヒーが三杯目になっていた。さいわい、ウラの住まいがあるヴェアルーセの警部補キム・ボーオセンは私を知っていたので、泥棒に入られたウラが警察より先に私に電話をかけた理由についてはあまり詮索しなかった。私が探偵としてウラの力になっているからここにいるのだと察してくれた。ウラのために、あるいは彼女といっしょに何に取り組んでいるのか質問したところで、私が答えないことも知っていた。

泥棒が入ったのは真夜中で、彼女は就寝中だった。物音が聞こえ、音のした来客用の寝室へ向かった。そこは彼女の仕事部屋でもあり、ラップトップとプリンターが置かれていた。彼女が泥棒を驚かせて自分もびっくりしたとき、泥棒はラップトップを手にしていた。彼女を押しのけて駆け出したが、外へ出る途上でラップトップをつかみそこねた。地面に落としたが、奇跡的に破壊は免れた。

机に収納された書類やファイルもひっかき回したらしく、中身が床に散らばっていた。

「どこか外に出ましょうか?」とウラに訊いてみた。私たちは彼女のキッチンのテーブルでコーヒーを飲んでいた。誇り高いデーン人らしく、彼女はバターとイチゴジャムを添えたロールパンを出してくれた。ロールパンとジャムは自家製で、二ついただいた。美味しかったことはもちろん、疲れを癒す糖分が必要だったからでもある。

荒らされた寝室を片づける手伝いを申し出たが、彼女は断った。隠し事があるからではなく、まだ入りたくないのだと思った。

「覆面をかぶっていた」ウラはとまどいの面持ちで言った。「映画みたいに。ラップトップを売って手っ取り早くクローネを稼ごうと考えた常用者《ジャンキー》かしら?」

コーヒーカップを置き、彼女の手に手を重ねた。「これがどういうことか、あなたは知っている」

彼女は目に涙を浮かべてうなずいた。「怖い」

やってしまったな、プレスト、と胸の中でつぶやいた。おまえは娘とその母親、友人たち、そしてこの気の毒な老婦人までも震え上がらせた。私はそこで、〝恐れなければいけない、息子よ。人はそうやって誠実な市民になるのだ〟というサルトルの言葉を思い出した。サネ・メルゴー殺害事件では、何か大きな間違いが起きたのではないか——関係者全員を震え上がらせ、必要とあらば命を奪うことも辞さないくらい強大な権力を持つ人間の手によって。

「申し訳ありません」と本心から言った。

ウラは首を横に振った。ロシア人に殴られて倒れたときアスファルトと接触してできた左頬の傷を見て、彼女は「その顔はどうしたの？」と尋ねた。これ以上怖がらせたくなかったが、事実を伝えるのが自分の仕事とも心得ていた——彼女が自分で自分の身を守れるように。

「複数の暴漢に襲われ、暴行を受けました。私に事件の調査をやめさせるためです」

ウラは目を大きく見開いた。

「なんてこと！」と、彼女は息をのんだ。

ソフィーのドアに猫の死体が釘で打たれていたことも打ち明けた。

ウラは信じられないとばかりに首を振った。「あの人は無実なのかもしれない。そうでなければ、なぜあなたを脅す人がいるの?」

「癒えた古傷に触れられたくないから?」

彼女は私以上にその可能性を信じていなかった。

「じつは、サネが書いていた本のことを誰も知らないんです」と注意深く言葉を選んで言った。「本当に知らないのか、知っていて口をつぐんでいるのか。今日、ベルリンへ行って、彼女の足取りを追ってみます」

「ベルリン?」ウラが大きく目を見開いた。「ああ、言うのを忘れていたけど、ベルリンと聞いて思い出した」

彼女は携帯電話を取り出してフェイスブックのメッセンジャーを開き、私に手渡した。

「あなたと話をした次の日、ベルリンのゾンマー博士からフェイスブックのメッセンジャーにこれが届いたの」彼女は言った。「あなたに電話しようと思っていたのに、ついうっかりして」

メッセージはベルリン自由大学フリードリッヒ・マイネッケ歴史研究所のオスカー・ゾンマー博士からのものだった。

•

親愛なるベアンセン

お姉さんのサネ・メルゴーさんのことで連絡を差し上げました。私は五年前、彼女が殺される何週間か前に彼女と会ったのです。

あなたの電話番号もメールアドレスもわからず、このメッセージが届くことを願ってフェイスブックで連絡した次第です。

メルゴーさんはナチス文書庫にある特定の文書にアクセスしたかった。申し入れがあった文書は機密扱いでしたが、私のような研究者には閲覧が可能になったのです。私の手元にその文書があり、彼女が予想したとおり、取り扱いには最大の注意が必要です。

電話かメールで早急に連絡を願います。

敬具

オスカー・ゾンマー博士

このあとに博士の連絡先が記されていた。

メッセージを二度読み返してウラを見ると、さきほどより緊張した面持ちだった。

「彼に連絡しましたか?」と訊いた。

彼女は首を横に振った。「いえ……大事な用件とは思わずに。サネのことでときどきメールやメッセージが届きますけど、取り合わないことにしていて」

「私に転送してもかまいませんか？」

彼女は仕草で同意を示した。「すぐあなたに伝えなかったのは間違いだった？」

メッセージを転送し、彼女に携帯電話を返した。「いえ」今回は何が間違いで何が間違いでないかわかっていないからだが、そこは言わずにおいた。

彼女は大きくひとつ息を吸い、そこで泣きくずれた。彼女に腕を回し、たっぷり一分ほどそのまま泣かせてあげた。泣きおわった彼女には安堵の様子がうかがえた。

目から涙をぬぐえるよう、木製スタンドに掛かっているキッチンタオルを渡した。

「泥棒はサネの本の原稿を探していたんでしょうか？」

なんとも言えないと答え、そのあと、「ゾンマー博士から来たメッセージですが、誰かにそのことを話しましたか？」と訊いた。

彼女は首を横に振った。

「パレにも？」

彼女は鼻を鳴らした。「もちろんよ」

「彼に会いました？」

「ええ、ゆうべ。共通の友人宅で夕食を」

「彼には何ひとつ話していないと断言できますか？」と尋ね、彼女がさっと憤りの表情を向けたため、弁解がましく両手を上げた。「すみません。確かめておく必要があって。パレが誰に話すかわからない。あなただけでなく、私の身を守るためでもあるんです」

「いっさい話していません」と彼女は請け合った。「あなたと話したことさえ。わたし、困った状況に陥っているの？」

「かもしれない。警察に頼んで警護してもらうことも可能でしょう。でも、どこか遠くへ行って、身を隠していたほうがいい。少しのあいだだけでも」

彼女は少し考えた。「友人からノルウェイの夏の別荘へお招きを受けているの。オスロ・フィヨルドのそばよ。そこへ行ってもいい」

「いつ発てますか？」

ウラはうろたえた表情を見せた。「すぐ出発しなくちゃいけないの？」

「今日発ったほうがいい。そう思いませんか？」ウラの心配までしたくない。それでなくても、心配しなくてはいけない人が大勢いるのだ。

ウラが友人と計画を立てて荷造りをしているあいだに、トミーに電話をくれとメールを打った。返信を待つあいだに携帯電話でオスロ行きの航空券を購入した。フェリーという選択肢も考えたが、船だと尾行や無防備な状況を心配しなければならない。空港にはさまざまな行動制限があるし、空路のほうが安全だ。ブーアが言ったとおり、ベルリンへは飛行機で向かうべきだろうかとも思ったが、その考えは退けた。飛行機だと銃を携行できないし、銃が必要になるような気がした。

「おれはタクシー会社の社長じゃないぞ」ウラのことを話し、何をしてほしいか伝えると、トミーはうんざりした声で言った。「もちろん、ベアンセン宅へ迎えにいかせて、車で空港まで送り届ける」

「セキュリティなんかも全部面倒をみてくれるな?」と念を押した。

「フルサービスのタクシーだ」トミーは不機嫌そうに言った。

「ありがとう、トミー」

「おまえはどこへ行くんだ?」

トミーのことは信頼していたが、彼は警察官だし、教えられないこともある。「どうして私がどこかへ行くと思うんだ?」

トミーは黙っていた。

「レイラと車でベルリンへ。焼けぼっくいに火がつくかもな」と軽口に努めた。

「そのためにベルリンへ行くとは思えない。しかし、おまえが頑固で、話さないこともわかっている。だから、用心して生き延びろ」

「そのつもりだ」私にはなんの計画もなく、何かしらの情報に出くわすことを願ってあてどなくさまよっているだけだが、それはトミーには関係ないことだ。

「この中には何もなかった」エイメンがＩＴ技術を駆使してウラのパソコンを調べてくれた。ウラは自分のパソコンを私に預けて、午後の便でノルウェイの首都オスロへ飛んだ。オスロ警察がガーデモエン空港で出迎えて友人の別荘まで送り届けてくれるよう、トミーが手配してくれた。オスロ警察は現地で彼女の監視もしてくれる。北欧警察の好連携だ。

「何ひとつか？」と、失意の声で尋ねた。解決への突破口を大きく開く手がかりを期待していたのだ。

「税金の記録やメール、あとは孫の写真くらいだ。サネに結びつくものはなかった。ナチス本の原稿もなかったし、それがらみのメモもなかった」

その夜はエイメンとクラーラ、夫妻の子たちといっしょに夕食をとった。子どもたちが寝たあと、三人で大きなバルコニーに腰を下ろし、ボルドーの高級ワインで舌を喜ばせた。

「レイラにはフリードリッヒ・マイネッケ歴史研究所のゾンマー博士にアポを取ってほしい、ただし理由はあいまいに、と頼んでおいた。博士のことはネットで調べてみた。ナチス占領下の社会力学が専門分野だ」

「適役だね」とエイメンが言った。

「壁の両側で、ナチスに協力していた人々に何があったか、それはなぜ起こったのか、どんな社会的影響があったかなどを研究している。社会心理学を駆使するタイプだ」と説明した。

「サネが書いていたのは、ナチスに内通していたデンマーク人の話なのかしら？」と、クラーラが疑問を口にした。

肩をすくめた。「なんとも言えない」

「デンマークの内通者について何かを明らかにしようとしていて、そのせいで殺されたのかもしれない」クラーラは展望への期待に青い目を輝かせた。

彼女はカットオフのショートパンツに、〝FEMINISM（名詞）：女性は人間であるという過激な概念〟と書かれたTシャツを着て、静養中の王女然としていた。黒髪でオリーブ色の肌のエイメンは同じような服を着ていても彼女とは対照的で、無地のTシャツにはなんのスローガンもなかった。彼はユセフ・アフメドの調査全般を面白く思っていなかった。いつものパターンだ。私が厄介事に巻きこまれる。エイメンは私たちが難を逃れられるよう力を尽くす。彼は毎回手を焼かされるはめになった。

「ちょっと無理があるんじゃないか」エイメンは考えこむようにして言った。「当時、ナチスに協力した人間がいたとしても、もう誰も気にしないだろう。七十年以上前の話だし、その当時からいまも生きていて、いまそしりを受けるべき輩《やから》なんているのか？」

「そいつの親族かもしれない」とほのめかした。「その一族が秘密にしておきたいのかもしれない」

「あるいは、きみが蟻塚に鼻を突っ込んで、蟻たちの不興を買っているのか」エイメンは言下に言い返した。「サネ・メルゴー殺害事件はデンマーク国内の移民にとっては大きな痛手だった。イスラム教徒の男性は非難されているとおりの憎悪と暴力に満ちた存在であることを、ユセフ・アフメドが証明したのだから。デンマークでは褐色の肌をしたイスラム教徒というだけでも大変なのに、その状況をいっそう彼は困難にした。いまさらこの事件を追いかけることには倫理的な価値があるなんて言わないでくれ。寝た子を起こすんじゃない、ゲーブリエル。わざわざ藪《やぶ》をつつく必要がどこにあるんだ」

「これを放置したら、うちの子たちにも満足な未来はないのよ、エイメン」クラーラが私の返事を待たず、つっかかった。二人がこの話を交わすのは初めてではない。「あの子たちは半分褐色で半分白。アスゴーはあなたに容貌が似ていて、十一歳で、すぐティーンになる。警官に呼び止められたときどう立ち回るべきか、話さなくてはいけなくなる。肌の色が褐色だから、友達と同じクラブに入れないこともあるかもしれないと。イスラム教徒というだけで無実の人が投獄されている状況を放置して、アスゴーやデンマークで育っている褐色の子たちのためになると、本気で思っているの？」

エイメンはワイングラスをドンと置いた。「ユセフ・アフメドは無実じゃない。なぜ無実だと思うんだ？　警察は責任を果たした。証拠もあった。彼が憤激したのは無理もない。心から理解できる――自分が同じ目に遭ったら何をするかわからない。しかし、いま……ぼくは彼の罪を背負っていく必要があるし、ぼくらの息子も同じだ」

二人とも私を見た。〝夫婦喧嘩に巻きこまないでくれ〟とばかりに両手をひょいと上げた。

クラーラは私を凝視した。「あなたがどう思っているか教えて、ゲーブリエル。ユセフ・アフメドは本当にサネ・メルゴーを殺したの？　それとも、濡れ衣を着せるのに都合のいい人間だっただけ？」

「都合のいい人間だったかどうかはわからない。しかし、彼が犯人かそうでないかはまだ断言できない」じつを言えば、冤罪説に傾いていた。ヘンレク・モークが言ったとおり、濡れ衣のにおいがぷんぷんすると思っていた。

エイメンは首を振ってバルコニーから部屋へ戻っていった。ドア口で向き直り、「ゲーブリエル、殺されてしまうぞ。きみは頑固だから、そこはどうにもならないが、妻を巻きこまない良識だけは持ってほしい」と言った。

「わたしにかこつけないで！」クラーラが彼の目の前でぴしゃりとドアを閉めた。

私のせいで二人が喧嘩になったのはこれが初めてではない。

「イスラム教徒が受けている扱いに昔の彼がどれほど心を痛めていたか、覚えている？

それがいまは、イスラム教徒は余計な手出しをせずトラブルを避けて通るのがいちばんいいと思っている」クラーラもエイメンと同じくらい立腹していたが、その理由は別々だった。「いったい彼はどうしてしまったの?」

「子どもができた。彼らを守るのが最優先だ」

「彼は構造的な人種差別に加担している」彼女は辛辣な口調で言った。「臆病者に成り下がろうとしている」

「クラーラ、エイメンにはいろんなところがあるが、彼は臆病者じゃない」となだめた。「用心深いだけだ。我々は白人だから、彼には逃れられないことでも逃れられる。大学でも振る舞いに注意が必要だったことを忘れたのか?」

「もう大学生じゃないわ、ゲーブリエル」彼女は私の隣に腰を下ろした。

「そうだ、もう大学生じゃないし、危険の度合いはずっと高くなっている」私が腕を回すと、彼女は私の肩に頭をのせた。

「わたし、まだ彼に怒っている」

「彼の言うとおりだ。私は殺されるかもしれない」

「かもしれない」と、彼女は小声で言った。

「そして、きみにも害が及ぶかもしれない」と付け加えた。

彼女は片方の肩を上げ、そのあと下ろした。

「きみはお金と名字に守られている。しかし、雇われたロシアのならず者たちにとっては、屁でもないかもしれない」私は言った。「裏で糸を引いているのが誰かにもよるが、きみのお金ではやつらを止められないかもしれない」

「ちょっと、それじゃまるで、映画まがいの陰謀が繰り広げられているみたいじゃない」

「たしかに」私は笑った。「しかし事実、映画みたいに路上でぶちのめされた」

クラーラはため息をついて体をまっすぐ起こした。私は彼女の額にキスして立ち上がった。「彼と仲直りしてから帰る」

クラーラもついてきて部屋に入り、私はコート用のクロゼットを開けて上着とホルスターに収まった銃を取り出した。弾は抜いて上着のポケットにしまってある。

「気をつけてくれるわね？」彼女は危惧をいだいていた。ソフィーとレイラと私に負けないくらい。

ホルスターを装着し、銃を撫でてうなずいた。

「それを持っていくの？」彼女は嫌悪の表情でホルスターを指差した。

「できるものなら持っていきたくない」グロックに弾を込めるのはアパートの外に出てからにしよう。彼女を動転させるだけだ。

アスゴーの部屋の前で、エイメンが息子の寝顔を見ていた。私が近づいてくるのを見てドアを閉め、あごを動かして自分の仕事部屋を示した。

「怒っちゃいない」私が口を開く前にエイメンは言った。「怖いんだ」

「ああ。私もさ」

「きみはけっして怖がったりしない」エイメンは私の言葉を信じなかった。

「ずっと怖くて仕方がない」と心から言った。「やつらに暴行を受けた。娘を脅された。この状況に終止符を打ちたい」

エイメンはうなずいた。「クラーラのことは心配していない。誰も彼女を狙いはしないし、よしんば狙ってもそいつらが気の毒だ。ぼくが心配しているのはきみのことだ」

「状況ははっきりしている。考えられる状況はふたつ。そのどちらかだ。私の率直な意見と友人としての助言は、〝してもしなくても、どのみち後悔するのなら〟ということだ」

前にも別の状況でキルケゴールのこの言葉をエイメンに使ったことがあったので、彼は微笑んだ。

エイメンに歩み寄って抱きしめた。しばらくそのまま動かず、そのあと私が体を離した。

「きみが死んで、クラーラが調べを引き継ぎ、ぼくまで巻きこまれたら……ドツボだ」エイメンはこの表現で空気を和ませようとしたが、失敗だった。「だから……殺されないよう努力しろ」

「全力を尽くす」

彼は私を玄関まで送り、クラーラと二人で私を見送ってくれた。階段を下りたところで、クラーラが階段の手すりに寄りかかったまま私に呼びかけた。

「ゲーブリエル、車にひとつでも傷をつけたら、ロシア人の手を煩わせるまでもない。わたしがあなたを始末してあげる」と、彼女は楽しげに請け合った。

20

　レイラは十七世紀の政治家ハンス・ナンセンにちなんで名づけられたナンセンス通りのアパート前で待っていた。彼女の前にポルシェを停めた。

　ゆったりとした白いサマードレス姿。胸がきゅっと締めつけられた。私が知る中でも指折りの美女であり、その点は十年前と変わっておらず、それが私にいだかせる感情も変わっていない。

　美しいゆえに求愛を受け、それゆえに勝ち取る価値がある女性。

　彼女は麦わら帽子を持ってきていた。髪をまとめるためだろう。雨でなければ気温に関係なくルーフを開けて運転するつもりだと言っておいたからだ。私はしょっちゅう車を運転するわけでなく、これだけの高級車に乗ることはめったにない。

　レイラはルイ・ヴィトンの旅行鞄を持っていて、それをトランクに入れてから運転席へ乗りこんだ。夜の十時でまだ明るいが、サングラスをかけるほどではない。洒落たサングラスが似合う車だけに、その点が残念でならない。

「準備はいいか?」と尋ねた。

レイラはこわばった感じでうなずいた。不機嫌そうだ。理由はわからないし、正直、それを知ってドライブを台無しにしたくない。

ロストック行きの最終フェリーに乗るため、ゲッサーを目指して欧州自動車道路のE55号線に入ったときも、彼女はまだ無言でいた。フェリー乗り場に着いてから買えばいいという私の考えをレイラは却下して事前にチケットを予約していたので、乗りはぐれることはない。

彼女は口を開かなかったが、気にしなかった。静けさは嫌いじゃない。車のパワーと音と感触を楽しめるし、彼女はいらいらしているようだが、隣に美女がいると心が躍る。

ゲッサーにはきっかり予定どおりに到着し、待たずにフェリーに乗れた。乗船し、車を置いて上のデッキへ上がると、店が免税品へ、レストランがカフェテリア風の味気ない料理へと乗客を誘っていた。ロストックまでは一時間半、そのあとベルリンまでは、夜の交通量からみて二時間半もあれば充分だ。

フェリーに乗った車の数はさほど多くなかったが、〝事前にチケットを買っていなくても問題なく乗れた〟と口にするのは控えた。子どもじみたまねはよそう。

レストランで自分にビール、レイラにジョニー・ウォーカーを注文してテーブルへ運んだ。二人でアナウンスに耳を傾け、フェリーがドックを離れて出港したところで、黙ったまま不機嫌そうなレイラに取り組むことにした。

「なぜそんなに怒っているのか、教えてくれないか?」

彼女はウイスキーを少量口にしてグラスを置いた。「婚約者と喧嘩になって」

「私に同行することで?」

「そうよ」

「ああ、それはたぶん、きみと彼が私にした仕打ちを、今回自分が受けるのではないかと心配なんだ」と私は言い、たちまち後悔した。自分の頭の中では胸のすくせりふだったのだが。

彼女の目の表情が傷心から怒りに変わり、しまったと思った。最初の段階では避けたかった状況だ。

「そうよ」彼女は怒り心頭に発していた。「わたしの人生に現れる男たちは、わたしが誰とでも寝るふしだら女だと思っている」

これは厄介だ、と思った。何か言ったら……何を言っても……険悪になる。だからユーモアを交えた。「誰とでもじゃない。色男の元カレたちとだけだ」

彼女は笑みこそ浮かべなかったが、これで雰囲気が和らいだ。「色男はどっち? 彼のほう? それともあなた?」

「もちろん、私さ」ビールを少し飲み、レイラについて肚《はら》を決めた。いましかない。彼女も過去も手放そう。「迷惑をかけてすまなかった。言ってくれたら一人で行ったのに」

「一人で行ってほしくなかった」彼女は一瞬うろたえ、思いを振り払うように頭を振った。「いいの……忘れて。ルイーザに連絡を取ったわ……連邦公文書館のヴァイス女史に。会いたい本当の理由は話さず、センターが開く朝九時に会う約束だけ取りつけておいた。今回の話は直接会って説明したほうがいいと思って」

「サネが連邦公文書館を訪れたのは確かなのか？」

「ええ」レイラは確信に満ちた口調で言った。「連邦公文書館は第二次世界大戦の歴史を研究している人なら誰でも真っ先に立ち寄る場所でしょう。そのあと午後一時にゾンマー博士と面会よ」

しばらく沈黙が下りたが、元カレたちと寝る話に始末をつけたかったので、「寝室ふたつのスイートを予約してある。きみと何か始めるつもりはない」と言った。

「わかってる」

「イギリス人の彼に言ってやるといい。私はきみに興味がないと」

彼女は傷ついたような表情を見せ、一瞬、ぞくっとしたが、そのあと大まぬけの気分になった。「イギリス人の婚約者よ。あなたがわたしに興味がないことは、伝えてあるわ」

「自分も私には興味がないと、伝えてくれてもいい」

彼女は唇を舐め、返事をしなかった。

「なんだ？」

彼女はため息をついた。「何も」

「レイラ、きみはあいまいなメッセージを送っている、それはやめたほうがいい」急に疲れを感じた。「この年齢《とし》、この禿げた頭では、この手のドラマに付き合えない」

彼女は私を見て弱々しい微笑を浮かべた。「わたしはあなたに興味がある。わたしじゃなく……あなたがわたしを捨てたのよ、ゲーブリエル。わたしはあなたを捨ててない」

「十年も前の話だ、レイラ」

「わかってる」彼女は何か考えている顔で私を見て、大事なことを口にしようとしているみたいに背すじを伸ばした。「十年経ったからって、何も感じないわけじゃない。わたしが感じることは止められない。あなたにそれを押しつけるつもりはないし、なんの期待もしていない」

「ただの誘惑か」帽子を脱ぎ、右手で禿げ頭を撫でて頭を冷やした。

「ごめんなさい。彼やあなたには嘘をつけるけど、自分には嘘をつけない」

「だったら、なぜ私に嘘をつかなかった？」私は詰問した。「まったくいまいましい。私は今回の調査を生きて乗り切ろうとしている。ジェイン・オースティンの小説まがいのことをしている暇はない。いまの私たちは知人であり、きみは私の雇い主だ」

レイラは大きく息を吸ってうなずいた。目にうっすらと涙が浮かんでいた。しかし、彼女はその涙がこぼれ落ちないようこらえていた。ありがたい。泣かれては向こうのペースにはまる。足もとにひれ伏すことになる。

「わたしに見切りをつけたということ？」彼女の声は震えていた。「そんなに簡単なことだったの？」

眉をひそめた。「レイラ、泣くのは勘弁してくれ。私には、きみに答える義務も、決まりをつける義務もないし、きみが期待しているどんなことにも義務を負っていない。仕事をして、それが終わったら……別々の道を歩めばいい」

これは功を奏した。私が同情していたら、レイラは甘えていただろう。いま彼女は怒っていた。

「いいわ」彼女は硬い声で言った。「ウイスキーをお代わりしていい？」

「ジョニーでいいか？」

「だめ」

「何がいいんだ？」

「ここでいちばん高いやつよ」彼女は不機嫌そうに言った。

「いいとも。きみがボスで、きみが支払いをするわけだから」

気温は十八度くらいで、時速二百キロ出ているのに、二人の間の空気は周囲の風より冷たかった。手が冷えないよう、百キロ手前で暖房を入れた。レイラはカシミアのストールらしきものにくるまって目を閉じていた。宿泊の手続きをすませてスイートに入るまでひと言も発しなかった。

「夕飯でもどうだ?」と水を向けた。

「夜中の三時よ、ゲーブリエル」

「だから?」

彼女はため息をついた。「おやすみなさい」と彼女は言い、片方の寝室に入った。

どっちの寝室かは彼女が選んだが、判断を急ぎすぎたらしい。私の部屋のほうがながめがよかったからだ。彼女の部屋からはベルリンテレビ塔が見え、私の部屋はシュプレー川とベルリン大聖堂に面していた。

スイートにはリビングがひとつと寝室がふたつあり、それぞれに浴室が付いていた。レイラのほうはわからないが、私のほうには浴槽があり、それを私は物欲しそうに見た。二泊だけだから使う機会があるかはわからない。レイラと最後に使ったのはプラハのホテルで、五月の週末を利用した長い休暇中だった。その記憶を頭から振り払った。イルセなら、これは普通のことだと言うだろう。いまにこだわらず、当時を思い出すべきだと。イルセには悪いが、彼女はこのスイートにいるわけじゃない。隣の寝室にレイラがいるわけじゃない。寝室には浴室がある。寝室にはベッドがある。ベッドにはレイラがいる。

二人の関係は終わっていない、と彼女は言った。このせりふを聞くために十年待ったのか？　しかし、そう言われてもどうしていいかわからない自分がいた。セックスはすばらしかった。レイラくらいセックスが楽しかった恋人は記憶にない。それとも、その記憶が感情で強化された結果、彼女のほうが自分を捨てたと思いこんでいたのだろうか。

荷物を空けた。ハンガーに服をかけ、箪笥《たんす》に下着と靴下をしまった。一泊だけでもスーツケースはいちど空にする。シャワーを浴び、裸でベッドに入った。メールをチェックすると、ウラから来た一件に、友達の夏の別荘に無事着いた、気をつけてとあった。クララからは、おやすみなさい、車を大切に、気をつけてとあった。ソフィーのメールには、ルックとビッグ・ボーのことがすごく気に入った、気をつけてとあった。

隣にレイラがいたら寝つけないのではないかと思ったが、自分でも驚くくらいあっさりと、夢すら見ない眠りに落ちた。

21

ヴァイス女史という名前から年配の堅苦しい女性を連想していたが、彼女は浮ついた感じのする四十代前半の女性で、ルイーザと呼んでほしいと言った。背が高くすらりとしていて、ブロンドの髪、藍色の目、大きな口が特徴だ。引き締まった体つきで、日頃からウエイトを挙げているのではないかと思った。シルクのブラウスからのぞく腕が鍛えている感じだったからだ。魅力的な女性だった。

ルイーザはレイラを軽く抱きしめ、かつていっしょに取り組んだ事件のことを尋ねた。「ケルンの美術館で自分たちの絵が見つかって、彼らは大喜びだった」レイラはドイツ語でルイーザに言った。「ある依頼人がおばあさんの所有していたマックス・リーバーマンの絵を探していて、ルイーザの力を借りて取り戻したの」と、彼女は私のためにドイツ語のまま言い足した。

ドイツ系ユダヤ人で印象派のマックス・リーバーマンは知っていた。その作品『浜辺で馬に乗る二人』はナチスに盗まれた最高傑作のひとつだ。この絵は二〇一五年に開かれたサザビーズのオークションで、ダーヴィト・トーレンという元々の所有者の相続人が途方もない金額で落札した。同じくナチスに盗まれたグスタフ・クリムトの『アデーレ・ブロッホ＝バウアーの肖像I』ほど有名ではないが、リーバーマンの手になるこの絵はすばらしい出来栄えで、何年か前に記事を読んだとき印象に残っていた。

レイラの紹介を受けてルイーザと握手した。力強い握手をする女性が私は好きだった。

彼女は私たちを自分のオフィスへ案内した。ガラスと光をふんだんに取り入れた風通しのいい部屋だ。連邦公文書館という名称から人がミツバチのように動きまわっている、くすんだ感じの場所を想像していたのだが、ルイーザのオフィスは美術品で美しく飾られ、ベルリン・フンボルト大学で取得したドイツ美術史の博士号証書が誇らしげに掲げられていた。

「わたしで力になれることかしら？」ネスプレッソ・マシンでコーヒーを淹《い》れてくれたあと、彼女は尋ねた。レイラはクリーム入りのコーヒーを受け取り、私はブラックで飲んで、朝の煙草が恋しくなった。旅先では吸わないことにしていたから、欲望に歯止めをかけた。さもないと、煙草を買える場所を見つけて必要を満たしてしまうに決まっている――そして一本が一箱になる。

サネ・メルゴーの足跡をたどっていることをレイラが説明し、サネが連邦公文書館で何を探していたのか、解明に力を貸してもらえないかと尋ねた。

ルイーザは鼻にしわを寄せた。「これは五年前のことね？」

「ええ」とレイラが肯定した。

「わたしが来る以前のことだわ」ルイーザは少し考え、オフィスの電話の受話器を取った。「わたしのオフィスまでご足労願えませんか」と彼女は言い、そのあと笑って、「コーヒーをごちそうします」と付け加えた。

彼女は電話を切って立ち上がり、大きな口を曲げて満面に笑みを浮かべた。「彼はわたしの淹れたネスプレッソが好きなの」

彼とは、シュミットという七十代後半の男性だった。矍鑠《かくしやく》としていて、私たちが何を求めているかすぐに理解してくれた。ほとんど禿げた頭にまばらな白い髪。丸眼鏡をかけていた。年齢の重みにも腰は曲がっていない。よじれた昔風のサスペンダーを付けていた。私好みのスタイルだ。

「デンマークの政治家」彼は考えこむようにしてうなずいた。バイエルン訛りの強いドイツ語からみて、ミュンヘンの出身だろう。

レイラが携帯電話でサネ・メルゴーの写真を見せると、彼は目を輝かせた。

「うん、たしかに」シュミットは言った。「彼女は何度かここへ来た。閲覧制限のある記録を求めていた。力になれなかったが」

「何を探していたかご存じでは？」とレイラが尋ねた。

シュミットはうなずいた。「彼女はナチスに協力していたデンマーク人の記録に関心を寄せていた。でも、その情報のほとんどはここにはないと伝えた。おそらくデンマーク《D》国家社会主義労働者党《NSAP》とかの機密ファイルにあるのではないかと」

　ＤＮＳＡＰ、別名デンマーク・ナチ党はドイツの侵略とデンマーク占領を支持し、ドイツ・ナチ党から財政的、政治的支援を受けていた。デンマークの民衆からは好かれず、ドイツによる占領中に彼らが政治集会を開こうとしたところ、デンマーク市民が蜂起し、ＤＮＳＡＰのメンバーは身体的危害を逃れるためにデンマーク警察の保護を受けるはめになったという。

　しかし戦後になると、党員は襲い来る憎悪から身を守れなくなった。ナチスに協力していた人々も同様だ。ドイツ軍が撤退すると、デンマークのレジスタンス勢力の若者たちが路上に繰り出し、ナチス内通者とおぼしき人々に怒りをぶつけた。内通者は正当な法の手続きを踏まずに罰せられた。強制的か否かにかかわらずドイツ兵とセックスしていたデンマーク人娼婦たちは服を剝がれ、毛を刈り取られ、強姦され、公然と辱めを受け、袋叩きにされた。ドキュメンタリー映像や雑誌の写真でその場面を見たことがある。

「うちにあるものはお見せしたが、彼女が求めていたのはとても特別な資料だった」シュミットは記憶を探ろうとするかのように目を細めた。

　私たちは待った。

　シュミットはコーヒーを飲み、思い出したとばかりに微笑んだ。「そう、彼女が知りたかったのは、レジスタンスの組織にいながらひそかにナチスに協力していたデンマーク人青年のことだった。デンマークの二重スパイの記録はゲシュタポがきわめて用心深く保管していたので、うちにはその情報がなかった。だから、内通者に関する調査をしていたフリードリッヒ・マイネッケ歴史研究所のオスカー・ゾンマー博士を紹介した」彼は満足そうに椅子の背にもたれた。「彼女には長らく会っていません。お元気ですか？」

「残念ながら亡くなりました。殺されたんです」とレイラが言った。

　彼は息をのんだ。「まさか！　ありえない。なんてことだ。殺された？　誰に？　どうして？」

「彼女はタカ派の右翼政治家でした……敵も作った」

　シュミットはため息をついた。「彼女に渡した資料をお渡ししましょうか？　まだサーバーのフォルダーにあるはずだ。全部ＵＳＢメモリに入れてお渡しできますよ」

「そうしていただけると助かります、シュミットさん。感謝します」レイラが声をはずませた。

　シュミットがＵＳＢメモリを取りにいくあいだに、ルイーザが言った。「彼はここの永遠の主《ぬし》なの。文字どおり。本人が引退を拒んでいるし、わたしたちも彼を手放すほど愚かじゃない。どこに何があるか、彼はすべて把握しているのよ」

「お力を貸していただいて、どんなに感謝してもしきれません。今夜、食事でもいかがですか?」彼女を誘う予定はなかったが、そうするのが正しいと感じたし、レイラと二人きりになりたくなかった。

ルイーザはにっこりした。「たまたま、今夜は空いています」

黒いフェドーラ帽を彼女に傾けて微笑み、レイラを見るのは避けた。名前と電話番号とメールアドレスだけの名刺を取り出して、ルイーザに渡した。

ルイーザはそれを見てテーブルに置いた。「わたしのお気に入りのレストランを予約して、お二人にメールします。食事のあと、よかったら、行きつけのバーでナイトキャップと洒落こみませんか」

彼女は私の誘いに誘いで応じた。

笑顔でうなずき、引き続きレイラは見ないようにした。

「あなた、誰とでも寝る淫乱男みたい」昼食のため、オスカー・ゾンマー博士のオフィスからすぐのカフェに立ち寄ったとき、レイラが不機嫌そうに言った。約束までまだ一時間半ほどあったから、シュミットから渡されたUSBメモリの中身を見ながら食事をすることにしたのだ。

「社交辞令だよ」

「よく言うわ」レイラは鼻を鳴らした。「きっと、わたしたちのスイートにも連れてきて……」

妙に楽しくなってきて、片手を上げて先を制した。「自分のうちがあるだろうし、夜を共にしたくなる段階まで来たら、きみが気まずい立場にならないよう配慮する」

「会ったばかりの女性と寝るの？」彼女は語気を強めた。

建設的でないと考えて答えずにいると、彼女はウェイターのほうに顔を向けた。「シャルツホーフベルガー・リースリングをグラスで。大きなグラスでちょうだい。あと、オヒヨウの網焼きを」

「承知しました」とウェイターは言い、私を見た。

「ビールを……すぐ出せるものならなんでもいい」

「ヴァイエンステファン・ヘーフェヴァイスというヘーフェヴァイツェン（南ドイツの酵母を濾過しない白ビール）がございます。とても爽《さわ》やかで、一〇四〇年からヘーフェヴァイツェンを造っている世界最古の醸造所、ヴァイエンステファンのものです」このウェイターは自分の店のビールを熟知していた。

「それはすばらしい。食事の注文は飲み物が来てからに」

ウェイターはレイラのメニューを受け取り、飲み物の注文を入れるために離れていった。

レイラは首を横に振った。「好きな人と寝たらいいわ」

「ただのお礼のディナーだ、レイラ」私は小声で言った。「私はホルモン過剰な十代とはちがう。毎晩とか二日に一回セックスする必要はない」

「おっしゃるとおりね」彼女はこめかみを指でこすった。「ばかみたい、わたし……ちょっと、ホルモン過剰な十代に近いのかもしれない」

そのとき、私のラップトップがビッと鳴った。携帯電話をホットスポットにしてＵＳＢから全ファイルをダウンロードし、クラウドにバックアップしていた。

「うーん、これは興味深い」文書のタイトルにざっと目を通した。

ドイツ語の読解力はドイツ語会話ほど錆《さ》びついていなかったから、〈Service Record_Hauptsturmführer Fritz Diekmann〉という文書を開いた。

レイラが身を乗り出して、その書類を見た。「従軍記録？」

私はうなずいた。「ディークマンというのはコペンハーゲンにいたナチス親衛隊員か。階級は……？」

「大尉よ」とレイラは答えた。

「コペンハーゲンにいたのなら、デンマークのゲシュタポ長官カール・ハインツ・ホフマンの配下だろう」

カール・ハインツ・ホフマン親衛隊少佐はデンマークでもっとも有名なゲシュタポ幹部の一人で、コペンハーゲン市裁判所から死刑を宣告されたドイツ人の一人という栄誉にも浴している。ゲシュタポの地域本部に使われたコペンハーゲンの〈シェルフース〉（英語ではシェルハウス）でデンマークのレジスタンス戦士を何百人も殺し、拷問を加えた罪で。ところが、数年後に恩赦を受けたのち西ドイツへ送還された。長生きし、インタビューに応じたりして反省の色を見せず、ろくでなしのまま一九七五年に生涯を閉じた。

　ほかの従軍記録もいくつか開いてみた。「ここに出てくる親衛隊将校はみな、一九四四年から四五年にかけてデンマークに配属されていた」

「全員が？」と、レイラ。

　答える前にウェイターが飲み物を運んできた。私はジャガイモとアスパラガスを添えたステーキをミディアムレアで注文した。

「占領下のデンマークに駐在していた将校たちの身元を彼女は割り出していたわけだ」ファイルをスクロールし、ひとつを開いた。「この文書には第Ⅳ局Ｂ部四課と呼ばれたユダヤ人課のことが書かれている」

　レイラが文書を見た。「これ、アイヒマン報告《レポート》よ」

「デンマーク語で頼む」

「彼らが好んで使う言い回しをするなら、ユダヤ人問題に取り組む将校たちがいたの」彼女は説明した。「この局はヨーロッパ全土のユダヤ人を強制収容所や殺害施設へ強制連行するための調整を担っていた」

私はさらに目を通し、「〝突撃歩兵〟」と、報告書のタイトルを読み上げた。

「突撃歩兵」レイラがおうむ返しに言った。「デンマークにおけるDNSAPの活動は武装親衛隊とデンマーク義勇軍のメンバーを集めたときを除けば、成果はいまひとつだった。ドイツ軍とともに一万二千人近いデーン人がロシアと戦ったのは知っていた？」

「そんなに大勢が」

レイラはうなずいた。「武装親衛隊はドイツ国外に暮らす非ドイツ人とドイツ人、合わせて五十万人近くを志願兵や徴集兵として採用した。若い人たちをドイツ軍に強制入隊させたのよ。おそらくその多くはロシアの冬で命を落とした」

無作為的に書類を開いていくうち、あるひとつが目に留まった。「これはナチスに協力したデンマーク人の一覧だ。百人くらいしかいないぞ。そんなはずはない」

「ええ」レイラはワインを口にした。「わたしの友人マーティン・イェーガーはロスキレ大学歴史学部の学部長で、デンマーク国内でナチスに協力した人たちの名前が書かれた公文書を公開するようデンマーク政府に請願してきた。公文書にはおそらく二十万人以上の名前があるものと彼は考えている。職業も地位もさまざまなデーン人の名が」

「公文書が公開されない理由は？」

「八十年ルールが適用されているせい」とレイラは言った。「愕然とする話よ。第二次世界大戦時のデンマークの話になると興奮しやすいマーティンは、戦後八十年の節目を迎えてもこれらの記録が公開されることはないと思っている。大企業家や政治家が危険にさらされかねないからよ。王室もかもしれない」

「七十年以上前にナチスに協力した人のことを、いまさらどうこう言う人がいるとは思えないが」

「何十年か遅れであっても正義の裁きを見たいと願う人は、大勢いるんじゃないかしら。ヘルムート・ライフ・ラスムセンを覚えている？」

うなずきを返した。二〇一五年、デンマーク政府はヘルムート・ライフ・ラスムセンの不起訴を決定して物議を醸した。当時すでに九十代だったとはいえ、彼は戦時中、ベラルーシのバブルイスクにあった〈森の収容所〉で守衛を務めていた。病気や疲労や栄養失調で働けなくなったユダヤ人は銃で後頭部を撃たれ、自分で掘らされた墓に埋められた。

「細かなところは覚えていない。ヘルムート・ライフ・ラスムセンは何をもって有罪とされたんだ？」

「ユダヤ人の人権を擁護する〈サイモン・ヴィーゼンタール・センター〉という団体がデンマーク当局にヘルムートの犯罪関係書類を提出した……そこに詳しく書かれていたのよ。ヘルムート自身が〈森の収容所〉にいたことを認めていたから、水掛け論にはならなかった」レイラは嫌悪の色を隠そうとしなかった。

料理が運ばれてきて、二人で食べはじめた。朝食抜きで睡眠時間もふだんより短かったため、空腹だった。

「しかし、検察は彼を起訴しなかった」これは質問ではなかった。事実だ。

「高齢だからと言って」レイラはサクッと焼かれた魚を切り分けてフォークにのせた。

「サネの同僚で親友だったデンマーク国民党のピーダ・スコーロプはヘルムートが起訴されることを願っていた。彼によれば、ISISに共鳴して戦闘員になったデンマーク人を罰しなければいけないなら、ヘルムートのような輩《やから》も取り逃がしてはならない」

「サネもそう信じていたのだろうか」私は言った。「だから第二のヘルムートにまつわる情報を集めていたのだろうか」

「かもしれない」レイラはワインを口にした。

私はせっせと食事を口に運び、ナイフとフォークを置いて、口当たりのいいビールで絶品ステーキを流しこんだ。「しかし彼は九十歳で、人々が憤っていたのは確かでも、そのために誰かが彼を殺したりはしなかった」

「だけど、もしヘルムートが……たとえば、女王のいとこだったら？」レイラが疑問を口にした。「あるいは、有名なデンマーク人の父親で、影響力もお金もある人だったとしたら？　誰も知らなかったことをサネが発見していたとしたら？　レジスタンスの戦士でありながらナチスに協力していた人のことを？」

「それだけではなかったら？　彼女の本が日の目を見ないよう、その一族とミゲル・トアセンが手を携えていたとしたら？」

「ひょっとして……もしかしたらだけど、サネ・メルゴーが殺されたのはそのせいで、ユセフとはなんの関係もなかったのだとしたら？」レイラは目を輝かせた。こんなレイラが愛おしい。こんなレイラを愛していた。こういう情熱的な彼女を。

再会してから彼女がぎくしゃくした態度を取りつづけていたせいで、私の知っていた屈託のない陽気な女性を忘れていた。しかし彼女は仮面を脱ぎ捨てて障壁を取り払い、ここへ還《かえ》ってきた。

仮面の剝落を強調するかのように、彼女は髪を顔から離していた髪ゴムを外し、慣れた手つきで右手首へ移した。優雅な暗色系スーツに真っ白なシルクのキャミソールトップ。活力を取り戻した彼女が上着を脱いだとき、私は十代の少年のように目をみはった。なめらかなシナモン色の肌と大きな口と優美な鼻。なんという美しさだ。

心に痛みを感じた。はるか昔、この女性に強く心を揺さぶられたことを鈍い痛みが教えていた……ちょっとした機会があれば、いまでも強く揺さぶられるかもしれない。

レイラは先に食事を終えて皿をわきへやった。「見てもいい？」と彼女に求められ、パソコンを押しやった。

彼女はキーボードの上に指をひらめかせてファイルを開き、ざっと目を通してから閉じた。私は彼女を見ながら食事を続け、ビールを飲み、さまざまな体位で絡み合った淫靡《いんび》な記憶が甦《よみがえ》らないよう歯止めをかけていた。

「ナチス内通者に関する本を彼女が書いていたのは間違いない」レイラは確信した口ぶりで言った。「誰のことを暴き立てるつもりだったのかしら? 女王? 政治家?」

ミゲル・トアセンが関与してきた以上、たぶん高位の人物だ。

「あと何年かしたら記録は公開される。八十年ルールが無効になって。あれは大きな発見を先延ばしにしているにすぎない」

「ゾンマー博士からどんな話を聞けるか楽しみだわ。ねえ、ゲーブリエル、わたしたち、ユセフの出獄に近づいてきたんじゃない?」彼女は期待を込めて言った。

「あわてるな、レイラ」と警告した。「私たちにあるのは数多くの予感だけで、数ある記録文書のつながりはついていない。彼女が害のない話を書いていた可能性だってある。ユセフ・アフメドが彼女を殺した可能性だってまだある。息子がむごたらしい目に遭ったのだから、そんな行動に走ってもおかしくはない」しかし彼に会ったあと、そうではないと私の直感は言っていた。私が会った男は……そう、紳士的で高潔だった。だが、この探偵は直感にばかり頼っているわけではない。直感を信用してはいるが、検証もする。

22

コザー通りで市営駐車場を見つけ、ゾンマー博士との約束の十五分前にフリードリッヒ・マイネッケ歴史研究所に入った。歴史文化研究部門はすっきりした美しい線と数多くの窓を特徴とする、現代的な威風堂々たる建物だった。ロビーは活気にあふれ、リュックを背負った学生やスーツ姿の男性、事務服の女性、そして会話のざわめきに満ちていた。

ぴかぴかの机の向こうから受付の若い女性がこぼれそうな笑顔を向けた。机の前の名札にはペトラ・フィッシャーとあった。二十代の後半だろう。ブロンドの髪に青い目、豊かな胸を目立たせる黒いタイトなニットTシャツが、ボディラインを引き立てるスカートにたくしこまれている。上着は椅子に掛けられていた。脚は見えなかったが、こちらもきっと目を楽しませてくれるにちがいない。

「ご用件をうかがいます」と、彼女はドイツ語で言った。

オスカー・ゾンマー博士と約束している旨をレイラが告げた。

ペトラはコンピュータに目を通してから、「申し訳ありませんが、今日は来ていません」と言った。

「約束しています」とレイラは主張した。

「昨日お話ししたばかりです」と、私も錆びついたドイツ語で言った。

ペトラはもういちど調べて肩をすくめた。「彼の予定表にアクセスできません。携帯電話にかけてみます」

私たちは待った。

彼女は笑顔を向けたまま電話をかけ、ヘッドホンを調節した。「もしもし、ゾンマー博士ですか?」

耳を傾けるうち彼女の顔から笑みが薄れていった。短いやり取りだったため私たちにわかることは少なく、電話を切った彼女の顔は青ざめていた。

「出たのは、け……警察でした」彼女は口ごもった。「ゾンマー博士は亡くなったそうです」

レイラはしばらく彼女を見つめた。「亡くなった。死んだという意味?」

若い女性はうなずいて、こらえきれずに泣きだした。

「お悔やみ申し上げます」彼女のほうへ身を乗り出し、優しく肩を叩いて慰めたいところだったが、手は引っこめたままでいた。

「住所を教えてもらえますか? お悔やみに伺いたいので」レイラは彼女を慰めるどころ

ではなかった。

ペトラはつかのまレイラを見つめ、それから私を見た。〝私は虫も殺さない〟という笑みを精いっぱい浮かべると、規則違反だろうに住所を教えてくれた。たぶん、私の笑顔が効いたのではなく、ショックを受けていたからだろう。しかし、そこには触れないことにした。

亡くなった教授の家は研究所から五キロほど、裕福な人々が暮らすシャルロッテンブルク地域のブランデンブルク通りにあった。ベルリンのシャルロッテンブルクに大きな屋敷や美しい建築物やシャルロッテンブルク宮殿があることくらいは、私でも知っていた。

クロイツベルク地区をはじめ、ベルリン南部や東部のもっとボヘミアン的で都会的、進歩的な地域を避けたい人たちだ、このあたりに暮らしているのは。私は前者のほうが好きだったが。

教授が暮らしていた〈ハウス・ブランデンブルク〉は一九一〇年に建てられたデザイナーズアパートで、全面的に改装されていた。この一帯にはスノッブ心をくすぐる専門店やレストランや広場などが並んでいる。たちまち私は嫌いになった。

「わたしたちが会いにきたとき彼が亡くなるなんて、偶然が過ぎると思わない？」レイラは次のステップの手がかりを待っているかのように助手席に座っていた。

「確かめよう。警察がまだいたら、何かわかるかもしれない」と提案した。

レイラは目の焦点が定まらないままうなずいた。次の瞬間、彼女は自分に喝を入れるかのように頭を振って漠然とした不安を振り払い、それから車を降りた。

レイラはエレベーターに乗ると閉所恐怖症に陥る。それを覚えていたので、エレベーターの前で立ち止まらず、いっしょに三階まで階段で行った。

部屋の外で警官が二人、見張りに立っていて、片方が私たちの視界を遮るようにドアを閉める直前、ソファに座って泣いている女性が見えた。

レイラは自分たちの素性を明かし、ゾンマー博士と約束していたことを伝えた。自分が弁護士である点を強調し、彼の自宅でなくオフィスで会う約束をしていた点はごまかした。二人とも何も知らない顔をし、うまく表情をつくろった。

制服警官の片方が部屋に入り、既製品と思われる暗色系のさえないスーツを着た男性を連れてきた。男は刑事警察（略称クリポ）の刑事で、ヴェルナー・カイザーと名乗った。自己紹介し合い、三人で握手を交わした。

「ここでこの時間に会う約束を?」とヴェルナーが尋ねた。

肩をすくめる。「いや……彼のオフィスで会う約束だったんだが……」

ヴェルナーは背が高く、髪はブロンドだった。空き時間に体を鍛えているようで、その時間もたっぷりあるようだ。軍隊風に髪を短く刈り、世界じゅうの警官のご多分に漏れず、履いているのは足が楽で見てくれの悪い黒靴だった。私は警察に別れを告げたとき、この手の靴を捨てて深く暗い喜びに浸ったものだ。

クリポの刑事と同じく私も灰色のスーツを着ていたが、こっちはジョルジオ・アルマーニで、ベルルッティ・スクリットの濃い灰色をしたスリッポン式の革靴は刑事の靴と雲泥の差だ。ワース&ワースの灰色のフェドーラ帽とクリスチャン・ディオールのネクタイはポルシェの車内に置いてきた。適切な服装だ。

「名刺はお持ちですか？」ドイツ人の刑事は尋ねた。

レイラが自分の名刺を渡した。

ヴェルナーはそれを読み、考えこむような顔で私たちを見た。「コーヒーでも飲みながら話しましょう。角の〈パークカフェ・ベルリン〉という店で待っていてください」

歩いてカフェへ行き、屋外のテーブルを見つけた。椅子に座ったところでトミーに電話をかけて状況を説明した。

「死んだ？　おまえが殺したのか？」と彼は訊いた。

「ああ、懺悔《ざんげ》のために電話している」と、そっけなく返した。

「クリポの知り合いに電話をかけよう。おまえたちと話をする警官の名前をメールで教えてくれ」トミーはそう言って電話を切った。

コーヒーでは効き目が薄いだろうと考え、ビールにした。サネ・メルゴーの件で会うはずだった男が死んでいた。殺されたのだ。神経を静めるのにコーヒーでは足りない。

レイラは紅茶を注文した。彼女の神経を静めてくれる飲み物なのだろう。

「わたしだけかしら、それとも……あなたも何か変だと思っている？」と彼女は尋ねた。

「何か変なのは間違いない」と同意し、若いウェイターが運んできたヘーフェヴァイツェンをたっぷり喉に流しこんで、ホッとひと息ついた。

レイラは周囲を見まわして、刑事がすぐ来そうかどうか確かめたあと、小声で言った。

「この案件を放棄して手を引いたほうがいいと思う。人が死んでいる。帰りましょう。いますぐ。刑事には会わないほうがいい。もうこれ以上続けたくない」

「ありふれた原因で死んだ可能性もある。心臓発作とか」

「ちょっと都合がよすぎる。そう思わない？」

「ゾンマー博士は、都合がいいとは思わなかっただろうな」と言い、レイラににらまれてため息をついた。「あの男と話をしてみよう。何かわかるかもしれない」何も教えてくれなくなった一人の死者を除けば、まだ何もつかめていないのだから。

ビールを半分くらい飲んだところで、ヴェルナー・カイザーがやってきた。ウェイターに手を振り、私のビールを指さした。ウェイターがうなずく。

「朝の四時から働いていてね」と彼は説明した。

「だったら、ビールの一杯くらい飲んでも罰は当たらない」私の携帯電話に着信音があり、トミーからのメールに目を通した。

〝ヴェルナー・カイザーは問題ない〟。これにはふたつの意味があった。私たちに協力してくれ、信頼できる、ということだ。

「うちのボスにコペンハーゲンの警部から電話があった」ヴェルナーはドイツ語で言った。

「きみは同僚の警察官なわけだ」

「元警察官だ」と訂正した。

ビールが届き、ヴェルナーはくぐもった声でウェイターに「ダンケ」と礼を言った。

「ゾンマー博士にはどんな用で?」

レイラが腕組みをした。弁護士モードだ。「わたしの法律事務所が取り組んでいる調査のことで話を聞かせていただくつもりでした。プレストさんはうちの調査員です」

ヴェルナーはビールを口にし、満足そうに息をついた。

「毎度のことだが、最初のひと口は魔法のようだ」と彼は満足げに言い、スーツの上着の胸ポケットから煙草を取り出して、ウェイターに灰皿を持ってくるよう手を振った。

灰皿が来るのをみんなで待ち、ヴェルナーが煙草に火をつけた。

羨望のまなざしで煙草を見て、そのあとは吸わないことに神経を集中した。プレスト、家なら一日二本吸ってもいいが、旅先では一本たりと吸うな、と自分に言い聞かせた。一本吸ったら立て続けに吸うようになって、肺がんを発症し、この世とおさらばだ。

「どんな調査か、よかったら教えてくれないか?」ヴェルナーは煙草を深々と吸いこみ、私は彼の顔に鼻が近づきすぎないよう努めた。

　レイラが唇を舐めた。どこまで明かしたものか、測りかねているかのように。「ゾンマー博士から聞きたかったのは、彼が取り組んでいた第二次世界大戦に関する研究の話です」

　ヴェルナーが苦笑した。「ドイツでは、大学で歴史学を専攻している学生なら第二次世界大戦と冷戦とナチスを何かしら研究している」

「彼はナチスに協力していたデンマーク人を対象に、ある特定の研究をしていました」とレイラが言った。

「なるほど」と、ヴェルナーは先をうながした。

「彼はどのようにして死んだんですか？」使ったり聞いたりしているうちに私のドイツ語も少しましになってきていたが、上手にはほど遠い。

「殺された」ヴェルナーはあっさり告げた。「彼の妻はテック系企業のCEOを務めていて、彼女が今朝、出張先のニューヨークから戻ってくると、血まみれになった織密度《スレッドカウント》三千のエジプト製コットンシーツの上に彼が倒れていた。鋭利な刃物で喉をすっぱり切り裂かれて。声をあげる暇も、何かを感じる時間もなかったのではないかな。気の毒に、あっと思った次の瞬間には死んでいただろう」

　ティーカップを持ち上げたレイラの手が震えていた。無理もない。ピルスナーグラスに置いた私の指も安定していたとは言いがたい。

「プロの仕事だ」とヴェルナーは続けた。「犯人はピックで錠を破っている。建物の外の監視カメラに何か映っているかもしれないが、期待はしていない。建物内にカメラはなかった……プライバシーやら何やら問題があって。監察医によれば、死亡時刻は午前一時ごろ」

「家からなくなったものは?」そこを知りたかった。

「もちろんある。犯人はあちこち物を放り出していった。宝石とか現金とか、そのたぐいが消えていた。金庫が開けられていた……難しい錠じゃない。中身はきれいに消えていた」

「しかし……」と、私はうながした。

「しかし、奥さんのヘアブラシの横にあったダイヤの指輪は取り忘れていた」ヴェルナーはそう言ってにやりとした。「強盗はあとから思いついて付け足しただけで、そのつもりはなかったような気がする」

「あるいは、金庫の中のものが目当てだったのか」と、私はほのめかした。「金庫に入っていたのは?」

ヴェルナーは肩をすくめた。「奥さんの話では、書類のたぐいだ。現金や宝石はなかった。彼女が目を覚ましたら、もう少しわかるかもしれない。パニックを起こしてね。シュパンダウアー通り沿いのクリニックで鎮静剤をもらって眠っている」

「部屋にいた女性は誰ですか？」レイラが尋ねた。「泣いている人がいたでしょう？」

「被害者の同僚だ」ヴェルナーはそれ以上説明しなかった。

「同僚？」私は疑念を声にした。

ヴェルナーは微笑を浮かべた。「朝食をいっしょに食べようと、善良な教授を訪ねてきていた。奥さんの帰りは明朝の予定だったが、夫を驚かせようと早朝に帰ってきた――さいわい、同僚が来たのは奥さんと警察が来たあとだった」

「同僚の名前は？」

「こっちの手は見せた」ヴェルナーは煙草をもみ消し、すぐ次の一本に火をつけた。

煙草への衝動をもういちど抑え、レイラを見た。彼女は弁護士だ。刑事に言うべきこと、言わずにおくべきことは彼女が決める。

レイラは咳払いをして、歯切れのいい声で言った。「いろんな状況がどうつながっているのか、わたしたちにはわかっていません」

「一般市民にできない話をすることにはリスクがともなう」ヴェルナーが言った。「あえて仕事を危険にさらしているのは、きみたちが被害者から聞きたかったことと彼が死んだ理由に密接なつながりがあるかもしれないからだ。つまり、彼は妻の留守中に同僚と寝るようなくず教授だ。なぜ彼に死んでほしい人間がいるのか？」

「妻以外で」と、私はまぜっかえした。

ヴェルナーはうなずいた。「そこも調べるつもりでいる。しかし、ちがうな。刑事の勘というか」

レイラは背すじを伸ばして座り直した。「五年前、デンマークである政治家が殺されました」

「イスラム教徒の移民が右翼政治家を殺した事件か」ヴェルナーはビールを口にした。

「覚えている」

「ユセフ・アフメドはサネ・メルゴー殺害容疑で有罪判決を受けました」レイラはまた唇を舐めた。緊張しているとき出る癖だ。

「彼はだいじょうぶ、トミーのお墨付きだ」とレイラをうながした。

彼女は安堵したようにうなずいた。「サネ・メルゴーはナチスに協力したデンマーク人のことを調査して本を書こうとしていたらしいのに、誰もその本の原稿を見つけられていません。それどころか、誰も本のことを知らないようなんです。つい最近、亡くなった博士からサネの妹へ、近頃公開された公文書の中に情報が見つかったという手紙が届きました」

「私たちは彼の研究について聞きたいことがあると言って会う約束を取りつけ、彼の知っていることを知りたいと願っていた」と私が言い足した。

ヴェルナーはうなずいた。「ハリウッドのスリラー映画のような話だ」

「スリルより混乱が勝っているが」と指摘した。

「何かを知っていたために殺された可能性もあるとは思うが……誰も知らないどんなことを知っていたのか？　いまはウィキの時代で、みんながなんでも知っている。隠すべき秘密などない」ヴェルナーはビールを飲み干して立ち上がった。「彼の不倫相手はモニカ・フランケ博士。フリードリッヒ・マイネッケ歴史研究所に勤務している」

彼は名刺を一枚取り出し、裏に何かを書いてレイラに渡した。「この事件のことで何かわかったら電話してほしい」

彼が帰ったあと名刺の裏を見ると、モニカ・フランケの住所が書かれていた。

私は微笑んだ。「次の手がかりが手に入ったようだ」

23

ホテルへ戻ったあと、レイラは自分の寝室から何本か電話をかけ、私はジョギングに出かけた。シュプレー川の川沿いにはウォーキングとジョギングとサイクリングができる人気のコースがあった。国会議事堂に近いマーシャル橋から走りだし、川岸に沿ってハンザ橋まで行って、そこからマーシャル橋へ引き返した。八キロの距離を気持ちよく駆け抜けた。毎朝コペンハーゲンの湖を二周する六キロコースより少し長かった。

水辺、特にボートやアクティビティが見られる川沿いを走るのは楽しい。これはベルリンを体感するのにうってつけの方法だった。帰ってきたときは、走ったのと暑さで汗びっしょりになっていた。レイラの部屋から小さな声が聞こえた。まだ仕事をしているのだ。シャワーを浴び、身支度を整えた。この日はアン・ドゥムルメステールのコットンとリネンの注文仕立てのブレザーにパンツを合わせることにした。いつもならブレザーはなしにして、白いボタンダウンのシャツだけで行くところだが、銃を隠していく必要があった。この取り合わせに濃紺のバンドがついたフォーラーの夏用パナマ帽とエデン・ミラノの濃紺のスエードローファーを合わせた。

レイラのドアをノックし、「開いてるわよ」という返事を聞いてから中をのぞいた。彼女は机の前に座っていた。朝のスーツのまま、机のラップトップに向かっていた。

「私はレストランまで歩いていく」ホテルから歩いて二十分のシャルロッテン通りにある伝統的ドイツ料理店〈ルッター&ヴェグナー〉で、ルイーザと夕食の約束をしていた。いっしょに歩いていこうとレイラを誘ったわけではない。選択肢を与えたのだ。まだ仕事が残っているからウーバーで行くと言われたときは、少しがっかりした。

服装を褒めようともしない。たぶん仕事に気を取られているせいだろう。

ホテルのロビーを出てすぐ、尾けられていることに気がついた。ジーンズにTシャツの男だ。顔は見えないが、黒地のTシャツに白い蠍《さそり》の絵と〝スコーピオンズ〟という文字があった。「ウィンド・オブ・チェンジ」という曲で有名なドイツのバンドにちなんだものだろう、と推測した。

とりたてて目的もない観光客のように街を歩きまわった。レストランでの待ち合わせは一時間後だ。時間はある。男は同じペースでついてきた。ブティックに入って適当に上着を選び、試着室に入った。新しい上着を羽織って、試着室を出る。縦長の鏡に私を探している男が見えた。男から見えないよう壁にもたれて、試着した上着を脱ぎ捨て、ハンガーとスーツの間を通り抜けて若い男の後ろへ回った。その途中でカウンターから黒のマジックマーカーを拝借した。

「よお」腰のくびれた部分にマーカーを突き当てた。男が固まった。「元気か?」とドイツ語で言い、ジーンズの後ろポケットからのぞいている財布をゆっくり抜き取った。

男が身じろぎし、「落ち着け」と私は警告した。

身分証によれば、十八歳で、名前はマーカス・グラフ。マジックマーカーと銃の筒先やナイフの先端とのちがいがわからないあたり、素人にちがいないが、十代向けのブティックでベイビー・グロックを取り出すわけにはいかない。

「マーカス、なぜあとを尾けてくる?」と言い、財布をポケットに戻した。

マーカスは少し震えていた。「頼まれて」

「誰に?」

答えないので、さらに強くマーカーを押しつけた。「いとこだ。それでいいか?」

「名前は?」

「セルジオ」彼はつぶやくように言った。

マーカーを引き戻し、彼をくるりと私のほうへ向かせた。にきび面が青ざめていた。ソフィーより年下だろう。

「帰れ」上着を少しずらして銃のホルスターを見せてやった。

マーカスはショックで立ちすくみ、小さくあえぐように息を吐いた。

「失せろ《アプハウエン》」とドイツ語で命じた。マーカスは言われたとおりにした。

伝統的ドイツ料理が堪能できるとルイーザが太鼓判を押す〈ルッター&ヴェグナー〉へ向かう途中、ヴェルナーに電話をかけた。

「セルジオという男に心当たりはないか？……名字はグラフかもしれない」

「もちろんある」ヴェルナーは煙草を吸っていた。音でわかる。「ヴォルガ・ドイツ人……つまりドイツ系ロシア人で、ロシアンマフィアに幅広いコネを持つ。悪党だ」

「そいつのいとこで、マーカス・グラフというにきび面のガキが私を尾けてきた。いとこから頼まれたそうだ」と説明した。

「そいつはまずいな。セルジオは筋金入りのワルだ」

「そんな気がした」

「マーカスというのは聞いたことがない。母国《くに》から来たばかりなんだろう。セルジオがきみに関心を持つ理由は見当がつかない」ヴェルナーは楽しそうに言った。「それを言えば、きみがデンマークでどんな面倒に巻きこまれているかも知らない。しかし、セルジオが関心を持っているなら、きみがロシアンマフィアを怒らせたとしか思えないし、彼らはヨーロッパ全土で活動している。だから協力し合う。しかし、セルジオは最上層じゃない。どちらかと言えば、街のごろつきに近い」

「私は一介の私立探偵で、結婚相手以外とファックしている連中の写真を撮ってくるのが仕事だ」と力説した。「その方面以外で取り組んでいる仕事はこれだけだ」

クリスティーナ・ハスィングの件もあったか、と思い出した。ユセフ・アフメドでなく、あっちが原因という可能性はあるだろうか？

「教授の喉が切り裂かれているあいだに、彼のオフィスも荒らされたようだ」

「荒らされた？」

「ファイルがすべて持ち去られ、ハードディスクが破壊されていた」とヴェルナーは明かした。「ハードディスクを空にしてから叩き壊したものと、ＩＴの専門家たちは考えている」

「教授の死とオフィス荒らしにはつながりがあるかもしれない」

「当然だ」ヴェルナーは陰気な口調で言った。「このたぐいは探偵学校で教わってきただろう？」

「おそらくは世界最高の私立探偵だ」と、カールスバーグの〝おそらくは世界最高のビール〟という有名な広告文句に引っかけた。

「自分の目を使って、警戒を怠るな。もっといいのはベルリンを出ていくことだ」カールスバーグの掛け言葉をヴェルナーは聞き流した。われながら秀逸で、正当な評価を受けてしかるべきだと思ったのだが。

「すばらしい」顔をほころばせた。「チンピラにあとを尾けられている善良な人間に街を出ていってほしいと頼む以外に、刑事警察《クリポ》は何をするんだ？」

「ときにはうちが捜査する。しかし、たいていは座って書類を書いている」カチッとライターの音がした。

にやりとした。気に入った、このカイザーという刑事。

「セルジオから話を聞いて、何かわかったら教えてくれ」

「なぜそうすると思うんだ？」彼はそう言って電話を切った。

〈ルッター&ヴェグナー〉は黒ずんだ木材と大きなはめ殺しの窓が印象的な店だった。ワインショップとデリカテッセンとレストランが一体となり、その大きなテラスで美しいルイーザ・ヴァイスが待っていた。ぴったりしたジーンズにハイヒール。ストラップブラウスが鍛えた腕を誇示していた。

「レイラもこっちへ向かっています」握手して腰を下ろしたところで彼女に言った。

彼女は考えこむように下唇を噛み、口元になまめかしい笑みを浮かべた。「レイラから聞いたけど、独身なんですってね。なぜ独り身なの？」

私は笑った。「その質問に答えるには一杯やる必要がある」

彼女はキールロワイヤル、私はドライマティーニを注文した。暖かな心地よい夜で、カクテル日和だ。

「自分にぴったりの女性にまだ巡り会っていない、ということかな」

「二十歳の娘さんがいることも、レイラから聞いたわ」

「あの子の母親は私にぴったりの女性じゃなかった」と正直なところを言った。

「その子ができたのは若いころなんでしょう」ルイーザの青い目は驚くほど美しく、それをアイメイクがいっそう際立たせていた。

「二十一歳のときで、母親も同じ年齢だった」二人は子持ちの子どもだった。長続きしなかった。彼女はいま弁護士と結婚している。私はその弁護士の法律事務所に事務所を構え、その法律事務所から仕事も受けている。さしずめ結婚相手は、十年をかけて改修してきたタウンハウスといったところか。そんな話をした。

「あら。わたしはリューゲン島のビーチハウスを改修中なの」ルイーザは喜んで話題を変えてくれた。

「リューゲン島なら行ったことがある」私は言った。「美しい島だ。改修はいつから?」

いい請負業者を見つける難しさをはじめ、私たちのような家の改修に熱心な人間が苦労する問題についてしばらく話をした。

「どうしてわたしが独りでいるか、わかる?」改修の話題が出尽くし、ウェイターが飲み物を運んできたところで彼女は尋ねた。

「乾杯《プロースト》」彼女のグラスにグラスを合わせ、グラスを傾けた。

「乾杯。わたしが独りでいるのは、魂の伴侶《ソウルメイト》を待っているからよ」

「待つのはいいことだ」と同意した。

「心配しないで、あなたはソウルメイトじゃない。少なくとも、そうは思っていないから」彼女の目はユーモアにきらめいていた。

「まいったな」

これを機に男女関係からさまざまな話題へ移り、二人で笑っていたところへレイラが到着した。クリーム色のサンドレスがしかるべき箇所で軽やかに体を包んでいる。驚くほど美しいルイーザ・ヴァイス女史でも、すっぴん同然のレイラに及ばない。髪をゆるやかなシニヨンに束ねていて、繊細な薔薇《ばら》のような香りがした。

いかが、プレスト、と言わんばかりだ。

「殺された?」ゾンマー博士のことを話すと、ルイーザは目を丸くした。「知らなかった」

「モニカ・フランケという人をご存じですか?」と、私が尋ねた。

彼女は少し考えてから肩をすくめた。「どうかしら。連邦公文書館の人間はベルリンで歴史を研究している人ならたいてい知っているけど……第二次世界大戦時の研究をしている歴史家はたくさんいるから」

今夜は楽しい終わりを迎えた。ルイーザも私も戯《たわむ》れには手を出さず、彼女の行きつけのバーでナイトキャップをという誘いを私は断り、うちのホテルのバーで一杯という私の誘いを彼女も断った。いまだ火花は飛ばず。

レイラは漠然と私にいらだちを感じていた。ルイーザとナイトキャップをやりにいったら、いらだちをあらわにしただろう。いずれにしても、それは望ましくない。代わりにホテルのバーのテラスでレイラと飲んだ。

「きみはとても美しい」ウェイターが二人の飲み物を持ってきたところで彼女に言った。私はラフロイグ十年のストレート、レイラはジョニー・ウォーカー。

「あなたも悪くないわ。華やかながら控えめで」

「常日頃から」と言い、顔をほころばせた。「同行してくれて感謝している。きみがいなかったら、連邦公文書館がこれほど協力的だったとは思えない」

「どうかしら、ルイーザはあなたと親しくなりたそうだったけど」レイラはそう言ってから片手を持ち上げた。「冗談よ、わかるでしょ?」

「冗談じゃないんだろう」私はさらりと、しかしきっぱりと言った。「きみは私をつついて何か探り出せないか確かめている。何を突き止めようとしているんだ？　訊けばすむことだろう」

彼女はきまり悪そうな顔をした。「ごめんなさい。思春期のやきもち焼きみたいで」

「たしかに」と、微笑を向けた。彼女も微笑み返す。

「ひとつ質問があるの」レイラは唇を舐め、私の同意を待たずに切りだした。「別れたとき心は痛かった？　わたしは痛かった。いまでも思い出して痛くなることがある」

ため息をついた。「昔は昔、いまはいまだ」

「そうね」

「あのころ私たちは付き合っていたが、いまきみは別の男と婚約している」

「ええ」

「婚約して幸せか？」

「ええ」

「えい、くそっ」

「こんどはあなたが冗談を言っている……でしょう？」レイラはためらいがちに言った。目に浮かんだあいまいな表情を見て、本当に婚約して幸せなのだろうかといぶかった。しかし、婚約しているのは事実だ。

「そうさ」冗談かどうかはよくわからない。彼女が欲しい。だが、こんな形ではない。別の男からもらった指輪をはめているときは駄目だ。私にも掟がある。どれほど魅力的な女性でも、婚約中の女性、既婚女性、誰かと強い関係を結んでいる女性と寝るのはその掟に反する。

この話は長引かせたくない。話題を変えた。彼女がそれを受け入れたのは彼女も長引かせたくなかったからだ、と思った。

24

　レイラと二人、モニカ・フランケのアパートで自己紹介をすると、彼女は部屋に入れてくれた。泣き腫らした目が赤い。ひと晩じゅう泣いていたのだろうか。三十代の前半と思われ、憔悴《しょうすい》していなければ肉感的で魅力的な女性かもしれない。ブロンドの髪がボサボサになって肩にだらりと垂れかかっている。黒のヨガパンツに灰色のTシャツという服装だ。

「オスカーは離婚するつもりでした」私たちが暗い赤ワイン色のソファセットに腰を下ろしたところで彼女は言った。「奥さんはお金持ちだったけど、二人に愛はなかったんです。彼女は毎日、仕事仕事で。オスカーはちがう……ちがいました」

　彼女はコーヒーを出すと言い張り、淹れてきたコーヒーのポットを私たちとの間に置かれている華麗な装飾のコーヒーテーブルに置いた。彼女は三人掛けのソファ、レイラは二人掛けのラブシート、私は椅子に座った。私が注ぐと申し出たが、彼女は断り自分で注いだ。自分の手で何かをしている必要があるらしい。その手はおぼつかない感じだった。

「このたびは本当にお気の毒でした」彼女が差し出したカップを受け取って、私は言った。

レイラにカップを手渡すとき、モニカの目には涙があふれていた。自分には注がなかった。

「あそこに着いたとき、何かおかしいと思いました。警察がいて、彼女もいた。彼女がいなくなるのを待って警察にお話ししました。何があったのか知る必要があったので。前日、わたしはハンブルクにいて、あの朝電車で戻ってきたんです。彼女が出張に出たときはいつもそうでしたけど、今日もいっしょに過ごす予定でした。授業がない日はいっしょに過ごすんです。たいていはうちで。でもあの日は、研究に必要な書類が金庫にあるから自宅にいたいと言われて。嫌だと言ってうちに泊まってもらうべきでした。そうすればよかった。そしたら泥棒たちがアパートに忍びこんでも、彼は生きていたでしょう」

レイラは泣いているモニカの隣へ行って腕を回した。モニカはレイラに体を寄せて涙にむせんだ。

「既婚者を愛したときは、人前で悲しむことができない」モニカはすすり泣いた。「このことは他人《ひと》に話せません。誰にも。家族が恥ずかしい思いをする。同僚にとがめられる。本当につらくて」

「モニカ、警察は今回の出来事を強盗事件と思っていません」私は小声で言った。「表に出ていたダイヤの指輪を持っていかなかった。何者かが彼を殺しに来たんです」

モニカはぞっとしたように私を見上げた。「でも、どうして誰かがそんなことをしようとするの？」

「オスカーはウラ・ベアンセンというデンマーク人女性にフェイスブックでメッセージを送りました」私は伝えた。「最近公開された第二次世界大戦関連の文書に大事なことが見つかったから、分け与えたいと」

モニカはうなずいた。「はい。殺された政治家にまつわるお話ですね」

「そうです」血流が速くなるなか、先を待った。

「その人は何年か前、彼に会いにきて、デンマークでナチスに協力した人たちのことで連邦公文書館にない記録を手に入れたいと言いました」モニカは鼻をすすった。「具体的には、デンマークのユダヤ人強制連行に関わった内通者のことでした」

「強制連行って、テレージエンシュタット強制収容所への？」とレイラが尋ねた。

「そうです」モニカはティッシュで涙をぬぐった。「ユダヤ人はデンマークのあちこちに隠れていて、多くはスウェーデンへ逃れた。死んだユダヤ人はテレージエンシュタットか、スウェーデンへ逃げる途中で殺されました。そのデンマークの政治家は、テレージエンシュタットに送られたデンマークのユダヤ人がどういう経緯でゲシュタポに見つかったのか知りたいとおっしゃって」

「そういう記録があるのですか？」と尋ねた。

モニカは鼻を鳴らした。「ナチスは世界で唯一、自分たちの悪行を逐一記録に残した集団です。ひとつ残らず記録しました。連邦公文書館などの公文書保管施設で見つかるものもあれば、焼失したものや、国外に保管されているものもありますが、すべてが何かしらの時期に文書化されています」

「オスカーは何を見つけたんでしょう？」

彼女は肩をすくめた。「よくわかりません」と言い、そのあと私を見て、「彼が死んだのは、いまの話と関係があるんでしょうか？」と尋ねた。

「断言はできないが、可能性はある」

「わたしにも命の危険が？」

「彼の研究をご存じなら、あるかもしれない」嘘をついて彼女を危険にさらすのは憚《はばか》られた。

モニカはつかのま目を閉じ、震える声で「どうしたらいいの？」と言った。

「クリポに知り合いの刑事がいます」私は請け合った。「彼に連絡しましょう。警察があなたを守ってくれる……オスカーに何があったかわかるまで」

彼女は私の言ったことを咀嚼《そしゃく》して立ち上がり、戸棚へ行ってウォッカのボトルを取り出した。ショットグラスを三つテーブルに持ってきて、酒を注いだ。三人で一杯ずつ飲んだ。

「何が見つかったのかは知りません。わたしは学会の発表準備があって忙しかったので。でも、彼の文書は全部ここにあります。彼はここで仕事をすることが多く、平日もいっしょにいられました」モニカは自分のショットグラスにウォッカを注ぎ直し、私たちが首を横に振ったので私たちのグラスには注がなかった。「すべて提供できます。お持ちになりますか？」

「はい」レイラと二人、声をそろえて言った。

「ゲーブリエルがクリポに電話をかけるあいだに、書類を見せてもらえませんか」とレイラが持ちかけた。

彼女とモニカはドア口から仕事部屋らしき場所へ入り、私はヴェルナーに電話をかけた。

「いま電話しようと思っていたところだ」彼は言った。「興味深いことに、博士が死んだ夜、セルジオとその仲間が〈ハウス・ブランデンブルク〉の近くにいるのを監視カメラがとらえていた」

「それで？」

「二人を連行していくつか質問した」ヴェルナーは言った。「あまり情報は得られていない。物件を見にきたのだが不動産屋からキャンセルの連絡があったとやつらは言っている。その不動産屋は見つかっていない」

「その二人がゾンマーを殺したのか？」

「凶悪なやつらだが、最初の質問で殺人を認めるほどばかじゃない。いずれにせよ、セルジオが手を汚したとは思えない。誰かを雇ってやらせたとすれば、おそらく弟のオラフだ。ナイフの扱いがうまく、任務の遂行に喜びを感じることで知られている」

「仕事を好きになれる幸運には、誰もが恵まれるべきだ」と私は言った。「いま、モニカ・フランケのアパートにいる。次は彼女の喉を切り裂けと、オラフに指示が行く可能性もないではない」

「きみは行く先々に災難をもたらす」ヴェルナーはそう言って笑ったが、愉快そうではなかった。「コペンハーゲンの警部が言った言葉をそのまま引用しただけだ」

「彼は私のことが大好きで、事あるごとによそで褒め称えてくる。困ったものだ」

「そっちに立ち寄る、何人か連れて」

モニカとレイラがドイツのスーパーマーケット〈アルディ〉のレジ袋に書類の束らしきものを入れて戻ってきた。

レイラから袋を受け取り、ざっと中身に目を通した。戦争中に書かれたとみられる色あせた手書きのメモや、ドイツ語で書かれた公式記録、その中間のもの一式が入っていた。

「金庫に入っていたのは何だと思います？」とモニカに訊いた。

「原本ではないでしょうか」とモニカは示唆した。「最近公開された保存記録《アーカイブ》で見つけた文書に興奮していましたから。研究所からこっそり持ち出してきたと言っていました」

「どこかにそのコピーはあるでしょうか？」

「彼のオフィスにあるかもしれません」とモニカは示唆した。

　私は首を横に振った。ゾンマーのオフィスが荒らされていたなら、それも一掃されている。

　モニカが頰を伝う涙を手の甲でぬぐった。「聞いておけばよかった。コペンハーゲンで美術史の教授をしているデンマーク人政治家の夫に電話をかけて、文書が欲しいか訊いたそうです。興味はない、と相手は言いました」

「その夫に電話したのはいつでしょう？」と尋ねた。

「二、三日前。もっといろいろ訊いておけばよかった。彼が危険なことをしているとは知らなくて。ただもう……残念です」彼女はこらえきれずにまた泣きくずれ、レイラがカウチへ移動させてそのまま泣かせてあげた。

　ヴェルナーはモニカ・フランケから事情を聞いたあと、私たちをポルシェまで送ってくれた。モニカは警官一人とアパートにとどまることになった。

「コペンハーゲンにはいつ戻る？」とヴェルナーが訊いた。

　腕時計を見た。もう正午近い。交通事情にもよるが、何度か休憩を挟みながらだと、六時間から八時間といったところか。「夕食の時間までには」

「驚くべきことに、セルジオ・グラフの弁護は国選弁護人ではなく、ベルリンの一流法律事務所が引き受けている」とヴェルナーが情報を提供した。「あいつにそんな支払い能力があるとは思えない。あの程度のチンピラでは」

「どういう意味だ？」と尋ねた。

「あいつは黙秘を通している。この法律事務所は……その……金融がらみの不正に手を染めた特殊な犯罪者の面倒をみるところだ」とヴェルナーは説明した。

怪訝そうな顔をすると、「ドイツの銀行経由で資金洗浄を行うロシア人を専門にしている」と、彼は言い添えた。

「なるほど、資本主義者の同志たちか」

「そう、やつらは行く先々で仲間を作る」とヴェルナーは言った。

「つまり、そのロシアの悪党は資金洗浄に手を染めているわけだ？　ショックだよ、それを聞いて」

レイラがため息をついた。「一人芝居はおしまい？」彼女は愛情のかけらもない感じで私を見ていた。

「彼女は私に対する愛情を隠しているんだ」と、ヴェルナーに言った。

「ちがいない」ヴェルナーは〈アルディ〉のレジ袋を見た。「その袋に入っているのは殺人事件の捜査のカギを握るものではなく、食料品ということにしておこう」

「林檎《りんご》が何個か」と、すかさず言った。

「ああ、美味しい林檎が何個かだ」ヴェルナーが手を差し出し、私はその手を握った。

「楽しかったよ、プレスト。安全運転を」

彼はレイラと握手して私たちを送り出した。

走行中にレイラがレジ袋の書類に目を通していったので、ポルシェのソフトトップは着けたままにしていた。

「従軍記録ね」レイラは書類を丹念に調べて言った。

彼女はタイプされたドイツ語の文書を取り出して目を通した。「これは興味深い。ドイツ語で読み上げても理解できる?」

「難解な言葉は訳してくれ」

「ユトランド半島の西海岸で行われた掩体壕の建設に関する報告書よ」

ドイツ占領下のデンマークでは、ユトランド半島の西海岸に沿って七千基近いコンクリート掩体壕が建設された。一九九〇年代に芸術作品へ生まれ変わった何基かをソフィーと見にいったことがあったから、知っていた。

なかでも有名なのは、イギリスの彫刻家ビル・ウッドローが構造物に頭と尻尾をつけてラバへ変えた四つだ。ウッドローがラバを選んだのは、繁殖できない動物であり、第二次世界大戦時の悪事も繁殖されてはならないという象徴的な意味合いからだ。

「この文書によると」レイラはゆっくり文書を読んでいった。「掩体壕を造った建設会社は数社あった。デンマークの国庫から支払いを受け、デンマーク政府が補償を受けられるようその分の借用書がベルリンへ回された。報告書によれば、借用書に支払い期限は記されていなかった。掩体壕建設費用として建設会社には数百万クローネが支払われた」

「デンマークの建設会社だったのか?」

「ええ、彼らはデンマークだけでなくヨーロッパのほかの地域でも建設を行っていた」レイラは私を見た。「〈FLスミス〉と〈ホイゴー&シュルス〉はエストニアで強制労働と奴隷労働を利用していた」

「世界じゅうで何千人も雇っている、あの大セメント会社のことか?」と尋ねた。

「それよ。そして掩体壕の建設は、在デンマークのドイツ国防軍でいちばん費用がかかるプロジェクトのひとつだった。〈オールボー・ポートランド〉や無名のいくつかをはじめ、デンマークの数社も関与していた」

「これは秘密の情報なのか?」と尋ねた。

「〈オールボー・ポートランド〉と〈FLスミス〉のことはわたしも知っていた。秘密じゃないわ」レイラはまた少し読み進めた。「だけど、この分野に理解が深い人、知識が豊富な人から話を聞く必要がある」

「ロスキレ(コペンハーゲンから約三十キロ西の都市)にいる、きみの友人の教授とか?」と私はほのめかした。

「マーティン・イェーガー？　たしかに、彼なら知っているはず」

ややあって、彼女は興奮気味の声で言った。「ここに手紙が一通ある……差出人はフリッツ・ディークマン。聞き覚えのある名前ね」

記憶を探った。「連邦公文書館から入手した書類のひとつは、その男の従軍記録だった」

「そのとおりよ」レイラは手紙に目を通した。「可能なかぎり翻訳してみるわね。愛しい妻へ……きみが恋しくてたまらない。郵便事情がひどいんだ。あ、ここに、彼はカール・ハインツ・ホフマン親衛隊少佐の下で働きはじめたと書かれている」

「コペンハーゲンのゲシュタポ責任者か？」

「そうよ。で、ディークマンは少佐の命令遂行にプレッシャーを感じていると言っている。自分たちは道徳的に正しい、〝良きドイツ人〟なんていうたわごとがあって、デンマークはユダヤ人をスウェーデンへ移送していて任務遂行は楽でないと言っている。ちょっと、これを聞いて。〝追跡して何人か捕まえたり殺したりしたが、やつらの多くは私の目と鼻の先をすり抜けていく〟ですって」

「狩りに出た王子様きどりだ」とつぶやいた。

レイラが続きを読んで固まった。

「どうした？」

「ユダヤ人を一網打尽にする日が決まった、奇襲をかけると言っている。〝この取り組みには優れた味方がいる。我々のしていること、ヒトラー、ドイツの正当性を信じているデンマークの資産家だ。〈ホルガー・ダンスク〉の内懐に入りこみ、獅子《しし》身中《しんちゅう》の虫と化している〟」レイラは手紙を置いた。「ゲーブリエル、これがサネの探していたもの？　内情を知る立場にいて……ゲシュタポのために諜報活動をしていたデーン人？」

「かもしれない」興奮を隠せなかった。「ほかには？」

「デーン人はアーリア人で優れているというヒトラーの主張に、この内通者は同調し、ディークマンが大勢のユダヤ人を捕まえるのに手を貸している。成功のあかつきには昇進を遂げてベルリンに帰還できるとディークマンは信じていた。オットー・ボーフェンジーペン（親衛隊大佐）がヴェルナー・ベスト博士に合流するという噂《うわさ》があると、彼は書いている。そして、〝かわいい娘たちにキスを。きみたちを心から愛していることを覚えていてほしい〟という殊勝な言葉で手紙を結んでいる。日付は一九四三年九月二十八日。書いた場所は〈ホテル・ダングレテール〉」と、レイラは語りおえた。

「ユダヤ人は殺せ、娘にはキスを……〝良きドイツ人〟の識別リストだ」私は吐き気をもよおした。「ヴェルナー・ベストというのは誰だ？　聞き覚えのある名前だが」

「ニュルンベルク裁判の証人として証言をした……」レイラが説明を始めた。

「ゲシュタポはただの警察で特別なものではないと言った男か？」と、私は口を挟んだ。

「戦後デンマークの裁判所から死刑を宣告されたドイツ人の一人でもあった……でも数年

後、ナチス戦犯に対するデンマークの特赦プログラムで帰国している」レイラが補足した。

「そして、オットー・ボーフェンジーペンはデンマークと特別な関係にあった。彼は事態を収拾するためにデンマークへ派遣され、デンマークで殺されたドイツ兵一人につきデンマーク人五人を殺すよう、ヒムラーから命じられた」

「ディークマンが言及しているこの二重スパイはオットーと手を結んでいたのか？」路上に出てから初めて、ポルシェの運転以上に自分たちの発見に興奮していた。

レイラは文書を読み通して肩をすくめた。「わからない。じっくり時間をかけてこの文書を読む必要がある。これは宝の山よ」

レイラは目を通していき、あるページで手を止めた。「ここを見て、ターゲスラポルトがある」

「日報か？」

「コペンハーゲンのゲシュタポ本部の日報で、ゲハイム、つまり極秘と記されている。デンマークの情報提供者、暗号名〝建築家《アーキテクト》〟からヘルスィングウーアにある農場の情報が提供された。ユダヤ人が二十人、隠れている」

レイラを見ると、彼女は私が見えるよう文書を掲げた。タイプされた言葉ははっきり読めなかったが、〝アーキテクト〟という単語は見分けがついた。

「ユダヤ人二十人はスウェーデンへたどり着く前に捕まった。二十人全員がテレージエンシュタットに送られた。大人二人と子ども二人が射殺され」彼女はいちど言葉を切った。「BOPAのメンバー、オーウ・ニールセンが逮捕された。ゲシュタポ本部で尋問を受ける。ほとんど薄れて見えないけど……フリッツ・ディークマン親衛隊大尉のインク署名がある。報告書の日付は九月二十六日だから、彼が妻に手紙を書く二日前よ」

オーウ・ニールセンは〝市民パルチザン〟を意味するBOPAという組織の、有名なレジスタンス戦士だった。共産主義者と手を携え、ナチス占領下デンマークのレジスタンス運動に重要な役割を担った。

鼓動が速くなってきた。これなのか？　サネ・メルゴーはアーキテクトの正体を知ったのか？　そして、なぜそのことを気にする人間がいるのか？

レイラが別の紙を抜き出して、その理由を教えてくれた。「これは一九四三年十一月十一日の日報で、オーウ・ニールセンが逮捕された報復としてBOPAが一九四三年十月二十七日に仕掛けた〈モッカ・カフェ〉へのテロ攻撃に関する情報は、デンマークの情報提供者、暗号名アーキテクトが提供したとある。このテロの結果、ドイツ国防軍の兵士二人、ドイツ人警官一人、デンマーク人女性一人が死亡。BOPAのメンバーが逮捕され、〈シェルフース〉で尋問を受けた」

25

交通渋滞につかまった。ドイツのアウトバーンでは、ラッシュアワーがピークを迎える午後四時ごろ、かならずこうなる。Ａ19号線のレーフェアシェーガー・ショッセ出口を過ぎたあたりで黒いＢＭＷに気がつき、その車がいま三台後ろにいた。たまたまかもしれないが、ケッシンで給油して併設の設備を使ったときもこの車はいた。

レイラには言わずにおいた。まだ文書に目を通し、興味深い箇所に出くわすたびに情報を提供してくれていたからだ。こんなラッシュ時に公然と手出しすることはない、と自分に言い聞かせた。自動小銃を取り出して撃ってきたりはしない。

ＢＭＷから目を離さず、ナンバープレートの数字を頭にメモした。尾けてきているのは何者か、あとでヴェルナーに問い合わせられるように。

ロストックに入ってから三十分走ったところでレイラに伝えることにした。フェリー乗り場が近づいてきたいま、何があってもおかしくない。警戒してもらう必要があった。

「尾行されている」

レイラはぱっと上体を起こし、自分側のサイドミラーを見た。「どれ？」

「黒のＢＭＷ、すぐ後ろだ」

「運転手が見えない」

「こっちからもだ」

「本当に尾けてきているの？」

「間違いない」

ホルスターのベイビー・グロックに触れ、ハンドルを握りしめた。

「〈アルディ〉のレジ袋をきみのバッグに詰めろ」と彼女に指示した。

「場所を空ける」レイラは大きなバッグを膝に置き、スカーフと水のボトル、セーター、化粧ポーチ、フラットシューズなどを取り出した。

「そいつはどういうバッグなんだ？」

「トートバッグよ」レイラは答えた。「プラダの」

「象を一頭詰めこめるハーマイオニーの魔法のバッグみたいだ」

レイラはさらに何点か床にばらまき、レジ袋をトートに詰めた。

「あなたがハリー・ポッターのファンだなんて夢にも思わなかった」とレイラは言った。

「娘がいるからな」娘の気を引く必要があるんだ、と胸の中でつぶやいた。

「だいじょうぶよ」ハンドルをぎゅっと握りしめている私の手に、彼女は手を置いた。

「とは限らない、スカット」私は言った。「やつらは人を殺しはじめた」

フェリー乗り場まで三十キロくらいのところでBMWの白いSUVが前へ出て減速した。車線変更しようとしたが、横にメルセデスがついた。真後ろに黒いBMW。囲まれた。

レイラは片手で座席をつかみ、もう片方の手でiPhoneを持ち上げて車の写真を撮った。

横のメルセデスがポルシェのそばをかすめて、金属と金属がぶつかる感触があり、ポルシェが中央分離帯へ押し出された。

「こいつらから生き延びても、クラーラに殺される」と冗談を試みた。

「まずは、こいつらに殺されずにすんでからよ」レイラは書類を取り出し、iPhoneで写真を撮っていった。賢い、と思った。書類を手放すことになっても、写真があれば不足はないだろう。

分離帯の反対側をパトカーが通り過ぎ、横のメルセデスの注意がそれた。メルセデスの前へ出られるだけのスペースができ、ぐんと前へ出た。ポルシェに可能なかぎりのスピードでフェリー乗り場へとA19を疾走した。

「わたしが死んでも、ゲーブリエル、車の写真を全部パートナーにメールしておいたから」レイラはプラダのバッグに文書を詰め直した。「文書も大半がカメラに収められた……うまく撮れたかわからないけど。手が震えていて」

私の手も震えていたが、マッチョな救世主になりたかったので言わずにおいた。

「誰も死にはしない」と言い、出口ランプに向かった。

ＢＭＷの白いＳＵＶ、黒いＢＭＷとメルセデスが後ろを追ってくる。ランプを何メートルか走ったところで急遽、違法なＵターンを敢行し、タイヤをきしらせながら高速道路へ引き返した。

恐怖と戦い、アドレナリンにまかせてフェリー乗り場を目指した。

フェリー乗り場へ向かう出口ランプに入ったとき、黒いＢＭＷがふたたび後ろに見えた。

「これって、まずいんじゃ？」とレイラが言った。

たしかにまずい。それは言わずにおいた。余計なことだ。「フェリーに乗る」

フェリー・ポストで料金を払ったとき、ＢＭＷは二台後ろにいた。まだ運転手は見えない。フェリーのほうへ進むと見せ、Ｕターンして逃げ出したい自分もいたが、何台ついてきていて、どこにいるかわからない。

駐車して、おそるおそる車外へ出た。キーを落とし、腰をかがめて拾った。ＢＭＷの助手席にいたのはマーカス・グラフだった。運転手は誰かわからない。

レイラの腕をしっかりつかみ、彼女を自分の前へ誘導した。トップデッキへ上がり、レストランにたどり着く。レストランの真ん中にテーブルを見つけ、着席した。

レイラは震えていた。その手を握った。彼女は胸にバッグを抱えていた。「わたしを殺して、このバッグを奪うのね」彼女は声をうわずらせた。

「現実になりかねないことを口にするのはよそう」と警告した。二人とも短い笑い声を漏らし、少し緊張がほぐれた——取り乱してはいなかったが、愉快でもない。

ウェイターが来ると、ボトル入りの水とウイスキーを二杯、ストレートで注文した。

水とウイスキーを飲み干すと気分が落ち着いた。

「やつら、ここにいるの？」とレイラが訊いた。

肩をすくめた。「マーカス・グラフの姿は見えないが……ほかに誰がいるかわからないから、なんとも言えない」

アウトバーンで私たちを囲もうとした車のナンバーを全部、ヴェルナー・カイザーにメールした。

そのあとトミーにメールを打った。

「ゲッサーで歓迎会を開いてくれと、トミーに伝えておいた」とレイラに説明した。

乗船中はレイラのバッグの口をあえて開けなかった。誰が見ているかわからない。話もあまりせずにいた。乗車をうながすアナウンスが流れたとき、レイラが尋ねた。「どうする？　最初に出るか、最後に出るか、それとも……？」

周囲を見まわした。「あの家族といっしょに出よう」

両親と子ども三人のデンマーク人一家に歩み寄った。

「今日はいい天気ですね」三十代の半ばとおぼしき父親にデンマーク語で話しかける。

「まったくだ」とデンマーク語が返ってきた。「ここまではすばらしい春だった。どちらから？」

「ベルリンです」と雑談を始めた。ドアを通って車を駐車した場所へ向かうあいだ、レイラの肘に手を置いて彼女がそばを離れないようにした。車を確かめる。後部座席は存在しないも同然で、人が隠れるには小さすぎる空間だが、あえてそこも調べた。トランクを開けた。シャーシの下をのぞき、小さな点滅ランプが取り付けられていないかまで確かめた。ハリウッドのスリラー映画で被害妄想に取り憑《つ》かれている私立探偵の図だ。

　調べに満足すると、助手席側のドアを開けてレイラが乗りこむのを見届けてから運転席にすべりこんだ。フェリーが波止場に入って車両用ハッチが開くのを待つあいだに、トミーから返信が来た。

「誰から？」レイラが膝に置いたバッグを子どものようにしっかり両腕で抱えながら尋ねた。

「トミーからで、準備万端だそうだ」

「どういう意味？」

「それだけだ。追ってきた車のナンバーを全部送っておいた」

　車の列がフェリーを降りて、ゆっくりE55号線に乗っていく。入国審査を通過すると、

ＢＭＷが見えた。二台後ろで、質問のためにわきへ寄せられていた。

ほっと安堵の吐息をついた。

片耳にエアーポッズを着けてトミーに電話をかけた。「ありがとう」

「おれは路上の取り締まりが大好きなんだ」とトミーは応じた。「おまえもレイラも無事で何よりだった」

「ああ」

「気の毒な教授だけだ、被害者は」

「ゾンマー博士が殺されたのは私の責任じゃないぞ」

「おまえが触れたものは全部くそになる」トミーはため息をついた。「チキンサラダを鶏のくそにできるのは、おまえくらいだ」

「褒め言葉と受け止めておこう」と冗談めかした。「レイラを送り届けたら、そっちへ行く。手を借りる必要があるんだ」

「うちへ来い。びびらずにすむよう、ポーチの灯《あか》りを点けておく」

トミーは電話を切った。

レイラを車で送っていくあいだにプラダのバッグを渡された。

「バッグを返すのはあとでいい」彼女はポルシェの床に散らばったたくさんの荷物をバッグ代わりのスカーフに包んで縛った。「その書類、気をつけて」

「わかった」と請け合った。

「それとも、デジタル化したあと、わたしのオフィスへ持っていって、金庫にしまうべきかしら」レイラのアパート前に車を止めたとき、彼女は考えをめぐらした。

「まず、トミーに中身をあらためてもらおう。あとはやっこさんが安全に保管してくれる」私は言った。「もう我々の手には負えない。回転灯とサイレンの出番だ」

「誰かがその文書を手に入れようと、あなたを狙ってくる」レイラが警告した。「こんどは袋叩きにされるだけではすまないかもしれない」

「銃があるし、ポルシェに醜い傷がついただけで、ベルリンから無事生還することもできた」

そこでレイラが私を見た。「思っていたのと全然ちがう展開だった」

「どう思っていたんだ？」

彼女は微笑んだあと、首を横に振った。「気にしないで」

「最後にベッドで結ばれると思った？」と訊いた。

彼女は笑みを広げた。「そんなところかしら」

「そうなってほしかったのか？」

「かもしれない」彼女は下唇を噛んだ。「そうならなくてよかった。罪悪感に苛《さいな》まれずにアパートの階段を上がれるから」

「わかった」

「そのいっぽうで、そうならなかったことを悲しんでいるわたしもいる。ラ・ペルラの新しい下着を買ったのよ」と彼女は言い、ウインクした。

私は笑った。「ここでそれを言われてもな。またの機会に」

「そうね、ぜひ、またの機会に」彼女は笑って、「気をつけて」と言い添えた。

「クラーラから私を救える人間はいないが、コペンハーゲン市警の警部宅前で襲われることはないだろう」

26

「いったい何があったんだ？」と尋ねた。

頭が割れるように痛い。目もよく見えない。

「おまえの頭より硬いもので殴られたんだ」とトミーが言った。

「ちくしょう」

「やられたな」

目の焦点が合わない。体を起こそうとしたがだめだった。

「トミー？」と呼びかけた。

「うん？」

「じつはあんたが探偵を殺そうとしている悪徳警官、なんて、映画みたいな話じゃないだろうな？」

トミーの笑い声が聞こえた。「おまえを襲うとしたら、それはおれが悪徳警官だからじゃなく、おまえが厄介者だからだ」

しばらくして慎重に体を起こし、後頭部に手を触れた。トミーが頭にタオルを巻いてくれていた。感触から、まだ出血しているのがわかった。

「あんたの家の前でやられたんだな」と哀れっぽい声で言い、そこでエネルギーを使い果たして、また横になった。

「そのようだ。しかし、この近所はどこも監視カメラを付けているから、何かわかるだろう」彼は言った。「何人かに聞き込みをさせている」

玄関ドアが開く音がし、トミーの妻ナディアが息をのんだ。「なんてこと、ゲーブリエルなの？」

「そうだ」トミーは彼女に歩み寄り、口元に軽くキスをした。「襲われたんだ」

「どこで？」

「この家の前だ」私は目を閉じた。

「本当なの？」彼女は夫に尋ねた。

「ああ」とトミーは認めた。

「警部の家だから安全だと思っていたのよね。赤っ恥かいたわね、トミー」とナディアが言うので、私は微笑んだ。

「まったくだ」トミーは悪態をついた。「しかし、被害者はゲーブリエルだぞ、おれを責めるのは筋ちがいじゃないか？」

「診察させて」ナディアはERの医師だから、トミーの家のカウチではあるが緊急治療室のベッドに寝ているようなものだ。

ナディアが患部を消毒し、何針か縫ってから包帯を巻いてくれた。そこでやっと体を起こしてウイスキーを飲むことができた。ナディアがくれた鎮痛剤といっしょには飲まないよう、彼女から注意を受けた。

「いったい何があったんだ？」とトミーが訊いた。

「あんたのカウチを汚しちまったな」スエード生地についた血の染みを見て、私は言った。

「カウチは買い替えればすむ」彼は不機嫌そうな声で言った。

「よかった、ここのブランド物を弁償できるだけの余裕はない」ウイスキーをひと口飲み、唇の裂傷にアルコールがしみて、思わずうめき声を漏らした。「倒れているそばにバッグがなかったか？」

「バッグ？」

「トートだ」

「なんだ、そのトートってのは？」

「女性用の大きなバッグよ」ナディアがキッチンから大きな声で言った。

「どうしておまえが女性用の大きなバッグを持っているんだ？」トミーが疑問を声にした。

ナディアがチョコレートケーキらしきものを持ってリビングへ戻ってきた。「トミーと食事できなかったから、デザートのケーキを買ってくるって約束したの」

「そのバッグに書類が入っていた。このざまじゃ、こんどはレイラに襲われる。プラダのだ。バッグでもトートでも、なんでもいいが。クラーラの車に傷をつけられ、次はブランド物のバッグを紛失。そのうち私は生きる値打ちがなくなるな」

「そのバッグに入っていたのは、死んだ教授の愛人から手に入れて、おれに見せる予定だった文書なのか?」とトミーが尋ねた。

「ああ、その文書だ」と認めた。

「そうか、最悪だな」トミーは大きなチョコレートケーキがひと切れ載った皿を持ち上げた。それを見ただけで吐き気に見舞われた。

「レイラに電話しないと」と言い、自分の携帯を探した。「私の携帯は?」

「なかった」トミーはケーキを切り分けて口に運んだ。

「旦那が食べているところを見ると気持ちが悪くなる」とナディアに訴えると、彼女は気の毒そうにうなずいた。

「たぶん、脳震盪を起こしている。何度も吐き気に見舞われるし、きっと大変よ」

「まったく、感謝感激だ」と返した。

「これくらいですめば、ましな部類よ」とナディアがなだめた。

「そうは思えない」と、うめき声で返した。

トミーが自分の携帯電話のロックを解除して渡してくれた。「連絡先に彼女の番号が入っている」

その番号にかけたが、誰も出なかった。つながる相手を選別しているのかもしれないと考え、メールを送った。

「いやな予感がする」もっと早く考えつくべきだったと後悔した。私が襲われたなら、彼女も襲われていておかしくない。

トミーは私の言葉に返事をせず、携帯電話を受け取って電話をかけはじめた。

レイラは国立病院のERのベッドに力なく横たわっていた。私はドアのガラス窓から彼女を見ていた。

「エドワード・クラークだ」私ほどではないが長身と言って差し支えない男性が近づいてきた。

あいまいな感じでうなずいた。

「頭をかち割られたみたいなひどい顔でなかったら、その面《つら》をぶん殴ってやるところだ」彼は英語で言った。イギリス英語だ。ああ、例の婚約者か。私からレイラを寝取った相手だ。そいつが私を殴りたい？　冗談じゃない。最悪の体調でなかったら、何年もみじめな思いをさせてくれたお礼に、こっちがぶん殴ってやりたいところだ。

トミーがコーヒーの入ったカップをふたつ持って近づいてきた。ひとつを私に渡し、もうひとつを自分用に取っておいて、エドワードに鋭いまなざしを向けた。「きみは?」

エドワードは自分が誰かを伝え、トミーと握手した。

「巡査の話では、階段で待ち伏せを受けたらしい」トミーがエドワードにもわかるよう英語で言った。

「部屋まで送り届けるべきだった」と私は言った。自分を蹴飛ばしてやりたい……思いきり。

「そのとおり」とエドワードが返した。「いったい何を考えていたんだ? 人が一人殺されたと彼女は言っていた。なのに、彼女一人で行かせたのか?」

「失敗だった」危険は去ったと思っていた。コペンハーゲンだし、誰も彼女を狙ってはこない、私を狙っても、彼女は狙ってこない、と。だから、アパートの入口前で降ろすにとどめた。部屋まで送り届けるべきだったが、イギリス人の婚約者と遭遇したくなかったからやめた。皮肉な話だ。

「彼を弁護する立場から言わせてもらうと、彼も襲撃を受けた」と、トミーが指摘した。

そこへナディアがやってきた。「彼女はだいじょうぶ。ぐっすり眠っているわ。ショックを受けていたから、鎮静剤を投与しておいた」

ナディアがデンマーク語を使ったため、エドワードに通訳しようとしたが、彼は片手を上げて制した。「デンマーク語はわかる」

「あら、ごめんなさい」それでもナディアはすぐ英語に切り替えて自己紹介した。

「最初に現場へ駆けつけた巡査から聞いたところでは」トミーが説明した。「彼女はスカーフに包んだ何かを持っていた」

「ああ、バッグの中身をスカーフに移し替えたんだ」と説明した。

「待ち伏せしていたやつらにそれを引っ張られて、彼女はバランスを崩し、転倒した。スカーフと中身がまき散らされた。彼女は誰の顔も見ていない。暗かったから」メールで報告を受けたらしく、トミーは携帯電話を見ながら言った。「いっしょに住んでいる男性が」彼はエドワードをあごで示した。「近所の人といっしょに飛び出してきた。犯人は逃げていった。誰も何も目撃していない」

「犯人は何か言っていたのか?」と訊いた。

トミーは首を横に振った。「彼女は階段を転げ落ちて絶叫していたから、犯人が一人か二人かもわからなかった……それと、建物には防犯カメラがなかった」

「こういうことは起きないからだ」エドワードの声は好戦的だった。「こいつのせいだ」彼は私を指差した。

「いつものことだ」とトミーが請け合った。

「それでも友達か……」と、私はため息をついた。

「患者と医療提供者のじゃまにならないよう、ほかのところで話しましょう」ナディアがおだやかに提案し、私たちは病院のカフェテリアへ向かった。人の姿はなかった。逆さまにひっくり返された椅子がテーブルの上に置かれていたので、トミーと私で四脚下ろし、みんなで腰かけた。トミーとナディアが片方、エドワードと私が反対側。

しばらく誰も口を開かなかった。事の深刻さが身にしみてきた。デンマークという国はどこか腐っている。そう胸の中でつぶやき、われながら陳腐な表現だとため息をついた。キルケゴールが言ったように〝不安は自由のめまい〟なのか？　いや、これは不安ではない、恐怖だ。こんな恐ろしい思いをしたのはいつ以来だろう？

いいか、プレスト、ここが善人と悪人の分かれ目だ、と胸の中でつぶやいた。プルーストが言ったように、〝想像の中で理想家になるのはなんら難しいことではないが、理想家として生きていかなければならないとしたら、きわめて厳しい。存在すること自体がそれに反するからだ〟。

「おまえも、レイラも……」トミーが口を開いた。

「彼女はユセフ・アフメドの弁護士だ、トミー、そこから逃げ出す気はない」と遮った。

「私もいましていることを投げ出すわけにはいかない。ここまで来た以上。これを解決する必要がある」

「これとはなんだ？」とエドワードが詰問した。

肩をすくめた。「わからない。しかし、解決する」

「その過程で、おれの婚約者を殺さないでくれないか？」

私はエドワードを凝視した。

「名前で呼ばないのか？」

「何？」

「彼女を名前で呼ばないのか？」一語一語はっきり発声した。「きみは彼女を婚約者と呼んでいる。彼女の婚約者なのは最初でわかった」ナディアが面白そうな表情を、トミーが心配そうな表情を浮かべたが、見ないふりをした。

「彼女のことは自分が呼びたいように呼ぶ」エドワードは小ばかにしたように言った。

「まあ、彼女もきみの名前を口にしてないが」私は冷笑を向けた。「あなたを裏切って浮気した相手、と呼んでいるよ」

エドワードが身を乗り出し、私の顔に顔を近づけた。「いい度胸だ」

「大きな毛深いタマの持ち主でね」と嘲るように言った。

エドワードは私の肩を小突き、これが必要な口実になった。鬱憤がたまり、誰かと喧嘩したくてうずうずしていたからだ。たちまちそうなった。いろんな酒場で喧嘩を売られるたび買っていた二十代前半のゲーブリエル・プレストに逆戻りだ。

力を込めて突き返すと、エドワードは木製に見えるよう作られた華奢《きゃしゃ》なプラスチック椅子といっしょにひっくり返った。

　私は椅子から立ち上がり、エドワードも立ち上がった。「正気か？」いま起こっていることが信じられないとばかりに彼は言った。

「ああ、正気だとも。さあ、どうする？」と声を張り上げた。

「プレスト」トミーの警告の呼びかけに、私は応じなかった。このイギリス野郎は人の女を寝取ったうえに、どういうつもりか説明しろと言っている。

　エドワードが拳を振るった。顔面に。星が見えた。強いパンチではなかったが、たまたまいいところに当たったらしい。鼻をとらえ、たちまち鼻血が流れ出したからだ。足がよろめいたが、一瞬でバランスを取り戻す。無為に過ごした青春時代は喧嘩に明け暮れ、護身の観点から鍛錬に余念がなかった。腹へのパンチは相手の気力をくじくのに効果的で、脇腹や下腹部を狙えば相手が倒れるのも知っていた。下腹部に放ったアッパーカットが直撃し、多少は加減していたが、ひっくり返ったエドワードの椅子に足を取られていっしょに倒れこむには充分な勢いだった。

　トミーがため息をついた。ナディアがハンドバッグを探り、タンポンを投げた。「シャツが台無しにならないうちに、鼻血をどうにかしなさい」と彼女は言い、それからエドワードを助け起こした。

　彼女はトミーをにらんだ。「ご協力、痛み入ります」

トミーは敬礼代わりにコーヒーを掲げて飲みつづけた。

私はテーブルの金属製ホルダーからナプキンを何枚かつかんで鼻から血をぬぐったが、それだけでは止まらない。あきらめてタンポンの袋を開け、半分に割って鼻の穴に詰めた。口から血をぬぐったところで、相手の拳が唇を経由して鼻に当たったことに気がついた。上唇も切れていたからだ——何時間か前の襲撃で下唇が切れていたうえに。

エドワードはまだ前かがみで息を切らしていたが、少なくとも出血はしていない。

「今回は分が悪かったな、プレスト。おまえの被害のほうが大きそうだ」トミーが言った。

「二人とも気が済んだか？」

ナディアがうんざりしたように頭を振った。「トミー、わたしは車で帰る。いっしょに来るか、来ないなら別の交通手段を探して」

「二人とも行儀よくしろ、さもないと器物損壊で留置場に放りこむが、どうだ？」とトミーは言い、どちらからも返事が来なかったので、「美しい妻といっしょに帰りたいのでな」と付け加えた。

「おかまいなく」とつぶやいた。

「聞こえない」とトミーが言った。

「氷の上に牛はいない《デア・エア・インゲン・コ・ボ・イーセン》」とデンマーク語で言い放った。たわいのない慣用句で、〝問題ない〟という意味だ。

「きみは？」トミーがエドワードに訊いた。

「わかったよ」彼は不機嫌そうに言った。

「運動場の校長みたいなまねはやめてくれ」鼻をそっと撫でてダメージを確かめた。

「おまえがホルモン過剰の十代みたいなまねをやめるなら、こっちもやめてやる」トミーがたしなめた。「こいつのことはわかっている。しかし、きみ。きみはイギリス人だろう。もっと冷静だと思っていた」

そう言い残してトミーは奥さんと帰っていった。

「あっちが始めたんだ」と言いたかったが、〝ホルモン過剰の十代〟というフレーズが胸にこたえた。四十一歳にもなって、不徳の致すところとはこのことだ。

「すまなかった」と言って、度量の大きさを見せようとした。

「ああ、まあ、こっちはすまないとは思ってないが」エドワードに反省の色はなかった。

私は笑って、そのあと顔をしかめた。唇に激痛が走ったからだ。「こっちもさ」と本当のところを言った。

エドワードはにやりとし、手を差し出した。

「わかったよ、クラーク」と、差し出された手を握った。

27

翌日退院したレイラは正式に今回の事案から手を引き、ユセフ・アフメドの書類上の弁護士となった同僚に業務を引き渡した。そうしないと私が手を引くと言って、無理やりそうさせたのだ。表向きはこの事案から外れたが、非公式に私の仕事を追跡している。

その翌日、彼女から電話があった。「ひとつ考えがあるの。聞きたい？」

エイメンは環境に配慮する市民を断念してどこへ行くにも車を使っていたので、私は彼から借りた自転車に乗っていた。「いや。脳震盪を起こしているんだ。二日くらい安静が必要になる」

「脳震盪？　脳震盪を起こしているのにどうして自転車に乗っているの？」

「私の居場所がなぜわかる？」

「風を切る音が聞こえる。それに、二日も安静にしている場合じゃないわ。陳腐なせりふで申し訳ないけど、時間が重要なときよ。頭がどうかしたの？」

「いや、ただの脳震盪だ」車の走行が禁止されているクリスチャニア自治区で、自転車の前に取りつけたボックスに子ども二人を乗せて走っている父親を、さっと追い越した。

「レイラ、これは私の方法でやらせてくれ。つまり、〝私たち〟も〝きみの計画〟もなしで」

「どういうこと？」彼女は私のエアーポッズに金切り声をあげた。

「カフェテリアで何があったか、婚約者から聞いていないのか？」左折してスルヴ通りに入った。

「いいえ。何があったの？」

あの小ずるい男は伝えないだろうと思っていた。「喧嘩になった」

「喧嘩？」心底ショックを受けた声で彼女は言った。「あなたが喧嘩をしたの？」

「どういう意味だ？」こんどはこっちが声を荒らげる番だったが、腹立ちの声にとどめた。男たるもの金切り声をあげるものではない。

「喧嘩ってどういう意味？」

「喧嘩の相手に会って聞けばいい」右折してクローンプレンセセ通りに入った。「私があいつの相手になった」

「なんですって？」

「あいつに顔を殴られた。こっちは腹を殴り返した」と説明した。

「トミーも病院にいたんでしょう」

「ああ、やっこさんとナディアは見物していた」

一から十まで数えているかのように、彼女がゆっくり呼吸する音が聞こえた。それが功を奏したのなら、彼女にとってはいいことだ。

「喧嘩の原因は？」

「向こうが私に腹を立て、私が世の中に腹を立てていたからだ。おたがい、たまっていたモヤモヤを発散した」

「わけがわからない」

「どこが？」

「あなたは喧嘩をするタイプじゃないでしょう」

「若いころの私を見せてやりたかったな、スカット」〈パスティス〉の前に自転車を止めてヘルメットを脱いだ。「きみの婚約者は喧嘩っ早いタイプか？」

「ばか言わないで、彼はイギリス人よ」

翌日、ヴェルナー・カイザーから電話があり、黒いBMWはロシアのならず者の友人のそのまた友人の名前で登録されていたという。

「車内にマーカス・グラフがいた」私は〈パスティス〉に腰を下ろし、午後三時からのハッピーアワーでキールロワイヤルを飲んでいた。

「それはよかった」ライターの音が聞こえた。あいつ、また煙草を吸っている。

「逮捕するのか？」

「なんの容疑で？　車に乗っているのをきみに見られたからか？」とヴェルナーは言った。

「そう言われると反論の余地がない」

「しかし、朗報がある。例の博士殺しの件で名の知れた盗人《ぬすっと》を拘束した」ヴェルナーは煙草を深く吸いこんで味わっているような声で言った。「アントン・ブクという小悪党だ。現場に指紋があった。当人は強盗に入っただけで人は殺していないと言っている。両方の罪で挙げられるだろう」

「早かったな」

「ドイツ人は優秀だ」ヴェルナーはそっけない口調で返した。「我々は捜査が終わり、フランケ嬢はアパートで安心していて、みんなハッピーだ」

「彼女は安心しないほうがいい」

「だから、アパートの周辺を巡回するよう巡査に頼んでおいた」と言ってヴェルナーは安心させた。「何か手に入ったか？」

「脳震盪だ」レイラと私が書類を奪われた顛末《てんまつ》を打ち明けた。

「次はどうする？」

「歴史学の教授に会いに行こうと思っている」と言い、シャンパンカクテルのグラスを空にした。

「学習は尊い」とヴェルナーは言い、電話を切った。

ロスキレ大学で歴史学の教授を務めるレイラの友人マーティン・イェーガーと、ストーア・ライネ通りの〈ジャズフース・モンマルトル〉で会った。ジョニ・Cのバンドのギタリストが風邪で倒れたため、私が代演することになったのだ。われながらひどい見てくれだった。目のまわりの黒あざが薄くなってきて、唇の裂傷は回復途上、鼻にも青色や紫色や黄色が少し薄れた感じのあざが残っていた。それでも手は元気だったから、夜の演奏を引き受けた。ずたぼろの顔がバンドを多少盛り上がらせた気がした。ジョニ・Cはそれに異を唱えた。照明が薄暗くなった時点でそれは関係なくなると言って。

マーティンはジャズの愛好家で、〈ジャズフース・モンマルトル〉の無料チケットとドリンク一杯で喜んで話をしてくれた。「バン・バン（マイ・ベイビー・ショット・ミー・ダウン）」を演奏したあと三十分の休憩時間にゴダス通りの〈モジョ〉へ行き、〈ジャズフース〉から持ってきたビール二杯を手に外のテーブルに着いた。深夜でもあり、〈モジョ〉も閉まっていたが、外のテーブルや椅子はそのままだった――地面に釘付けされてはいたが。

「楽しかった」とマーティンは言った。「すごくよかったです」

「ありがとう」

「事故にでも遭いました？」彼は私の顔を見て訊いた。

「ああ。顔を一度、誰かの拳にぶつけて、自宅前の道路のアスファルトにもぶつけた。後頭部が自分の頭より硬い謎の物体にぶつかった。そのあとさらに別の拳にもぶつかった。ここ数日、大忙しだ」

　マーティンは重々しくうなずいた。

　ひょろりとした体形で、身長は高すぎず、百八十七センチといったところか。教授というより学生のようだ。ジーンズにポロシャツ、スニーカー。容姿に似合った声の持ち主で、少年のような魅力を醸し出している。

　隣のホットドッグスタンドに人が群がっていて、ロシア人らしき悪党がいないか目を凝らした。足首ホルスターにぴったり収まっているグロック26のことを考えた。肩ホルスターだとギターを弾くとき落ち着かないので、足首に着けてきた。右足首の周囲が重い感じだが、これがあると安心だ。

「一本どうです？」マーティンがキングス・ブルーの煙草の箱を取り出して訊いた。

　ちくしょう、と胸の中でつぶやいた。みんな煙草を吸っている。健康を気にするやつはいないのか？　煙草を持つとき指が覚えるあの魅惑的な感触を頭から振り払い、首を横に振った。

「レイラから聞いたところでは、ナチス占領時のデンマークがご専門とか」私が見つめるなか、彼は煙草に火をつけた。

「そうです。当時行われた報復をテーマに、論文に取り組んでいます。終戦直後にデーン人とデーン人がいかに牙を剝き合ったかが題材で」彼は真摯な口ぶりで言った。「どんなことを知りたいんですか？」

「デンマーク人とドイツ人の協力について、いろいろと」

マーティンは笑った。「その話をしたらひと晩じゅうかかるね。両者の協力はあらゆる職業分野と社会的地位にはびこっていた。最初にドイツ人と手を組んだ政治家たちは、国民が日常生活に支障を来《きた》さないようにしたかったからそうしたんです。ところが、占領が進むうちに、共産主義者がデンマーク自由評議会を設立した。どういうものかご存じですか？」

うなずいた。ドイツの支配に抵抗するため設立された地下組織だ。

「ドイツの支配に抵抗していた小さな集団がいくつかあった。デンマーク自由評議会はそうした国内すべての派閥をまとめ上げた。共産主義者が評議会を組織し、大きな成功を収めたんです。ユダヤ人をスウェーデンに送り出したりドイツの部隊を攻撃したりして多くを救い、ドイツ軍が退去したとき無政府状態に陥らないよう手を打ったのもこの評議会でした。デンマークの警察がドイツに解体され、国に軍隊がなかったため、評議会が兵士を配備し、ドイツ軍が出ていって国内に法と秩序、ひいては民主主義を回復できるときを待った」

「ドイツ軍と手を組んだ人たちを、彼らはどう思っていたんだろうか？」

「全員を裁判にかけたかった。しかし皮肉なことに、ドイツ軍が出ていって選挙が行われると、共産主義者は投票で選ばれず、ドイツ軍に協力していた政治家たちが権力の座に返り咲いた」マーティンは説明した。「その記録の多くがいまだに封印されているのは、なぜだと思います？　ナチスに協力していた政治家とその仲間が国民に情報を知られたくなかったからです。想像してみてほしい。あなたは有名なセメント会社の社長で、小さな子会社を設立し、その会社がドイツ軍と手を組んで、デンマーク人の強制労働から利益を上げ、集団処罰にも加わっていたかもしれない。いまはその息子や孫がその会社を経営している」

ビールをひと口飲んだ。「デーン人としては言い訳をしたくなる。自分にはそういう認識がない。私たちの国はすばらしい国だ。腐敗などしていない。国民を大切にすることが何より大事だ。デンマークには平等がある」そう口にしながら、それがかならずしも真実でないことは知っていた。そもそも、いまこうしてマーティンと話をしているのは、褐色の肌のイスラム教徒が政治家と警察とメディアの手で投獄されたからではないか？

「どこの社会でも富裕層、超富裕層はルールの遵守を免除される。デンマークも例外ではない」

私はうなずいた。「人はふた通りの方法でだまされる。ひとつは事実でないことを信じることで。もうひとつは事実を信じないことで」

「誰の言葉ですか?」

「キルケゴール」

「そういえば、レイラはあなたのことを似非《えせ》インテリと言っていた」

「似非?」

マーティンは肩をすくめた。

「レイラが言うなら仕方ない」と、あえて異を唱えなかった。「話を戻すと、ナチスに協力した連中はどうなりました?」

「一列に並ばされて処刑された。でも、それは小物たちだった。食いつなぐためにドイツ兵と寝た売春婦たち、ドイツ兵と恋に落ちたデーン人の少女、ドイツ人の下で働くか飢えて死ぬかしかなかった労働組合員、そんな人たちです」彼は言った。「研究の一環で見つけたものですが、この日記の項目を読んでみてください。とてもわかりやすい。送っておきますよ。〝テュスカーピガ〟について書かれたものです」

「テュスカーピガ。ドイツ娘たち。頭髪を剃られ、袋叩きにされ、犯された女性たちだ」

「レジスタンスが悪質な行為に転じた例です。ドイツがロシアに敗れたあと不吉な予感を覚えて戦争末期に変節したナチス協力者もいた。ドイツとデンマーク両方に内通し、両陣営から利益を上げた輩《やから》もいた。さっきも言ったように記録が封印されていたせいで、今日でも事の詳細はよくわかっていない」マーティンは煙草をもみ消し、ありがたいことに次の一本には火をつけず、ビールを口にした。

「ナチスは世界で唯一、自分たちの悪行を逐一記録に残した集団だと、ある歴史学者が言っていた」モニカ・フランケの言葉だ。

マーティンはうなずいた。

私は腕時計を見た。「戻らないと。まだしばらくいますか？　できたら〈リオ・ブラボー〉へ夕食にお連れしたい」

「いいね。あそこは久しぶりだ」

〈リオ・ブラボー〉はこの四十年間、コペンハーゲン定番のレストランでありつづけ、深夜まで厨房が開いている数少ない店でもあった。娯楽産業や接客業の人間にはとてもありがたい。雰囲気はアメリカ西部開拓時代ふうだが、昔ながらのデンマーク田舎風料理を出してくれる。

私はメニューの中でもっともデンマークらしい一品、ステクト・フレスク・メ・パシレソウス（揚げた豚バラ肉、パセリクリームソース添え）を注文した。これにはジャガイモが付いてくる。マーティンはスチュアネスクズ（フライドポテトとエビ、アスパラガス、プレイス（カレイ科の魚）のフライ、ベアルネーズソース添え）を注文した。ワインと合わせる料理ではないので、二人ともグリムベルゲン・ダブル・アンブレというフルボディのビールにした。

「ひとつ質問が」マーティンが真顔で言った。

「どうぞ」

「あなたの服装は……とても……挑発的だ。目を引きやすいという意味で」彼は少し言いにくそうに言葉を選んだ。

微笑みを返した。「一種の制服です。今日はジャズミュージシャンの気分を味わいたくて、それらしい格好をしてきた」

雑誌でハービー・ハンコックが着ていたエルメネジルド・ゼニアのシャツとエトロのパンツ、オーランド・パラシオスの手になるワース&ワースのフェドーラ帽という服装だった。

「じつに興味深い。その服装を制服に決めたのはいつですか？」

「警察を辞めて、あそこの制服と縁を切ったあと」と答えた。「遠い昔のことだ」

「男がこういうことを頼むのは変かもしれないが、どうかお願いします、買い物に力を貸してもらえせんか？」彼はそう言ったあと、ひとつ吐息をついた。

　私はいぶかしげに眉を吊り上げた。

「買い物というのは、服です。じつは……すごくお洒落で……センス抜群の女性と付き合いはじめまして。ほら、ぼくは三十四歳だけど、二十四歳に見えるでしょう」彼はつっかえながら言った。

「買い物には付き合えない……忍耐強さと無縁の人間なので。でも、しかるべき人間につなぎましょう」と申し出た。「デーヴィズという友人が紳士服店をやってるので、そこへお連れします」

　夕食後、外のテーブル席に腰かけ、こんどはマーティンが勧める煙草を受け取った。この日二本目、最後の一本を。

　マーティンはこの若さで大学教授なのだから、とびきり聡明で自分の専門分野に博識なのは当然だった。

「こうして、大手建設会社は処罰を免れた。ドイツから大儲けし、デンマークの血税を利用しながら、彼らの身には何も降りかからなかった。手持ちの政治家たちに守られていた。小さな建設会社は罰せられて閉鎖の憂き目に遭った。エスビェアでドイツ兵のために洗濯をしていた女性は十五年の禁固刑を科せられた。彼女に選択の余地があったかのように」

マーティンは嫌悪の面持ちで言った。

「どういう事実が明らかになったら最大級のスキャンダルになるだろう？」と訊いた。

マーティンは紫煙をくゆらせながらしばらく考え、それからこう言った。「王室だったら、もちろんですね。でも、それはないでしょう。特に、本筋の家族は。クリスチャン十世は公然とナチスに抵抗した。多くの政治家がユダヤ人の逃亡に手を貸した。噂によれば、占領下デンマークでドイツの大使館付き海軍武官だったゲオルク・フェルディナント・ドゥックヴィッツは、デンマークのユダヤ人を国外追放しようとしたナチスの計画をデンマークの政治家数人に知らせた。話は燎原の火のように市内全域、デンマーク当局、ユダヤ人共同体指導者へ広まり、多くの市民が協力してユダヤ人をかくまった。一九四三年十月一日、ゲシュタポがユダヤ人の手入れを行ったときも、さほどの数は見つからなかった。デンマーク警察は協力を拒み、ドイツ兵がユダヤ人の家に入ることを許さなかった。ナチスが警察官全員を解雇したのはそのときです。想像できますか？　彼らは自分の生活を犠牲にしてユダヤ人を守った。これはぼくたち本来の姿でもある。デーン人の証でもある」

モニカ・フランケの話を思い出した。「しかし、捕まったユダヤ人もいたわけですね？その一部は強制的に……」

「チェコスロバキアのテレージエンシュタットへ送られた」とマーティンは受けた。「たまたま見つかった人もいれば、デンマーク人密告者により引き渡された人もいた。デンマークのレジスタンス運動とも手を携えていたデンマーク・ナチ党の一員、ぼくの記憶が正しければ〈ホルガー・ダンスク〉の一員が、ある農場にユダヤ人が隠れているという情報をドイツ軍に漏らした事例証拠がある。ゲシュタポはその農場へ行き、デンマーク人の農場主夫妻とその子ども二人を殺害し、数人の子どもを含めたユダヤ人二十人を、テレージエンシュタットへ連行した。デーン人の大半はテレージエンシュタットを生き延びたが、たやすいことだったとは思えないし、亡くなった人も大勢いた。ユダヤ人を助けレジスタンスの戦闘で命を落としたデーン人も大勢いた」

レイラが読み上げた文書、アーキテクトに関する日報が脳裏に甦った。

「ゲシュタポと〈ホルガー・ダンスク〉双方のために働いていたデンマークの二重スパイは誰だったのか、事例証拠でもなんでもいいが、証拠はありますか？」

マーティンは首を横に振った。「おそらく、どこかに記録があるでしょう。しかし、たとえデンマーク・ナチ党の文書でも、二重スパイの正体が明らかになるとは思えない。レジスタンスとナチス双方のために働いていた人物――それについての情報はおそらく、ドイツ側の文書にある。しかし、八十年ルールで封印されている文書に何が書かれているかは誰にもわからない」

「その文書が近く公開されることは？」

マーティンは冷笑した。「彼らがそうはさせない。どんな事実が明らかになったらスキャンダルになるかと、さっきお訊きになりましたね？　デンマークの名家の人間がユダヤ人が隠れていると密告してデンマーク人に死をもたらしたと知れたら……まあ、その一族は破滅でしょう。国外へ逃れるしかない。ナチスに誰かが協力したことだけでは充分でない。たとえば、コペンハーゲンのナチス本部への爆撃に関与したデンマーク人のことを重要人物が密告していたとしたら、あるいは〈シェルフース〉で拷問の末に殺されたレジスタンス戦士の情報を引き渡していたとしたら、あるいはドイツ人が集団処罰と呼んだ人気のスポーツ……清算殺人にデンマークの内通者が加わっていたとしたら……まあ、それはスキャンダルでしょう」

心ならずも煙草をもみ消した。すぐにもう一本吸いたくなる。ニコチン中毒とはそういうものだ。その誘惑にあらがった。

「清算殺人というのは？」漠然とした知識しかなかったので尋ねた。

「ああ、ドイツ人はこれが大好きだった。復讐殺人とも呼ばれていた。レジスタンスがドイツの施設を爆破して、ドイツ人が一人死んだとする。ナチスは無作為にデンマーク人五人を捕まえて、公開処刑した。ドイツ人一人につきデンマーク人五人を。残忍な行為だった。これをヨーロッパ全土で行ったんです」マーティンは説明した。「ぞっとするのは、デンマーク国民への残虐行為に加わったり手を貸したりした連中が、戦後、政府の要職に就いたことです。それはぼくらのあるべき姿じゃない」

「たしかに」と同意した。「しかし、現実としてそれは起こった」

「そのとおり」マーティンはうなずいた。「カイ・ヘニング・ボティルセン・ニルセン

（デンマークの国家社会主義者。レジスタンスが作戦を行うたび、集団処罰に加わったといわれる）は五十七件の殺人と九件の殺人未遂で有罪判決を受け、死刑宣告を受けた。そして銃殺隊の手で処刑された。まだ二十七歳だった。この男は処罰されたが、ぼくに言わせれば、罰や非難を免れた人間が多すぎた。彼らは何事もなかったかのように日々の暮らしを送った。そんな輩とその家族がいまも権力の座にいる。ご存じですか、デンマークの金融エリートと呼ばれる人々の半数近くがその地位にいるのは、父親や祖父がドイツ人と組んで金儲けをしたからだということを？」

「レジスタンスの一員でありながらナチスに協力していたデンマーク人のことを、サネ・メルゴーが調べていたのは知っています」マーティンから得た情報を全部考え合わせたそのとき、探偵が待ち望む〝天啓のひらめき〟を感じた。否定できないひとつの直感を。

「両陣営の味方を演じながらデンマーク人を死に追いやるような輩は、自分を守るために何をするだろう？」

「第二次世界大戦ははるか昔のことです。その人はもう九十代でしょう」

「その家族は？」

「一概には言えない」マーティンは考えこむように言った。

「英雄として崇められているデーン人がじつは内通者だったと、いまわかったら？　その一族が今日も権力を持ち影響力を振るっているとわかったら？」

「スキャンダルでしょうね」とマーティンは同意した。

秘密を守るために人を殺《あや》めるほどの？」

マーティンは肩をすくめた。

「誰が殺すかにもよる。あなたが被害妄想の強い人間だからといって、それだけでは尾行されていないとは言えない」

ミゲル・トアセンは被害妄想の強いくそ野郎だったのか？　私が何も発見していないうちから、私を狙ってきたということは。

おお……手がかりだ。ついに手がかりを得た。

〝プレスト、おまえはついさっきまで自分で思っていたような負け犬じゃない〟と胸の中でつぶやいた。この手がかりから別の手がかり、さらに別の手がかりをたどっていき、最後にパズルが完成することを願うのみだ。キルケゴールが言ったように、〝希望とは可能なものを追う情熱〟だ。そして、キルケゴールは愚か者ではなかった。

28

翌朝、西《ヴエスタ》ファイマクス通りの〈フィットネス・ワールド〉でひとっ走りしてから（撃たれるリスクを減らすため、ジムに通いはじめたのだ）自転車を漕いで帰ってくると、タウンハウスの入口でフライア・ヤコプセン巡査部長が待っていた。

「私が何かしたか？」前庭の金属製スタンドに自転車を置き、鍵をかけながら訊いた。汗をかいて喉が渇いていた。汗の部分はどうしようもない。自転車のホルダーから水筒を取り出して飲んだ。

「話があるの」フライアは仕事一徹だ。「今日は仕事が詰まっていて忙しくなるから、シフトが始まる前につかまえたいと思って」

「意味深だな。深刻な話か？」彼女のそばを通り過ぎて部屋のドアまで歩いた。スマートロックのコードを入力し、彼女のためにドアを開けた。

「よくわからないけど」フライアは不安そうだった。「たちの悪い連中に喧嘩を売って頭を殴られたという噂を聞いたわ。本当なの？」

「コーヒーを淹れよう」キッチン区画へ足を運んだ。

「家の改修、終わったのね」彼女は感嘆の声をあげた。

ついに一階が終わった。リビングとダイニングとキッチンが一体化した会話しやすいオープンキッチンだ。そう、ついに完成したのだ。

「この階だけだが」

「すばらしいわ」驚いた口ぶりだったが、無理もない。私が熱を上げていることにちゃんと筋道が通っているなんて誰も思っていなかったし、ときには自分でも自信がなくなるが、ここには……労働の成果が見えた。上々の仕上がりだ。家具はほとんどないが、必要なものはそろっている。アルネ・ヤコブセンの青いスワンソファ、窓際のフラッグハリヤードチェア、コペンハーゲンのホテル〈SASロイヤル〉のためにセヴェリン・ハンセン・ジュニアがデザインしたという、青と白のセラミックタイルを使った年代物《アンティーク》のコーヒーテーブル（これはアムステルダムの個人業者から届けてもらった）、そして自慢のコンソール型ステレオに置かれたヴィクトローラ・ジャクソンのレコードプレイヤーと私のレコード・コレクション。食卓はまだないが、キッチンカウンターのわきに掛け心地のすばらしいバースツールがある。食卓を手に入れるかどうかはわからない。何もない空間が好きなのだ――堅木張りの床はぴかぴかだった。

「ありがとう」

「時間をかけたのね」彼女はしげしげと周囲をながめた。

「これは旅でなく、旅の終着点だ」

コーヒーメーカーが騒がしい音をたてるなか、裏庭へ出るドアを開けて、引き出しから煙草を取り出した。自分とフライアにコーヒーを注ぎ、外へ出る。灰皿が置かれたテーブルのベンチに腰を下ろした。いずれは裏庭をどうするか考えなければならない。植物が必要だ。しかるべき家具も。幼少期からあったこのベンチではなく。

彼女はコーヒーを飲んで、鼻歌をうたった。「あなたのコーヒー、美味しいわ、プレスト」

「しかし、ここへ来たのはコーヒーを飲むためではない」

彼女は首を振る仕草で認めた。「噂によると、法律上問題がありそうなロシアからの投資をＰＥＴが調査しているとか」

「法律上まっとうだったためしはない、ロシア人のやることは」

「その投資が政治家に守られていると聞いても、驚きはしないわね」

「デンマーク政府が汚職を？　そいつはショックだ」と言い、少しコーヒーを口にした。

フライアはにやりとした。「あの首相がやったみたいに、グッチの靴を買うために資金をあちこち移す手もあるけど、これは資金洗浄よ」

煙草を深々と吸う。「それと私になんの関係があるんだ？」

「不穏な連中が交わした話にあなたの名前が出てきたらしいの。盗聴でわかったことだけど」

「私は一介の私立探偵だ」と言ったものの、少し神経が逆立った。

「そうね」

「この話はどこから知ったんだ？」

フライアはいらだちの声で言った。「どこから知ったかは言えない。ただ知っただけ」

「私が信頼できるのは知っているだろう」と説得口調で言った。

フライアはコーヒーカップを置いた。私に近づいて屈みこみ、私の煙草を吸った。「誰かがひと言、わたしに漏らしたのかもしれない」

「誰かがどこできみにひと言、漏らしたんだ？」

「ベッドで、したあと」彼女の顔に赤みが差した。

「おやおや」と私は微笑んだ。

「まったくね」

「いちおう訊いておくと、なぜ私の話が出たんだ……その……したあとに？」

フライアは顔をしかめた。「あなたの話をしていたわけじゃないの。彼は自分が取り組んでいる仕事の話をしていて、あなたとわたしが友人なのも知っていた。あなたのことを話したことがあったのかしら」

「きみ史上最高の男だったから」

フライアはぎょろりと目を回した。「それで気分がよくなるなら、なんとでもどうぞ」

「その不穏な連中はロシア人なのか？」

「ええ」フライアは認めた。「それは確かね」

「この話、誰に相談したらいい？」と訊いた。

フライアはコーヒーを飲みながら考えた。「ニコ？」

首を横に振った。「やつらが暴力に訴えてきている状況だ、ニコを巻きこみたくない」

「いい窓口がいないか、調べてみましょう」とフライアが申し出た。「わたしの……友人に訊いてみる」

「ありがとう、フライア」

「〈パスティス〉のディナーで手を打つわ」

「その友達も連れてこい、三人会議《メナージュ・ア・トロワ》といこう」

事務所に着いてパレ・メルゴーに電話をかけた。応答がなかったので、緊急の用件だ、連絡が欲しいとメールを打った。

そのあとアレクサンダ・イプセンにかけると、彼の電話はつながらなくなっていた。ミゲル・トアセンのオフィスに電話をかけた。

「ミゲル・トアセン事務所、ペアニレ・ラウリトセンです」女性が元気な声で応答した。

「やあ、ペアニレ、エリク・トゥクセンだ」七十過ぎの老人みたいな声で言った。エリク・オラフ・トゥクセンはデンマークの音楽家で、一九五七年に没している。

「こんにちは、トゥクセンさん」ペアニレは丁寧に応じた。

「アレクサンダと話をしたいんだが?」

「残念ながら、もうここでは働いていません」

「なんだって? 初耳だ。解雇されたのか?」エリク・トゥクセンは心配そうな声で言った。

「いえ、そうではなく」ペアニレは返した。「おめでたい話です。アレクサンダはKBMに転職したんです」

KBMはコペンハーゲンの建築会社で、このところ世界各地で大きな契約を取りつけていた。デンマークで建築業から発展した歴史ある会社で、〝KBM〟は建築と建設と石工を表すデンマーク語の頭字をつなげたものだ。

グーグルで検索し、イスランスブリユッゲのKBM本社に電話をかけてみた。さらに調べていくと、私立探偵が手がかりと呼ぶものが見えてきた。ヨセフィーネ・トアセンという人物がKBMの取締役会に名を連ねていた。さらに調べると、ヨセフィーネはミゲル・トアセンの妻だった。

二人には女の子と男の子が一人ずついて、住まいはシャルロッテンルンド。

「ＫＢＭ建築《アーキテクツ》です。ご用件をうかがいます」洗練された女性の声が応答した。

「アレクサンダ・イプセンをお願いできますか?」と言った。

少々お待ちくださいと女性は言い、キーボードを打つ音が聞こえた。「申し訳ありませんが、イプセンはいまギリシャにおりまして。伝言を承りますが?」

「携帯電話の番号を教えてもらえませんか?」と訊いてみた。

「それはできかねます。でも、伝言を残していただければ、かならずお伝えして、お電話をさしあげるようにいたします」と女性は説明した。

「失礼しました」と言い、電話を切った。

そのあと事務所のホワイトボードに向かって作業に取りかかった。ボードを使うときが来た。普段は必要ない。ボードがなくても頭の中で整理できる。しかし今回は状況が入り組んできている。

ファイルから取り出したサネ・メルゴーの写真を上のほうに配置し、彼女の家系図を描きはじめた。殺人で有罪判決を受けたユセフ・アフメドには大きな疑問符を付けた。写真が見つかった人物はその写真を貼りつけ、見つからなかった人物は名前を書いて丸く囲った。

デンマーク。ミゲル・トアセン——首相のスピンドクター。アレクサンダ・イプセン

――サネ・メルゴーの元個人秘書。

ドイツ。オスカー・ゾンマー――サネ・メルゴーが連絡を取った博士。セルジオ・グラフ――ロシアの悪党。マーカス・グラフ――セルジオのいとこ。

二十人のユダヤ人――テレージエンシュタット強制収容所へ連行。デンマーク人家族四人――死亡。

アーキテクトと呼ばれていたデンマークのナチス内通者。

フリッツ・ディークマン親衛隊大尉。

ナチスに内通していたのは誰か？　誰であってもおかしくない。

次は点と点をつなげる作業に着手した。首相のイリーアス・ユール――ロシアの悪党と関係が？

いや、それは筋が通らない。もしかしたら、ミゲル・トアセンがロシアとつながっているのか？　ＫＢＭの取締役会にいるその妻がつながっているのか？

そのときフライアから電話が来た。「相談できる人が見つかった。トーマス・レズニコフよ」彼女は名前の綴りを教えてくれた。それを机のメモ帳に書き留める。

「どこへ行けば会える？」

「お友達のブーアに訊いて」とフライアは言い、電話を切った。

ブーアに電話をかけた。

「調子はどうだ？」

「ロシアのギャングについて知りたいときは、誰に訊いたらいい？」

「安全にか？　ｉＰｈｏｎｅのＳｉｒｉに訊け」

　無言でいた。

「おまえがちょっかいを出せる連中じゃない」とブーアは言い足した。

「ちょっかいを出す気はない。トーマス・レズニコフと話をしたいだけだ。その男はきみの友人ではないかと、友人が教えてくれた」

「その勧めは感心しない」

「しかし、事実に反してもいない？」

　ブーアはしばらく黙っていた。彼のことをよく知らなければ、力になる気はないと思っただろう。だが、彼のことはよく知っていた。この男は力になってくれる。「今夜九時、〈マイ・ブラザーズ・ハウス〉に来い」

　ボードの前に戻り、目を凝らした。有罪判決を受けたイスラム教徒の男。殺された白人政治家。現役首相の不気味なスピンドクター。ナチス内通者の暗号名アーキテクト。殺されたゾンマー博士。ロシアンマフィア。点はいくつもあるが、どれもつながりがつかない。

　十分くらいボードに目を凝らしたが、なんの進捗もなかった。

　自分でコーヒーを淹れて、マーティンから送られてきた文書を読みはじめた。エスタ・

マスンという女性が書いた日記の一項目だ。

一九四五年五月、コペンハーゲン、ナアアブロー

一九四五年五月にドイツ軍が撤退したあと、彼らは彼女をアクセルトーウ広場へ引きずり出し、ドイツ娘、戦場マットレス、ドイツの淫婦《すべた》、ドイツの雌馬と罵声を浴びせた。もっとひどい呼び方もあった。彼らはドイツ軍が出ていく前から、彼女や、ドイツ兵と関係を持ったデンマーク人女性をそんなふうに呼んでいた。でも、わたしの親友オーセ・ピーダセンは気にしなかった。恋に落ちていたからだ。恋に落ちていけないわけがある？　ドイツ人と恋に落ちてはいけないという法律はどこにもなかった。

彼女は街の中心部にある〈モッカ・カフェ〉でフリッツ・ディークマン大尉と出会った。カフェはドイツ大使館がドイツのデンマーク民政局本部を設置した〈ダウマフース〉のそばにあった。フリッツは〈ダウマフース〉で秘書的な仕事を見つけてきた。彼女はフリッツの愛人になった。フリッツは彼女をいろんなレストランへ連れていき、贈り物と気配りのシャワーを浴びせた。彼にはベルリンに妻子がいたが、彼女は気にしなかった。ここコペンハーゲンでは、彼は彼女のものだ。コペンハーゲンの〈ホテル・ダングレテール〉の彼の部屋で二人は会っていた。

オーセはフリッツの友人や兵士たちとも親しくなった。その中には、彼が使っていたデンマークのナチス内通者もいた。強大な〈第三帝国〉の一員になった気がして、彼女は浮き浮きしていた。

一九四三年の九月下旬、彼女は〈ホテル・ダングレテール〉でそんな情報提供者の一人と会った。若いデンマーク人はフリッツのスイートルームで二人と会った。情報提供者は本名を使わず、暗号名《コードネーム》で呼ばれていた。極秘の会合だ。彼がそこにいることを知る者はいなかった。男は通用口からホテルに入ってきた。刺激的な状況だ。

男がデンマークの裕福な家庭の出であることを、フリッツはオーセに教えた。彼女に絶対の信頼を置いていたし、彼女が情報提供者に会うのはこのときが初めてではなかった。フリッツはナチス親衛隊国家保安本部第Ⅳ局B部四課の一員で、現地のゲシュタポ責任者カール・ハインツ・ホフマンの直属だった。オーセにとっては、彼が寄せる信頼が愛を測る物差しだった。

この内通者はほかの人とちがったと、彼女はわたしに話した。わたしにはなんでも話してくれたのだ。当然だろう。赤ん坊のころからの友達なのだから。オーゼンセでは二人の間に隠し事などなかったし、ドイツによる占領が始まったころコペンハーゲンへ来て仕事を探していたときも、秘密をつくる気などなかった。わたしと彼女はヴェスタブローの小さなアパートで同居していた。わたしはバーで働いていて、オーセより稼ぎが少なかったので払える家賃も少なかった。オーセはまったく気にしなかった。

どんなことがあり、彼女がどのように嘘にはめこまれていったかを振り返るとき、気がかりだった会話をはっきり思い出す。

「その男の人はデンマークのレジスタンス戦士でありながら、ナチスに協力しているってこと？」ブレズ通りの〈カフェ・ペテルスボーアク〉へコーヒーを飲みにいったとき、わたしはびっくりして尋ねた。

「そう、レジスタンスの一員を装ってゲシュタポに情報を流しているの」とオーセは言った。「建設大手の……裕福な家庭の出身で。お金持ち特有の風格がある。彼はわたしたちの味方よ」

わたしは首を横に振った。「わたしたちはナチス側じゃないわよ、オーセ」

オーセは鼻で笑った。「これからは彼らの時代だし、エスタ、あなたも早く現実を受け入れたほうがいい。それはともかく、彼はある農場にユダヤ人が二十人隠れていることをフリッツに教えてくれたのよ。スウェーデンへ逃げ出す前にフリッツが見つけたわ」

「その人たちはどうなったの？」とわたしは尋ねた。

「テレージエンシュタットに送られた」とオーセは言った。

「本当に？　その手のユダヤ人収容所については、ひどい話を耳にするわよ」とわたしは言った。

「でたらめよ。視察したデンマーク赤十字がとても快適な場所だと言ってるし。子どもたちは健康で、みんなちゃんと世話を受けているそうよ」オーセはそう言って否定した。「身の安全を守れるように送られたんだもの」

オーセは知らなかったが、デンマーク人がだまされていたことを、後日、世界は知った。デンマーク赤十字と国際赤十字の代表団がテレージエンシュタットを視察することをドイツが許可したのは確かだが、彼らが見たのは手の込んだ芝居だった。親衛隊はユダヤ人に収容所を美化させ、庭に植物を植えさせ、兵舎にペンキを塗らせ、来訪した要人をもてなす文化的プログラムを行わせていた。

なぜナチスのためにずっと働けるのか、オーセに訊いたことがあった。「フリッツを愛しているからよ」と彼女は言った。

愛の代償を彼女は支払った……どれほどの代償を支払ったことか。ドイツ軍が出ていくと、オーセはなんの保護もない〝ドイツ娘〟にすぎなかった。彼女も一九四五年五月、暴徒たちの手でアクセルトーウ広場に引きずり出された女性の一人だった。暴徒たちは黒いマーカーで裸の背中と太腿にナチスの鉤十字を記し、鋏を使って美しいブロンドの髪を問答無用で切り落とした。彼女を打ちすえ、唾を吐きかけ、辱めた。わたしはそれを見ているしかなかった。彼女を助けることも、助ける努力もできなかった。

暴行は何時間も続いた。

翌朝、〈ダウマフース〉の前でオーセの死体が見つかった。全裸で横たわり、顔の半分がつぶれていた。撲殺されたのだ。

警察は捜査しようとすらしなかった。犯人の特定は不可能だ。事実、ゲシュタポに投獄され、解放後に街へ出てきた人たちは英雄視され、ドイツ人と寝たり彼らに同調したりした人はどんな暴力を受けても仕方がない悪者と見なされた。

ドイツ軍が去ったあと、わたしは癖毛のショートヘアを隠すスカーフを巻かなくなった。〝ドイツ娘〟と間違われないように。オーセに不実な気はしたが、オーセの運命を自業自得と思う自分もいた。何年か経ったいまでもそれを許せない自分がいる。

私はマーティンに電話をかけてメッセージを残した。このフリッツ・ディークマンについて彼が知っていることを全部知りたい、と。血が沸き立つ感じがした。真相に近づいている。真相のにおいがする。

〝真実は罠であり、自分が捕まらないかぎり手に入れることはできない〟（キルケゴールの言葉）

29

〈マイ・ブラザーズ・ハウス〉はバーで、主要鉄道駅のそばにあった。店を入ったところにメイン・バーがあり、ほかに部屋が三つあって、それぞれに家庭の居間のようなソファや椅子が置かれていた。〝立入禁止〟と記された奥の部屋にブーアと入り、いちばん奥に腰を下ろした。バーテンダーが一人いて、八人くらい座れそうだった。ひとつのテーブルに掛け心地のよさそうな革張りの椅子が二、三脚置かれている。酒と煙草のにおいがした。

　ブーアの友人でかつて〈ブラトヴァ（ロシアンマフィア最大の組織）〉に所属したトーマス・レズニコフと会って友好的に酒を酌み交わす、とブーアは言った。〈ブラトヴァ〉にいたこと以上に大事なのは、〈ブラザーズ・サークル〉という謎の組織にかつて属していたことだ。

「誰も存在を認めない組織というわけか」と話をうながした。

「そんなところだ」

「トーマスの前で〈ブラザーズ・サークル〉の名は口にしないほうがいいんだろうな」

「トーマスに冗談は禁物だ」ブーアは警告した。「やつに冗談は通じない」

スコッチで」

「ここはうまい酒を出す」ブーアはバーテンダーに顔を向けた。「こいつにはオールドファッションド。ただし、カナディアン・クラウンローヤルみたいなくずじゃなく、上等のスコッチで」

「わかった」

バーテンダーはうなずいた。「お客様は？」

「バージン・モヒート。ラム酒抜きでな」

バーテンダーが飲み物を運んできた。私のはいかにも男の酒という感じだが、ブーアのには緑の傘が付いていた。

「そんなちっぽけな傘でいいのか？」と訊いた。

彼は親指と人差し指で傘をくるくる回した。「もちろんだ。持った手が大きく見える」

カクテルが届いてすぐにトーマスがやってきた。サンタクロースのような丸い体形で、サンタのように大きな白髭を生やしていたが、陽気なサンタとちがってジーンズにボタンダウンの白いシャツという服装だ。髪の量は多くないが、そのぶん存在感を示そうとばかりにつんと伸びている。テディベアとアインシュタインが合体した感じだ。折り返した袖の下からのぞくタトゥーと足首ホルスターに収まった銃を除けば、ロシア訛りのデンマーク語を話す、どこにでもいるようなおやじだ。

彼は握手に応じてくれた。「ああ、うん、ぜひともあんたの話を聞いてほしいとブーアに言われてな。イミール、ストリをくれ」彼はバーテンダーにそう言って腰を下ろした。「ここは銘柄で頼まないと、くそをよこす。ロシアンスタンダードは許せるが、モスコフスカヤ・オソバヤは拒否する。あれは馬の小便だ」

ワインやウイスキーほどにはウォッカのことを知らなかったので、モスコフスカヤ・オソバヤは馬の小便と信じているかのようにうなずいておいたが、その銘柄も馬の小便も飲んだことがないから真偽のほどはわからない。

バーテンダーが前に酒を置くが早いか、トーマスは〝例のカナッペ〟を持ってくるよう命じた。

「キャビアのですか？」と、イミールは確かめた。

「そうだ、あれは絶品だ」トーマスはそう言って私に顔を向けた。「キャビアがないと、せっかくの美味《うま》いウォッカが台無しだ」

「同感です」趣味のいい男のようだし、反論する気はなかった。それどころか、絶品のカナッペに合うストリとやらを自分も注文しようかと考えていた。

「どこかのロシア人に調整《チユーンナツプ》されたそうだな」この部屋には私たちとバーテンダーのイミールしかいないのに、彼は誰にも聞かれたくないかのように声をひそめた。〝調整《チユーンナツプ》〟は暴力で相手の態度を改めさせる、という意味の俗語だ。

「正々堂々の戦いじゃなかった。相手は二人いた。こっちに銃でもないかぎり、一人でも手に余っただろうが」

「これは冗談か?」トーマスがブーアに訊いた。

「そうだ」とブーアは言い、ため息をついた。

トーマスは私を見た。「笑えない」

「傷つくね」と言って微笑んだ。

トーマスは信じられないとばかりに両手を上げた。「どうなってるんだ、こいつは?」

「言っただろう、トーマスに冗談は通じないと」ブーアが私をにらんだ。

「自分で確かめる必要があった」私は満面の笑みを浮かべて打ち明けた。「すまなかった、トーマス」

トーマスはしばらく私を見て、侮辱する気かどうか見定めようとし、そうではないと判断したのか真顔で私を見た。「あんたを調整《チユーンナツプ》した連中のことを何か教えたら、おれは仲間を裏切ったことになる。それはわかっているな」

「裏切りじゃない。友人のブーアへの協力と考えてくれ」

「やつらもおれの友人だ」とトーマスは指摘した。

「もっといい友人を持つべきだ」

トーマスは椅子の背に体をあずけてブーアを見た。「煮ても焼いても食えないやつだ」

ブーアは肩をすくめた。

「なあ、あんたの立場には同情するが、おれが何か教えたところで状況は変わらんぞ」トーマスはうんざりしたような口ぶりで、拒絶するかのように言った。多くの人が私にこういう言い方をする。それで思いとどまりはしない。

「助けが欲しいんじゃない。欲しいのは情報だ。やつらの一人はタトゥーを入れていた」どんなタトゥーかをトーマスに説明した。

「それはロシアンギャングのタトゥーだ。平気で人を殺すという意味だ」トーマスは肩をすくめた。

「タトゥーの男とミゲル・トアセンがどんな関係にあるかを知りたい」

トーマスがすっと目を細めた。イミールがトレーを持って近づいてくる音を聞きつけ、彼は片手を上げた。「ここに置いて、外へ出ろ」

イミールは言われたとおりにした。

「おれたちは政治家とは手を結ばない」トーマスは真顔で言った。絶品のカナッペさえそっちのけにして。「話が面倒になるし、モスクワとも揉める。わかるか？」

「やつらは面倒をいとわないいんじゃないか」

「かもしれない」トーマスは考えをめぐらした。「トアセンが関わっているのはなぜだと思う？」

ロシアの悪党たちにぶちのめされる直前、トアセンからどんな脅しを受けたか、トーマスに話した。

「別筋かもしれないぞ」トーマスは言った。「ほかにはどんな案件に関わっている？」

正直に答えた。保険金詐欺が一件、横領が二件、離婚が一件。どれもたいした問題ではない。

トーマスはウォッカを飲んでカナッペを口に運んだ。

ブーアは動くことも口を開くこともせず、考えにふけっているかのように無言で座っていた。

「ブーアはあんたを信頼している」ようやくトーマスが言った。「だったら、おれも信用するしかない」

「そうだ、信用してもらうしかない」

「そっちにもおれを信用してもらう必要がある」と彼は忠告した。

「それは無理だ。そちらのことをよく知らないし」

「ブーアはおれを信用している」トーマスは憤慨の面持ちで言った。

「ブーアはそれでいい。私はロシアンマフィアがデンマークの政治にどんな関わりを持っているのか知りたいだけだ」

「関わっちゃいない」トーマスはいらだちを見せた。「話すことは何もない。わかったか？」

　そこでブーアが咳払いし、トーマスはため息をついた。

「よかろう。ロシアのまっとうな銀行からデンマークの建設プロジェクトに投資がなされた可能性がある。それだけだ」

「それと政治になんのつながりが？」

「建設会社を経営しているのが誰かわかるか？」

　首を横に振った。「教えてくれ」

「違法とは無縁の清廉潔白な建設会社がデンマークにある。そこがエストニアに子会社を設立した。その子会社がロシアンマフィアから資金を得て、世界じゅうの建設プロジェクトに投資する。ときにはデンマークでも」とトーマスは説明した。

「みんなそれを知って平気なのか？」と訊いた。

　トーマスは鼻で笑った。「いいや、ロシアンマフィアの金が建設プロジェクトを通じて洗浄されていて平気なわけがない。恐怖のあまり脱糞するだろう」

「しかし、あなたは知っている」

「知っているといっても、ただ知っているだけだ。なんの証明もできない」彼はささやき声で言った。

「私をぶちのめしたやつらは雇われ兵なのか？」

トーマスはうなずいた。「建設あるところ問題ありでな。土地を売りたがらないやつがいる。労働組合と揉めることもある。つねに問題の火種がある。問題が生じたら、建設会社はコンサルタントを雇うかもしれない。ある種の問題を法律で難なく解消できる国もあるが、デンマークみたいな国では……」

「調整《チューンナップ》でバランスを保つ？」

トーマスは微笑んでうなずいた。

「彼らはデンマークに拠点があるのか、それとも、そのコンサルタントはこっちで仕事をするが、住んでいるのは別の場所なのか？」

「それはコンサルタントによる」トーマスは言った。「あちこち訊いて回ろう。ただし、頭を切り取られたくはないから、慎重に訊いて回る。そして、もし何か耳にしたら、あんたに伝える。ブーアに命の借りがあるからだ。あんたの力になってほしいと彼が言えば、ノーとは言えない」

「正しいことをする道でもある」

「何が正しく、何が間違いか、誰が教えてくれるんだ？」

「いい指摘だ」私はグラスを掲げた。「乾杯《ナズダローヴィエ》」

「ナズダローヴィエ」トーマスはストリのグラスを空けた。「食おう」

ストリのボトル半分とキャビアとブリニが消えたあと、三人でバーを出た。トーマスは自分の方向へ向かい、ブーアがいっしょに歩きたいと言うので、エイメンの自転車を押してハルム広場に近い彼のアパートのほうへ歩いていった。

「ソフィーは元気か？」

「ビッグ・ボー、ルックと仲よくしている」

「二人は彼女を気に入った」ブーアは言った。「おまえは元気か？」

「気が気でない」

ブーアはうなずいた。「それにどう対処している？」

「何もしていない。わかるだろう。状況を受け入れて、必要なことをやりつづけるだけだ」

「おまえのそういうところが、ずっと好きだった。恐怖を知っているが、恐怖に支配されることはない」

「恐怖は心を殺す」

「キルケゴールか？」

「いや、フランク・ハーバートだ（米ＳＦ作家。代表作に『デューン 砂の惑星』シリーズ）」

「誰かわからない」とブーアが言った。

しばらく歩き、ブーアのアパートが近づいたところで、彼は私と向き合った。「おまえに誰か付けておけたら、もっと安心できるんだがな」

「いや、いい」と、首を横に振った。「自分で自分の仕事ができなくなったら、別の仕事を探さなくちゃならないし、知っているのはこの稼業とギターを弾くことだけだ。ギターを弾くだけじゃ稼ぎにならない」

「これはもう別の仕事になっている」とブーアは指摘した。

「探りを入れはじめる前から、ずっと別の仕事だった」

ブーアは重々しくうなずいた。「なあ、プレスト、おまえが殺されたら、おれはおまえの娘に一生恨まれる」

「それは私の問題じゃない。いずれ私も死ぬ」

「トーマスはおまえから相談を受けたことを誰かに話すかもしれない」ブーアが注意した。

「やつはおまえの言う、〝信頼できる〟人物じゃない」

「わかっている。私の名前を漏らすことを願ってもいる。そうすることでどこかから手がかりが降ってくるかもしれない」

ブーアは大きくひとつ息を吸った。「おまえは危険なゲームに興じている」

「いや、ちがう。興じてなどいないし、これはゲームじゃない」トレードマークのユーモアは交えず、心からそう言った。

30

ニュ・ウスタ通りの〈レストラン・ラルザス〉で夕食でもと、ニコが誘ってくれた。自分のおごりだと彼女は言った。いい知らせもあるという。

店に着いたとき、私は仕事用の〝制服〟に身を包んでいた――濃い灰色のスーツに白いシャツで、ネクタイは締めず、ディオール・タイムレスの灰色と黒のダービーシューズ、そしてお気に入りのニック・フーケの黒いフェドーラ帽。

ニコは黒いミニドレスにリボン付きのハイヒール。まるで開けられるときを待っているプレゼントのようだった。ブロンドの髪はセットしたばかりらしい。とてもシックだ。

「お祝いなの」アンリ・ジローのシャンパンを注文したあと、彼女は言った。

「聞こう」

彼女は青い目を輝かせた。「強姦と正義をテーマに書いた記事がカウリング賞にノミネートされたのよ」

「そいつはすごい」彼女をテーブルに引き寄せて口づけた。「おめでとう。すばらしい知らせだ。きみを誇りに思う」

カウリング賞はデンマーク・ジャーナリスト連盟の創設者ヘンレク・カウリングの名を冠したデンマーク最高権威のジャーナリズム賞だ。

「受賞するかどうかはどうでもいいの」彼女は笑って、抑えきれない喜びを発散させた。「もちろん、気にはなるわよ。でも……ほんとにいいの。ノミネート自体がすごいことだから。あなたなしではここまで来られなかった。クリスティーナ・ハスィングの事件からこの旅が始まって、すべての段階であなたが力になってくれた」

ウェイターがシャンパンを運んできて、芝居がかった仕草でボトルを見せ、そのあと栓を開けた。二人のグラスに注がれたところで、ニコの新聞記者としてのすばらしい経歴と、いつか彼女がポリティケン紙の編集長になることを祈念して乾杯した。

私はオヒョウ、ニコはトゥルヌド（牛フィレのステーキ）のトリュフソースがけを頼んだ。

「変色してきている鼻の周囲と……頬が気になるわね。治りかけている唇の切り傷も。食後の行動の妨げにならないといいけど」彼女は私の頬にそっと触れ、指で唇をなぞった。

「また喧嘩したの？」

彼女の指にキスした。「この顔は定期的にサンドバッグと化す。前回の傷が消える間もなかった。でも、今回はまっとうな喧嘩だった。相手はこっちの顔、こっちは相手の腹に拳をぶちこんだ。両者ダウンだ」

「相手は誰？」

「レイラの婚約者」

ニコはプッと吹き出した。「信じられない！　面白すぎる」

「向こうが始めたんだ」

「またまた」

うなずいて認めた。「おっしゃるとおり。こっちから始めた。先に手を出したのは向こうでも、あおったのはこっちだ。腹の虫の居所が悪くてそうなった」

「鉄の自制心の持ち主ゲーブリエル・プレストが、元恋人の婚約者を前にして自制を失った」ニコは歯を見せて笑った。

「レイラをめぐるいざこざじゃない」と強調した。「トミーの言葉を借りれば、二人ともホルモン過剰の十代みたいだった。ほら、大の男が男らしく振る舞おうとしている少年みたいなことをしている図だ」

夕食後、歩いて、二人の自転車を置いた場所へ向かった。

「プレスト」おやすみを言おうとしたときニコが言った。「今夜はいっしょに帰って」

首を横に振った。「きみを今回の状況に関わらせたくない」

「今夜はいっしょに来てほしいの」

私だってそうしたい。温かな体、心地よい腕、友人。

自転車でいっしょにウスタブローへ向かった。彼女のアパートの中庭で自転車を施錠し、ふたつ階段を上がって部屋へ向かった。

彼女がドアの鍵を開け、私がドアを押し開けた。「ちょっと待っててくれないか?」

「まったく、プレスト、いいかげんにして。あなたはPETじゃないし、わたしは女王様じゃないのよ」私の決意は固いとわかり、彼女はため息をついた。「どうぞお好きに」

部屋を歩きまわって隅々に目を凝らした。小さなアパートだ。寝室がふたつ——ひとつはニコの部屋で、そこで彼女と寝たことがあった。もうひとつは息子の寝室だ。リビングとダイニングにキッチンと、小さな浴室がひとつ。コペンハーゲンの標準だ。

「満足した?」と彼女は訊いた。

「ああ」と認めた。「しかし、もっと満足しよう」

彼女は私の手を取って寝室へ導き、久々の幸せを味わわせてくれた。

翌朝、気をつけろと百回くらい言い聞かせてから帰った。とはいうものの、翌日とその翌日とそのまた翌日はどうする? 毎日家まで送って毎晩泊まるわけにはいかない。ニコの身辺警護をブーアに頼むわけにもいかない。彼女は記者だ。怒髪天を衝くだろう。

そろそろケリをつけないと。

心の声が天に届いたかのように、パレ・メルゴーからメールが来た。

〝本日午前十一時。ヘレロプの〈レストラン&スナック・サンクトピーザ〉で〟

31

〈レストラン＆スナック・サンクトピーザ〉は本格的なデンマーク料理を提供する、ヘレロプ定番の店だ。ニシンの酢漬け、ベーコン入りポテト、マヨネーズに浸したチキンサラダ、有名な流れ星《スティーアネスクウ》（カレイの切り身にエビ、マスの卵、アスパラガス、マヨネーズを加えたもの）など、〝スモーブロー〟と呼ばれるさまざまなオープンサンドを提供しているが、数日おきに〈リオ・ブラボー〉と〈サンクトピーザ〉で食事をしていたら冠動脈系の疾患を心配しなければならなくなる。

十一時前に着き、隅のテーブルを見つけた。コーヒーを注文すると、フレンチプレスで出てきた。三十分前に開店したばかりで、客はまだまばらだ。ランチタイムの正午ごろには満席になるだろう。

パレは十一時十分過ぎにやってきたが、前回よりやつれた感じがした。彼は私の向かいに座った。

「おはようございます」と挨拶した。

彼は私を見て顔をしかめた。しばらく眠っていないような目だ。

彼のカップにコーヒーを注いだ。必要な感じがしたからだ。彼は少量口にしてカップを置いた。

「何が起こっているかわからないが、何かが起こっている」と、彼は唐突に言った。

私も同じようなことを考えていたので、無言のうなずきで彼の発言を受け止めた。

「きみは何を知っている?」と彼は尋ねた。

「何について?」と尋ねた。

「ごまかすな、プレスト」彼は警告した。「何を知っている?」

「何について?」と再度尋ねた。「もう少し具体的に言ってほしい」

パレが鼻をふくらませた。「何日か前、ベルリンの教授から電話があった。サネが探していた文書が見つかったと。サネは亡くなったし、興味はないと答えた。そしたらその教授が殺された。ネットでドイツの新聞を読んだら、自宅で殺されたとあった」

「そのとおり」

「そのとおり?」

「そう、私も知っている」と言った。「オスカー・ゾンマー博士は自宅で殺された。何者かに喉を耳から耳まで切り裂かれて。そのとき私はベルリンにいた。怪しまれても仕方がないが、やったのは私じゃない」

「冗談じゃないぞ」パレの険しい声にウェイターが何人か、こっちを向いた。私は彼らに微笑を向けた。〝この人は興奮しているだけで、なんでもない〟という笑みを。

「何が起こっているかは、私よりあなたのほうがずっと詳しい気がする。奥さんがしていた調査のこともご存じなんでしょう。書いていた本のことも」

「当たり前だ」パレは噛みつくように言った。「私は彼女の夫だった。彼女は私から隠そうとしたが、私は知っていた」

「あなたから隠していたのはなぜでしょう？」

パレは深く息を吸った。「反対されるのがわかっていたからだ。戦争中だから、みんな生き延びるために必死だった。私は道徳家じゃないし、彼女の意見には賛同できなかった」と言い、そのあと、「きみが知っていることを知る必要がある」と付け足した。

「知っていることはわずかしかない」と打ち明けた。「彼女がナチスに協力していたデンマーク人のことを調べていて、亡くなった博士に連絡を取ったのは知っている。あとは、ベルリンの連邦公文書館で調査したこと。コンピュータの専門家が彼女のパソコンを調べたが、興味深いものは見つからなかったこと」

パレはそこで後ろめたそうな表情を浮かべた。

私は眉を吊り上げた。「彼女のパソコンについて、何か？」

「私があのばかげた原稿を削除した、それは認める」パレは吐き出すように言った。そこには小さな喜びと小さな恐怖が入り混じっていた。「誰かに見つからないうちに」

「なぜ？」

「彼女が大勢の人を傷つけようとしていたからだ」パレの声がかん高くなってきた。「デンマークの要人とその家族に関する情報を公表するつもりでいた。その人たちの人生が〝ドイツ人に殺されたデンマーク人とユダヤ人の血にどれほどまみれていたか〟を、世に知らしめようとしていた。やめるよう私は言った。彼女は耳を貸さなかった。ギュレンデール（大手出版社）の編集者に話を持っていくつもりでいた。あの週末、夏の別荘に行ったのは、編集者と会う前に内容をまとめ、仕上げをするためだ。どこかから最後の証拠文書が届くのを待っていて、それが来れば必要な証拠は全部そろうと言っていた」

一拍おいて、乾いた喉で、「パレ、奥さんを殺したのはあなたですか？」と尋ねた。

この質問に彼は大きなとまどいを見せ、それで答えはわかった。人を殺せる人種ではないと直感してはいた。特に、あんなむごたらしい殺し方はできないと。むしろロシア人らしいやり口のような気がした。

「何が気に入らないんだ？」彼は強い口調で質した。「ユセフ・アフメドが犯人で？」

「パソコンから原稿を消したのはいつですか？」と質問を返した。

「きみには何も話さない」パレは片手を振って言明した。

「だったら、なぜ私に会おうと？」

「命の危険を感じている」映画に出てくる被害妄想の老人みたいにパレは周囲を見まわした。

「だったら警部のところへお連れしよう。確実に保護してもらえるように」私は自分にもう一杯コーヒーを注いだ。老夫婦が店に入ってきてテーブルに着いた。ウェイターがすぐそこへ向かい、世間話を始めた。常連客、ランチを食べに来た地元の住民だ。

パレは首を横に振った。「そしたら、あの本のことがみんなに知れる。だめだ。いかん。そんなことがあってはならない。デンマークの社会がガタガタになる。それがわからんのか?」

「ああ、わかりませんね」と私は返した。「デンマークの社会はドイツ軍と結託した人々を守ることで支えられるのではない。我々の社会は誠実さと高潔さの上に築かれるべきだ」

「どんな状況だったか、きみは知らない」彼は震える声で言った。「私は両親やその兄弟姉妹から話を聞いた。私の父は組合労働者で、ドイツで働けと言われた。どうしろというのだ? 与えられた仕事を引き受けなければ失業手当ももらえないから、ドイツに行って働くしかない。さもないと、自分も家族も飢えて死ぬ。戻ってきたときは逃げるしかなかった。そうしないと、ドイツに協力した人間として路上で袋叩きにされ、ほかの人たちと同じように処刑されていたかもしれない」

「せめて読んでから削除したんでしょうね？」

パレは首を横に振った。「あのおぞましい話を？　いや。ざっと目は通したが、ごみみたいな内容だった。彼女はみんなに怒っていた。権力を剝奪された。党の支持を失いかけていた。何もかも失いかけていたから、みんなに中指を立ててやりたかった」

「あるいは、間違いを正そうとしていたのかもしれない」と指摘した。

パレは鼻で笑った。「あの男の息子が死ぬと、彼女はとつぜん良心の呵責に苛まれた。謝罪しようとしたのを知っているか？　ばかな女だ。ミゲルと私でやめるよう説得した。そんなことをしてもなんにもならないと。彼女は強い政治家でなくてはいけなかったし、顔でなくてはならなかった……」彼はそこで言葉を止めた。

「何の？　人種差別の？　不寛容の？」と尋ねた。

パレは嘲笑した。「リベラルの大物きどりか。やつらがこの国を乗っ取ってイスラム法を持ちこむのを待つがいい。そんなことは我々が許さないが」

我々とは彼のような白人至上主義者のことだろうが、そこを論じても埒は明かないと判断した。

「ミゲルというのはミゲル・トアセンのことですか？」と冷静な声で尋ねた。

彼は一瞬、きょとんとした顔をした。「ほかに誰がいるんだ？」

「彼はあの本のことを知っていたんですか？」

パレは肩をすくめた。

「あなたが教えた？」

パレは私を見た。「そうだ。彼の言うことには妻も耳を傾けたし、彼なら取り組みをやめるよう説得できるかもしれないと思った」

「ミゲルは説得したんですか？」

「わからない」パレは弱り果てた表情で頭を振った。「あっという間に妻は死んでしまったし。葬儀のときミゲルに言っておいた、全部削除したから心配はいらないと」

「誰の話を書いていたんでしょう？」

「わからない」パレはうめくように言った。「彼女は暗号名を使っていた。原稿の消去作業中に、人の名前が出てこないことに気がついた。ＡＢＣとＤＥＦとしか書かれていなかった。スパイ小説みたいに」

「何を暴露しようとしていたかは、ご存じですか？」

「内通者の名前だ」

「しかし、どの内通者の？」

パレは私の質問にいらだってきた。「それがどうした？」

「彼女は特定の内通者を探していたからです。〈ホルガー・ダンスク〉の一員でありながらゲシュタポにも仕えていた人物を。ドイツ兵がデンマークのユダヤ人を一斉検挙した一九四三年十月一日の夜、デンマーク人四人が殺害された事件の責任を負うべき人物。〈ホルガー・ダンスク〉のメンバーの身元をゲシュタポに教えた人物です」

パレはうつろな表情を浮かべていた。

なぜ彼は原稿を読まなかったのか？　少なくとも誘惑には駆られそうなものなのに？

「パレ、こうではなかったかと思うところを話すので、間違っていると思ったらすぐ遮ってもらってかまいません」一か八かだ。自分の知っていることを話し、どこへ行き着くか見てみよう。それ以外にあまり方法もない。「アレクサンダ・イプセンは車でサネを夏の別荘へ送り届けた。その車で街へ戻りあなたのところに車を置いてきた。彼女が亡くなった日の午後、あなたはその車で別荘へ行った。彼女を殺したのか、死んでいる彼女を発見したのかはともかく、あなたは彼女のパソコンから原稿を削除した。パソコンがなくなっていたら警察に怪しまれると思い、パソコンは置いてきた。そしておそらく、ユセフ・アフメドが置いていった手紙を見つけ、それを持ち去った。車でコペンハーゲンへ戻り、その日の夜に列車で別荘へ戻ってきた」

「なんの証拠もない」パレは震える声で言った。

「鉄道を使ったのは、夏の別荘へ戻れるだけの充電量が残っていなかったからとしか思えない」と推測を述べた。

私の言葉を聞いた驚きの表情から、図星だと思った。

「いまも言ったが、どこにも証拠はない」

「なぜユセフ・アフメドの手紙を持ち去ったんですか？」と尋ねた。パレが殺害したとは思えない。手を下したのはほかの誰かで、パレはその状況を利用したのだ。

「手紙があったらどうなんだ？　とんちんかんなことを書きやがって。〝あなたを赦す〟？まるで私たちにはあのとんまの赦しが必要みたいに」パレはもうパニックに陥っていた。

「本などなかった。削除したとみんなに伝えた。本は存在しない、、、、」

「みんなとは？」

パレは立ち上がった。「きみに会いに来たのは間違いだった」

「パレ、本を消去したことを誰に話したんだ？　ゾンマー博士からメールが来たことを誰に話したんだ？」私は食い下がった。「やつらは知りすぎた人間を葬り去る。話してくれたら手の打ちようもある」

パレはごくりと唾を飲んだ。「イリーアス・ユールだ」

32

誰が関与しているのか想像をめぐらしてきたが、現首相だとは夢にも思わなかった。

イリーアス・ユールは政治指導者だ。一票を投じたことはないが、人気は高い。政治家一族の出身だ。デンマークの政界のエリートたちを調べたとき、事典に出てくる人たちだ。父親のギアト・ユールは一九八〇年代に首相を務めた。祖父のアーネ・ユールは〈ホルガー・ダンスク〉の一員としてドイツと戦った。アーネがユダヤ人をスウェーデンに運んで救った実話を元に、小説や映画やテレビのシリーズが作られた。レジスタンスでの働きに対して米大統領自由勲章を受章し、ダネブロー勲章の名誉十字章も受章した。政治の神、デンマークの英雄だ。

誰も知らない本だと思っていたら、誰もが知っている本だった。そんな感じだ。パレ。ミゲル・トアセン。ウラ。さらにイリーアス・ユールとは、まったくとんでもない。

ヘレロプから自転車で帰宅し、すぐシャワーを浴びた。六月の暖かい日で、自転車を漕いだため汗をかいていた。感情的な人間ではないつもりだったが、パレに会って汚れた気分にもなっていた。

サネ・メルゴーを殺したのは誰なのか？　服を着ながら考えをめぐらした。イリーアス・ユールなのか？　ユセフ・アフメドに濡れ衣を着せたのも彼なのか？　それともミゲル・トアセンが汚れ仕事を引き受けたのか？　それともユール家とはなんの関係もなく、ミゲル・トアセンが関与しただけなのか？

説明がつかないパズルの大きな一片を抱えている感じで、理解を深める必要があった。マーティン・イェーガーにメールを打ち、街で一杯やらないかと誘った。

マーティンは〈ブートレガーズ〉の奥、ビール瓶に蠟燭《ろうそく》を立てた傷だらけのテーブルで私を待っていた。〈ブートレガーズ〉では一九二〇年代風のカクテルが飲める。しかるべき方法でアブサンを出し、すばらしいオールドファッションドを作る。しかしビールも二十種類用意されていて、バイロイター・ビアブラウエライのアクティーエン・オリギナール一八五七というラガーが私のお気に入りだった。軽い飲み口でバランスがよく、スパイシーだ。

「何にします？」と訊いた。

「いや、こんどはぼくの番だ」マーティンが異議を唱えた。「前回はあなたのおごりだった」

「心配ご無用、相応のお返しはしてもらうので」私は言った。「また少し訊きたいことがありまして」

「フリッツ・ディークマンについてなら、いくつか答えがある」彼はビールのリストが書かれたボードを見た。「アイスタウト・アフォガートをもらおうかな。いかにも精がつきそうだし」

二人でビールを手に着席した。午後五時で、客は仕事帰りのハッピーアワー目当ての人たちだ。

「ここは初めて来た」とマーティンは言い、「しかし、いい店だ。なんだか……全然……飾り気がなくて」と付け加えた。

値段は大衆的ではないが、と胸の中でつぶやいた。

「まずは大事なことから。フリッツ・ディークマンについてわかったことを話そう」マーティンはバッグを開けてiPadを取り出した。電源を入れ、ゆったり身構える。「フリッツ・ディークマンは大尉。民政当局《ダウマフース》でゲシュタポ局長のカール・ハインツ・ホフマンに仕えていた」

ビールを少し口にした。

「カルタゴ作戦はご存じですか?」と彼は尋ねた。私は手のひらを下に向けて左右に揺らす〝おおよそ《マス・オ・メノス》〟の身ぶりを送った。

「でしたら、おさらいを」とマーティンは続け、「一九四五年三月二十一日、イギリス空軍がコペンハーゲンを襲撃した。〈シェルフース〉が標的になったのは、おそらく、ゲシュタポがデンマークのレジスタンス戦士を投獄して、拷問し、命を奪っていた場所だったからだ。十八人の捕虜が脱出したが、この襲撃でドイツ兵五十五人とゲシュタポに雇われていたデンマーク人四十七人、捕虜八人が犠牲になった。全部で市民百二十五人が命を落とし、そこには近くにあったジャンヌダルクという寄宿学校の生徒八十六人も含まれていた」彼はいちど言葉を切り、「これがドイツによる占領の、終わりの始まりだった。ディークマン大尉はカルタゴ作戦直後に姿を消している。そしてエスタ・マスンの日記によれば、彼はオーセという恋人と寝ていたようだが、彼女は死んだ」と付け加えた。

「そしてこのオーセは情報提供者に会ったことがあった。裕福なデンマーク人に」と私が付け足した。

マーティンはうなずいた。「さて、これのどこが何かにどうつながるかはわからないが、ユール家は政治のエリート一族だ。父も息子も首相に選ばれた。アーネはデンマークのレジスタンス組織〈ホルガー・ダンスク〉の大物だった。たくさんのユダヤ人を救った」

「彼らはどういう経緯で政界のエリートになったんですか?」

マーティンはビールを少量飲み、iPadの画面に目を通して考えこむようにうなずいた。「まあ、彼らが金持ちだったのは明らかだ。ユール家は十九世紀から大きな建設会社を持っていた。石工の血筋ですね。兄弟二人がユトランド半島で事業を始めた。第一次世界大戦後の〝狂騒の二〇年代〟にコペンハーゲンへ拠点を移し、建設に投じられていたカネを活用して豪邸を建てたり、宮殿を改築したりした。兄のハルフダンはベルリンに愛人がいたと噂され、ベルリンとコペンハーゲンを行ったり来たりしていた。一九三三年にドイツ国会が全権委任法を採択したあとヒトラーが指導者になり、その一年後に総統《フューラー》になったとき、弟のほうの息子であるアーネは十代だった」

「だったら、このアーネは占領時代に二十代だった」これは手がかりだ、プレスト、と心がうずいた。

「そう。占領には断固反対だったが……ほかのみんなと同じくドイツ軍と仕事をしていた。少なくとも、最初のうちは。ヒトラーは無敵に思えたし、デンマーク政財界のリーダーたちはこの状態が何年も続くと思っていた。バイエルンのようにデンマークもドイツの州になるのだろうと」とマーティンは語った。

「ところがその後、ドイツはロシア（旧ソ連）に敗れ、人々はヒトラーを倒せると考えはじめた」

「そのとおり」マーティンがうなずいた。「それですべてが変わった。多くの人がデンマークのレジスタンスに加わった」

「アーネもその一人だった？」

「〈ホルガー・ダンスク〉が設立されたのは一九四二年……つまり占領期の真っただ中で、

彼も同じころに参加したのでしょう」マーティンはいくつかの文書にざっと目を通した。「日付ははっきりしない。入隊記録付きの身分証が配られたわけでもないので」

私はビールを口にし、スパイシーな風味を楽しんだ。

「ユールの建設会社はなんていう名前でした？」

「〈ユール＆ブロア〉……英語で言えば〈ユール＆ブラザー〉だ」マーティンは言った。

「名前は変わっていて、いまは……」脳内コンピュータでグーグル検索をしているかのように、彼は目を閉じた。「Ｋ……Ｂ……Ｍ」

私は微笑んだ。「ＫＢＭ。建築会社の？」

「建築と建設の両方を手掛けている」マーティンは言った。「カタールのあのビルも手掛けたし、上海の高層ビルにも携わった」

「ユール家とはいまも利害関係が？」と尋ねた。マーティンはｉＰａｄで検索した。

「いや、終戦直後からはない。ただ、ミゲル・トアセンの妻が役員を務めている」

「たしかに」これも手がかりか？　プレスト、おまえはいま手がかりの海に漂っている。それをまとめて大きな絵を描けるくらい頭が回るといいのだが。

「イリーアス・ユールはまずいことに？」とマーティンが尋ねた。

「よくわからない。探偵のくせに、だいたいいつも確信が持てなくて」

「優秀な探偵だとレイラは思っていますよ」

返事はしなかった。レイラの話はしたくない。唇の傷がいまもうずくし、プライドも傷ついている。

彼は微笑を向けた。「ぼくの口出しする問題ではないが、彼女とは友達だから、エドワードと別れたことは言っておくべきでしょうね」

私は鼻歌を返し、何も言わなかった。どう感じたものかわからなかったからだ。彼女が独りになった。私も独り身だ。二人同時に独り身でいる。双方が望めば、それには大きな意味があるかもしれない。

〝愛はいとしい人を変えるのではなく、自分自身を変える〟。キルケゴールの言葉だ。よくわからない。愛が自分をどう変えたのか。

「彼女は友達のところにいる」彼は続けた。「彼女があなたとベルリンへ行ったこと、それと……まあ、その、彼女が怪我をしたことに、彼が激怒しましてね」

「ああ、私も腹が立った」

「でも、それはあなたのせいじゃない」マーティンは主張した。「それが仕事なんでしょう？　まあ、少なくとも、話したときレイラはそう言っていた」

ビールを飲み干した。「持ち衣装をアップグレードする心の準備は？」

マーティンは興奮気味にうなずいた。「はい、万全です。例の女性とオペラに行くことになって。彼女は〈トスカ〉が大好きだから、いいところを見せたい」

デーヴィズの店でマーティンを店主にゆだね、帰り際、「いかん、Tシャツの上にブレザーなんてもってのほかだ、冒瀆的行為だよ」と言うデーヴィズの声が聞こえた。思わず笑みがこぼれた。

33

マーティンと話をした翌日、市役所の記録からアレクサンダ・イプセンの住まいを突き止め、ヴェスタブローにある彼のアパートまで自転車で行った。雨が降っていたので、アパートの向かいのカフェに入った。窓際の席でコーヒーを飲みながら建物に目を光らせる。コーヒー代を払ったあと、バーバリーのレインコートを着て、デンマークのいつまでも降りつづく針のような細い雨用にデザインされたメリンのトレンチハイドロキャップをかぶり、道を渡ってアレクサンダのアパートへ向かった。名前を見つけ、横のブザーを押した。応答がない。

大きな鞄と雨具と犬を抱えて、あわただしく建物から出ていこうとする女性がいた。ドアを開けてやった。紳士の面目躍如だ。

「ありがとう《マンゲ・タック》」彼女は私に目もくれず、お礼を言って出ていった。

建物の中に入る。スーパー私立探偵ゲーブリエル・プレスト、不法侵入する、の図だ。

アレクサンダの部屋は三階にあった。できるだけすばやく静かに、頼みのピッキング用の道具でドアの錠を開けた。探偵に必要なスキルは全部身についている。

部屋に入り、ドアを閉めた。床に足跡がつかないよう靴を脱ぐ。アレクサンダが戻ってきたとき気づかれないように。キッチン、浴室、寝室がひとつずつの小さなアパートで、リビングにはこの空間には大きすぎる食卓をはじめ家具がどっさり置かれていた。

いい家具がいくつかあることに気がついた。リビングにはのけぞるように天を仰ぐアフリカ系女性像や、ネイティブアメリカンの絨毯があり、高かったにちがいないフィリップ・スタルクのダイニングチェアも置かれていた。

いかにもコペンハーゲンの独身男性らしい部屋だった。食卓を机代わりに使っているらしい。古びた感じのＭａｃＢｏｏｋ Ａｉｒを、積み上がった書類やファイルが囲んでいたからだ。なぜ持って出かけなかったのか？　不思議に思った。これは個人用で、仕事用のラップトップを持って出たのかもしれない。

スタルクの椅子に座ってＭａｃＢｏｏｋを開いた。〝仕事用〟ではないのではという推測を裏づけるように、画面に「Ａｌｐｈａ55％＃」という文字列を記した黄色い付箋が貼られていた。パスワードではないか。探偵が〝思わぬ幸運〟と呼ぶものだ。ひと筋縄でいかないことが多かった今回の案件だけに、これくらいの幸運に恵まれても罰は当たらない。

文字列を打ちこむと、画面に標準的な砂丘の画像が現れ、ドックと呼ばれる下のバーにさまざまなアイコンが表示された。

宇宙が私に微笑みかけている。

ファインダーでざっと中身を調べたあと、探し物に取りかかった。

ひとつは「サネ」という名前で、ファイルがいくつか出てきた。彼のメールソフトからもいくつか見つかった。サネから来たメールだ。仕事用のメールアドレスから個人用のメールアドレスへ転送されていた。いい仕事をしてくれたなど、感謝の言葉もあった。スピーチ関連が二通、彼女のベルリン旅行に関するものが一通。

アレックスへ

来週はほとんどドイツにいます。必要ならメールをください、電話しますから。時間は何時でもかまわないので木曜日に〈ミュンヘン国家社会主義文書センター〉のハンナ・クラウス博士の予約を忘れず取ってください。彼女は〈ヒルトン・ベルリン〉に泊まっていて、自分のホテルで会いたいとか。それに合わせて私の日程の更新をお願いします。

よろしく。

サネ

携帯電話でメールの写真を撮った。彼のパソコンには写真、職務経歴書、家族や友人からのメールなど、お決まりのものが入っていた。異人種輪姦もののポルノが好きで、お気に入りのポルノサイトは「エックスハムスター」であることもわかった。

文書をくまなく探したが、人事担当副社長イェスパ・ボーアの署名付きで、KBMの企業広報統括部長に任命し、半年間のギリシャ赴任後はコペンハーゲンでフルタイムの仕事を確約するという内容の採用通知があったくらいで、ほかには、興味を引くものは見つからなかった。その写真も撮った。部屋を歩きまわったあと帰りかけたとき、書棚に載っている写真に目が留まった。アレクサンダとサネ・メルゴー、ミゲル・トアセン、イリーアス・ユールが写っていた。パーティ会場らしく、みんながシャンパングラスを持って笑みを浮かべている。

しばらくその写真を見てからアレクサンダ・イプセンの部屋を出た。

事務所へ戻り、〈ミュンヘン国家社会主義文書センター〉のハンナ・クラウス博士に電話をかけた。ウィキペディアによれば、ドイツ史のナチス暗黒時代に取り組んでいる施設だ。

センターのサイトに彼女のメールアドレスと電話番号が載っていた。奇跡的だが、電話をかけてみると、予約をお取りくださいとか、伝言を承りますと応対する秘書にはつながらず、クラウス博士本人が出た。

「クラウスさん。出版社ギュレンデール・ノルウェイのブルーノ・ヘンレクセンと申します」ドイツの占領にあらがうため地下でジャズを演奏したデンマーク人ミュージシャンの名を使った。取り組んでいる案件が案件だけに、適切な気がした。

自分はサネ・メルゴーの担当編集者で、彼女の書いたものを遺作として出版するために読み返しているところで、いくつか質問したいことがあるのだと説明した。

「彼女の仕事が後世に残るのはすばらしいことです」クラウス博士は勢いこんで言った。「メルゴーさんは卓越した女性であり偉大な歴史家でした」

賭けに出るならここだ。うまくいかなければ電話を切ればいい。

「サネの話では、彼女はある証拠を探していて……」いちど言葉を切った。「ええと、ある……」

「内通者について」と彼女は受けた。「はい。暗号名アーキテクトに関する証拠です。最近ドイツでいくつか記録が封印を解かれましたが、彼女の依頼を見たのはかなり前のことで、ちょっと確かめさせてください」

キーボードを打つ音がしばらく続き、そのあと彼女は、「ああ、彼女のためにまとめた資料がありました。これで思い出した、彼女は〈ユトランド煉瓦〉という建設会社のことを調べていたんです。当時、デンマークの西海岸に掩体壕数基を造るのに一千万クローネ近いお金が支払われました」

彼女が話すあいだにメモを取りはじめた。

「〈ユトランド煉瓦〉はナチスの施設を造る際、奴隷労働にも手を染めていました。エストニアとチェコスロバキアの強制収容所にいた収容者を使ったと思われます──そして大きな収益を上げた」彼女は続けた。「この情報、まとめて送りましょうか?」

「お願いします」Ｇｍａｉｌのアカウントを伝えた。ギュレンデールのメールアドレスを求められるかと一瞬心配したが、彼女はどっちでもかまわないようだった。

「本の出版を楽しみにしています」と彼女は言った。

「かならず一冊お送りします」と嘘をついた。

礼を言い合ったところで電話を切った。

ハンナ・クラウスからのメールを待つあいだに、マーティンに電話をかけた。

「いくつか文書に目を通して、どういうことか教えてもらえませんか?」

「文書というと?」マーティンが尋ねた。

「第二次世界大戦関連の」

「ぼく好みだ。送ってください。報告はいつまでに必要ですか?」

「可及的速やかに」

「わかった、一両日中に送れるよう最善を尽くしましょう。情報の量にもよるけれど」

「アーキテクトについて何かわかったら、その時点ですぐ知らせてほしい」

「了解」

34

土曜日の朝食にうちへやってきたソフィーは私を軽く抱きしめた。通りの先の〈エメリーズ〉から焼き菓子を買ってきておいた。シナモンスネイル、クロワッサン、スライスした焼きたてライ麦パン、バター、チーズをキッチンカウンターに広げた。今日も雨だ。しつこい雨で、いっこうにやもうとしない。じめじめして寒く風が強いので、屋内で食べることにした。

「疲れてるね」彼女はクロワッサンをちぎった。

「ああ」

「レイラは？」

「レイラがどうした？」

「元気なの？」

「男と別れた……」

「父さんの顔を殴った人ね」とソフィーは返した。

「そう、あいつだ」唇に手を触れたい衝動にあらがった。いまだに少し痛む。

「じゃま者はいなくなった」とソフィーは口ずさむように言った。

「そんなふうには思えない」と、正直に言った。

「どうして？」

「うまくいかないのは、もうわかっているからだ。心の重荷が多すぎる。どちらも相手を大事にしなかった。その過去を乗り越えられるとは思えない」

「なぜできないの？」

「それが私たちだからさ、スカット」と、おだやかに告げた。「父親の恋愛の話はやめて、きみの大学生活の話をしよう」

ソフィーには私を追いこまないだけの分別があった。

「わたし、ダニエル・カーネマンに恋しているの」と彼女は宣言した。

「悪くない。でも、心理学のカリキュラムになぜ経済学者が入ってくるんだ？」

「彼は心理学者だから……心理学者がノーベル経済学賞を受賞したのよ。すごいと思わない？　彼の経済理論の土台は、人がどう考えるかにあるの。『ファスト＆スロー　あなたの意思はどのように決まるか？』をぜひ読んで」いまの彼女は興奮して情熱的だ。こういう空間にいるソフィーがいとおしくてたまらない。好奇心旺盛で、学んでは教えようとする。

「彼はこう言っているの。人はどのくらい簡単に思い出せるかに基づいて問題の重要性を評価するから、ニュースで何かをずっと聞かされているとそれを重要なことと思ってしまう」

「私たちの脳は本質的に怠け者で、最小限のエネルギーしか使いたくないから、いちばん抵抗の少ない道を選ぶ、ということか」

「そのとおり」とソフィーは声を張り上げた。「わたしたちが直感を信じるのは、ちゃんとデータに目を向け、それに基づいて判断するよりも労力が少なくてすむからよ」

「本能的直感は……」

「たわごとよ」ソフィーはきっぱりと断じた。「直感よりデータを使って判断したほうがうまくいく」

「おいおい。直感あっての人間だろう」

「父さんが直感と呼ぶものの土台には、脳が蓄えて処理してきた大量のデータがある」彼女は反駁《はんばく》した。「今回の強姦事件がどうなったかを例に取るね。父さんは数多くの調査をしてきた経験から、強姦事件は法廷で証明できないことも珍しくないのを知っていたので、ニコのところへ持ちこんだ。ミツバチが花の蜜に群がるみたいにマスコミが押し寄せてくるのを知っていたからよ。それは直感のおかげじゃない。経験があって、データを集めてきて、システムがどう働くか知っていたから。そしたら、ほーら。ニコの記事のおかげで、あごを骨折して入院している悪党はおそらく、より多くの疑いの目を向けられる。ところで、あいつは父さんが殴ったの？」

「いや、私はそういう人間じゃない」

「いいえ、そういう人よ」ソフィーはすかさず言った。「そういう人でいたくなくても、そういう人よ」

「それについて、カーネマンはどう言っているんだ？」

「行動を一般化してタイプに分けるより、自身の行動の中に驚きを見つけるほうが、自分について学べる確率が高い。自分はそういうタイプじゃないと言うときは、世の中にはあるタイプの人たちがいて、その人たちは人を殴らないと言っているのと同じなわけ。あなたはあなたであって、どのタイプでもない。一般化はできない。あなた個人の行動があなたの行動であり、それがあなたを定義するものだ。彼はそう言っているの」

「では、私は何者なのか？」

「わたしの父」

「そして乱暴者？」

身を乗り出して、彼女の額に軽く唇を当てた。

立ち上がって、ショットグラスをふたつと、週末の朝食でたまに楽しむデンマークの苦味酒《ビターズ》ガンメル・ダンスクのボトルを持ってきた。

「わたしはいい。何週間か前にイェーガーマイスターで二日酔いになって、ビターズは断《た》っているから」

自分のグラスにビターズを注いでひと口飲むと、豊かなスパイスと風味が内側から体を温めてくれた。朝食時に飲むのは古風な作法だが、私にはそういう一面がある。

「父さんは乱暴者じゃない」彼女は断定した。「どんな乱暴が正当でどんな乱暴が正当でないかわかるだけの経験がある。銃を携行しているのは、父さんを襲ってうちのドアに……猫を釘で打ちつけたやつらは……いまでもあれは信じられないけど……危険な連中で、身を守る必要があるとわかったから。それは直感じゃない。経験だよ」

「カーネマンを読むべきかもしれないな」

ソフィーは微笑んだ。「きっと気に入るから。それと……」

携帯電話が鳴った。トミーからだ。電話を取った。

「国立病院に来てくれ」

「こちらこそ、おはよう」と冗談を言った。

「ユセフ・アフメドだ、ゲーブリエル」アンテナが上がった。トミーはめずらしくファーストネームで私を呼んだ。「彼が死んだ。内出血を起こしていて、どうにもならなかった」

しばらくそこに立ち尽くした。怒りと慙愧《ざんき》の念と無力感で目に涙があふれた。あの男は死ぬ必要などなかった。それとも、死こそ彼に必要な安らぎで、息子が拷問されて殺された恐怖を思い出さずにすみ、生まれ持った遺産で自分の子たちを傷つけた罪悪感に苛まれずにすむ安息所だったのだろうか。

「ゲーブリエル？」とトミーが呼びかけた。

「いる」と、しゃがれ声で答えた。

「レイラが病院へ向かっている」彼は言った。「おまえも行ったほうがいいと思ってな。ニコには何も言うな。いいか？」

「わかった」電話を切り、力の抜けた脚を折ってバースツールに座った。

「父さん？」ソフィーが心配そうに声をかけた。

「ユセフ・アフメドが死んだ」

両手で顔を覆った。ソフィーが両腕を巻きつける。病院に向かうまで、二人でしばらくそうしていた。

真夜中に一人、自宅へ戻った。

大騒動だった。アイシャ・アフメドと彼女の弟と母親を警察の警備がついたホテルへ送るのを手伝ってきた。彼らはマスコミと白人至上主義者、そして彼らを不当な仕打ちの象徴として利用しようとする同胞たちに追われていた。レイラもマスコミの手が届かないところへ隠した。感情的になりすぎて、理路整然と話ができなかったからだ。

冷たい霧雨の中、レインコートも羽織らず自宅の裏庭に腰を下ろした。一本、また一本と煙草を吸い、ラガヴーリンのボトルを取ってきた。いまさらどうしようもない。ユセフ・アフメドは息子と自分のために正義を証明することもできないまま、非業の死を遂げた。不条理な仕打ちに次から次へと見舞われる人生だった。最後の不条理には私も関わり、私たちの社会全体が彼を罪人と見なしていた。

玄関の呼び鈴が鳴ったが、応えなかった。携帯電話は電源を切ってキッチンに置いてある。一人でいたい。

「やあ《ハイ》」雨の中、エイメンが私に合流した。

彼はここの鍵を持っているのだ。

「やあ《ハイ》」少し舌がもつれた。煙草と冷気で喉が痛い。

雨の中、エイメンはピクニックテーブルの私の向かいに座った。私のウイスキーが入ったグラスを手に取って、ひと口飲む。グラスをテーブルに戻し、注ぎ足した。彼は煙草をくれと言い、渡してやると火をつけた。昔はエイメンもよく吸っていた。いまは特別なときしか吸わない。

二人で黙々と酒を飲み煙草を吸ううち、ボトルが空になり、煙草もなくなった。

朝が近づいていた。荒れ模様の雲間から太陽が顔をのぞかせる気配はない。ユセフ・アフメドがコペンハーゲンの住民に殺された翌日、この街の汚れを浄化するために雨が降るのは正しいことだと思った。

二人で家に入り、私がシャワーを浴びているあいだにエイメンがコーヒーを淹れた。私がコーヒーを飲むあいだにエイメンがシャワーを浴びた。彼は私のジーンズとTシャツを着て、階段を下りてきた。

彼はコーヒーを飲んで帰っていった。何も話をせずに。

ともに嘆き、悲しむうちに、少し心が癒されてもいた。

ベッドに入り眠っていたが、午後三時ごろ、玄関の呼び鈴が大きな音をたてた。朦朧《もうろう》とした頭でそそくさと下着だけ着て一階へ下りると、玄関にレイラがいた。

「どうしてここにいるんだ？」と語気を荒らげた。喉が痛い。体のあらゆる傷が存在を訴えてきた。

彼女は私のそばをすり抜けてまっすぐキッチンへ向かい、冷蔵庫を開けた。瓶のカールスバーグを二本取り出し、自分のために一本の栓を開けた。

「いったいどこにいたの？」彼女は怒りの口調で言った。

「寝ていた」

「携帯電話は？」

「電源を切っていた」カウンターの上で充電していたので、手に取って電源を入れた。

不在着信とメッセージがあった。スティーネ、イーレク、ソフィー、ブーア、トミー、ニコ、フライア、そしてレイラから。

「この八時間に、コペンハーゲンの知り合い全員が連絡を取ろうとしたわけだ」

レイラは少しビールを飲んだ。私はもう一本の栓を開け、カウンターの前に腰を下ろした。

「わたしたち、調査を続ける必要がある」レイラは充電し直したように活力に満ちていた。

「私たちはない、スカット」私は言った。「そのビールを飲みおわったら帰ってくれ。一人になりたい」

「わたしたちは……」

「きみは同じことを繰り返し言う、よくない癖がある」私は不機嫌な声で言った。「人の言うことを聞かない。話を聞かずに話しつづけるだけだ。きみはもう、この事案とは関係ない。出ていけ」

「いやよ」レイラはビールを飲み干した。

「レイラ、いまの私はあまり紳士的な気分じゃない」彼女に歩み寄って腕をつかみ、玄関へ引っ張りはじめた。彼女はそれにあらがい、玄関ドアに着いたところで私を強く押して手を逃れた。

「まったく、ゲーブリエル。わたしだってまだ痛いのよ」

「正直言って、おれの知ったこっちゃないね」可能なかぎり『風と共に去りぬ』のレット・バトラーをまねて言った。

そのとき何かが起こった。なぜそうなったのかわからないが、一時間後、二人は裸で私のベッドにいた。できるものなら自分で自分を蹴っ飛ばしたい。

彼女は体を回して私を見た。「あまり深く考えないで」

「それはこっちのせりふだ」

彼女は微笑を向けた。「やっぱりセックスはいい」

「最高だ」と微笑み返した。起こったことを変えられないなら、それを楽しんだほうがいい。

「すごく素敵な浴槽ね」彼女は体を回し、主浴室のほうへうなずきを送った。

「ああ」

浴槽にお湯を張り、私を見ている彼女を見ながら、これでいいのかもしれないと自分に言い聞かせた。彼女は裸のままで、浴室のドアにもたれて浴槽が満たされるのを待っている彼女を見るのが私は好きだった。彼女が浸かると私も入った。

これぞセックスだ。アドレナリンが出た。楽しかった。心が慰められた。これこそがスランプを脱して仕事に戻るために必要なものだった。

35

ソフィーがまだ小さかったころ、私たちは「まずまずの日」「いい日」「とてもいい日」の定義を考え出した。「まずまずの日」は、雨や雪が降らない日。「いい日」は、雨や雪が降らず、風もない日。「とてもいい日」は、雨や雪が降らず、風もなく、空が青く、日が照っている日だ。気温は関係ない。

ユセフ・アフメドが刑務所で襲われて暴行を受け、その傷がもとで死んだあとの何日かは「悪い日」だった。雨が絶え間なく降りつづけていた。風もすごかった。デンマークには〝ペリカンを半分吹き飛ばす〟という表現がある。空は暗雲に覆われていた。雨と風と暗い空の三つが私たちを襲うさまは、あたかも宇宙がユセフ・アフメドの死を悼んでいるかのようだった。

新聞には彼の死を取り上げる見出しが躍った。死刑のない国でいかに裁きが行われたかを語る記事もあった。デンマークの刑務所の状況を伝える記事もあった。少数派《マイノリティ》、特にイスラム教徒が受けている不当な扱いを取り上げる記事は皆無に近かった。

ラースビヤアンセン小路のフランス料理店〈エドゥカシオン・ナショナル〉でマーティンと会って、昼食をとった。彼が昼食代をもつと言うので甘えることにした。私は何年も前からカスレ（フランス伝統の煮込み料理）とコッコーヴァン（鶏肉の赤ワイン煮）を目当てに〈エドゥカシオン〉に通っていた。

しかしランチタイムだったので、私はフリセのサラダ、ベーコンヴィネグレットソースを、マーティンはオムレツを注文した。ランチを流しこむため、カラフェのコーヒーと水ももらった。

「送ってもらったこの資料ですけど、じつに興味深かった」マーティンはコーヒーを少し口にし、「早く食事を持ってきてくれないかな、腹ぺこなんだ」と言い足した。

彼はリーバイスのジーンズに、青い縞模様が入ったボタンダウンのシャツという服装で、シャツの袖を前腕までまくり上げていた。街の高級紳士服店で買ってきたらしい。まだスニーカーを履いていたが、大学生ではなく新進気鋭の教授に見えてきた。

「報告書をまとめました」彼は分厚い封筒を取り出して渡してくれた。それをメッセンジャーバッグに入れた。あとで読ませてもらおう。

「要点を教えてほしい」

「その前に、ユセフのことはお気の毒でした……」

こくりとうなずいた。

この話は気が進まないようだと察したらしく、マーティンはそれだけで切り上げた。

「では本題に入りましょう。ハンナ・クラウス博士は自分の持っている資料に全部目を通したわけではなかったようだ。サネからハンナに出所の確認と鑑定を依頼した文書もあれば、ハンナがまとめた調査資料だけの文書もある。はっきりしない」

彼はiPadを開いて自分のメモを見た。私は口を挟まず待った。

「つまり……一九三八年のこの手紙を、アーネ・ユールはベルリン在住の伯父ハルフダン・ユールに宛てて書いている」と彼は言い、私を見上げた。「これはまだドイツ軍がデンマークを占領していないころだ。彼の父親はすでに〈ユール＆ブロア〉の子会社として〈ユトランド煉瓦〉を設立する手続きに着手していた。そうすれば、万一ヒトラーが戦争に負けたとしても〝その影響からユール家を守ることができる。ナチスと手を組むほど我々の未来は明るくなるはずだ〟と彼は書いている」

私は大きくひとつ息を吸った。「アーネはレジスタンスの一員でもあり、ユダヤ人がガス室行きを免れるよう力を尽くしていた」

「そう。歴史学者として、これがどんなにすばらしい発見かは語り尽くせないほどだ」マーティンは満面の笑みを浮かべた。

運ばれてきた料理を二人とも無言で口に運びながら、彼が爆発させた爆弾について考えた。私はこれが小さな爆竹なのか大きな爆弾なのか見定めようとしたが、わからなかった。

「状況を整理しよう。アーネはレジスタンス戦士であると同時に、ドイツ軍の掩体壕を造って儲けていた」

「そう」オムレツを頬張ったままマーティンが言った。「終戦間際まで〈ユトランド煉瓦〉はドイツ軍から尽力の代価を集金していた。でも、それだけじゃない」

私は眉を吊り上げた。

「ぼくは金の鉱脈を発見した」彼はめまいを覚えているような声で言った。繊細な羊皮紙であるかのように鞄から紙を一枚取り出した。「これはサネ・メルゴーの原稿の一枚だと思います。彼女が情報を確認してもらうため、クラウス博士に送ったものだ。全部目を通したが、彼女の本の中身はこのページだけだった」

そのページを見た。ページ番号は五十七で、ヘッダーには「ナチス内通者：デンマークの汚れた秘密　サネ・メルゴー著」とあった。

コペンハーゲンのドイツ軍本部で、逃亡を図るユダヤ人を追跡する任務はナチス親衛隊でユダヤ人問題を担当する第Ⅳ局B部四課という小さな集団に割り当てられた。

彼らはその仕事の遂行をデンマークの情報提供者に頼っていた。

一九四五年のテレージエンシュタット強制収容所からの解放時、十四万人と推定される捕虜のうち収容所に残っていたのは一万七千三百二十人だけで、残りはみな〝絶滅収容所〟に送られるか収容所内で病死した。一九四三年十月に収容所へ送られたデンマークのユダヤ人は四百五十人中四百人近くが生き延びた。

アネマリー・エアスキンセンとその家族、隣人たちの居場所をゲシュタポに教え、デンマーク人四人に死をもたらし、デンマークのユダヤ人二十人を逮捕させたデンマークのナチス内通者の身元は特定されていない。

いままでは、だ。興奮に血のたぎりを感じながら、私は胸の中でつぶやいた。

サネは数字を目立つよう強調し、〝数字を確認すること〟とページわきにメモを記していた。

心臓が大きな音をたてていた。「このアネマリーが実在したかどうかは？」

マーティンは興奮に目を輝かせた。「アネマリー・エアスキンセンは一九四三年十月一日にコペンハーゲンで逮捕された百九十八人のユダヤ人の一人だった。彼女とその両親とあと十七人はヘルスィングウーアの農場に隠れているところを見つかった。彼女は生き延びました。スウェーデンの白バスで救出されて帰国を果たしています」

スウェーデンの白バスは〝ベルナドッテ作戦〟で使われたものだ。スウェーデン赤十字とデンマークのレジスタンス組織が連携し、ナチスに連行されたデンマーク人ら収容者の解放・帰国を実現した作戦だ。

「ぼくはアネマリーの孫娘ロデ・クリステンセンを見つけた」とマーティンは続けた。「そしたら、なんと、彼女がサネ・メルゴーに祖母のことを話していたんです。サネは彼女に聞き取りをした。ユダヤ人を救ったデンマーク人を称える記事を書くためだと偽って」

私は恭《うやうや》しくそのページに触れた。「これは一枚の紙にすぎない。本全体の中のたった一ページにすぎない……だが……」

「だが？」

「アーキテクトはアーネ・ユールだと思う」

マーティンはにっこりした。「うん。ぼくもそう思います」

「証拠はない」

「でも、それが真実なら、イリーアス・ユールは……まあ、辞任を余儀なくされるでしょう。彼はアーネとギアトの遺産でキャリアを築いてきた。それに、アーネの生誕百年を称える映画が公開中だ」

「ミゲル・トアセンはこれを封印する必要があった」私は推論した。「選挙の年だから」

「どうします？」とマーティンは訊いた。

「何を？」

「これを」マーティンは二人の間にあるサネの原稿ページを指差した。

「ひとつ計画がある」

「教えてくれますか？」

首を横に振った。

「突拍子もない計画だから？」

うなずきを送った。

「あなたが怪我をしたり殺されたりする可能性も？」とマーティンは尋ねた。

またうなずいた。

「だったら、別の計画を考えるべきかもしれない」と彼は提言した。

「行動を起こそうとする人がその結果で自分を評価するなら、その人はけっして行動を起こさない」と、キルケゴールの言葉を引用した。

「哲学者は漠然とした概念を言葉にするもので、現実の役には立たないと、ぼくは思っています……」マーティンはいったん言葉を切ったあと小さく笑った。「でも、サルトルは言いました。言葉とは……」

「……弾丸が装填されたピストルである」と私は受けた。

サラダを最後まで食べられないことに気がついた。不安と恐怖と興奮に満たされ、食べ物の入る余地がない。マーティンが印刷したサネの本のページを手に取り、トゥミのメッセンジャーバッグに入れた。

「マーティン、大きな協力をお願いしたい」

「なんなりと」

「このことは誰にも言わずにいてほしい」

マーティンは気遣わしげに私を見て、そのあとうなずいた。「絶対に？」

だめだと、首を横に振った。

「なぜ？」

「このアーキテクトとやらのことも、イリーアス・ユールのことも、くそいまいましい第二次世界大戦のことも、私にとってはどうでもいいからだ」

マーティンはうなずきを続けた。「あなたにとって大事なのは、ユセフ・アフメドを冤罪から解放すること……たとえ、彼が亡くなったあとでも」

「そうだ」

マーティンは小声で言った。「わかった。信じてください。ただ、ぼくが別ルートで情報を見つけて、この話を自分で語れるようになったら……」

「好きにしてかまわない」

マーティンはにっこりした。二人で立ち上がり、握手した。

「これで失礼する。本のことで、ある男に会いにいかなければならない。それと、ありがとう。おかげで、すごく助かった」

立ち去りかけた私の背中に、彼は呼びかけた。「命を大切に、プレスト」

36

その夜、地獄が待っていた。

「いったい何があったんだ？」わが家へ駆けつけたトミーがリビングとキッチンの残骸に足を踏み入れた。

「火炎瓶《モロトフ・カクテル》といううんだったか」私は苦い顔で言った。

「知ったかぶりはやめろ」リビングの床に転がっている青い瓶の周辺の焦げ方を見て、トミーは啞然とした。ガソリンの詰まった瓶に火をつけて、家に投げ入れたのだろう。彼は一人の巡査に向かって指をパチンと鳴らした。「証拠として押収しろ」と命じ、そのあと私に向かって、「おまえはどこにいたんだ？」と尋ねた。

「裏で煙草を吸っていた」と正直に言った。「おかげで命拾いしたよ」

タウンハウス火炎瓶攻撃事件の担当刑事を、トミーが手招いた。ブロンドの女刑事で、背は低いが筋肉質でがっちりした体つきだ。彼女が近づくと、トミーは一刻も早く報告書を送るよう命じた。刑事はうなずいて仕事に戻っていった。

改修が終わったばかりの一階部分に被害は集中していた。床を張り替える必要がある。胸が痛んだ。元からあった床が無残に破壊されていた。

花崗岩のカウンタートップにひびが入っていて、キッチンには再度改修が必要になる。大好きなユーラのコーヒーメーカーも過去のものとなった。壁は全面的に改修が必要だ。アルネ・ヤコブセンのソファの代わりは自分で買える値段のものを探さなくてはならない。フラッグハリヤードのチェアはやっとの思いで購入したものだ。買い直す金銭的な余裕はない。アンティークのタイル張りコーヒーテーブルは木材が裂け、青と白のセラミックタイルが割れて、煤《すす》に覆われていた。保険で多少はまかなえるだろうが、思い出に取り換えは利かない。

いちばん痛かったのは、ヴィクトローラ・ジャクソンのレコードプレイヤーと三十年かけてこつこつ集めたレコードが全壊したことだ。

火炎瓶の被害を免れたものも消防車の放水で破壊された。

「この男はおれが連れていく」トミーが刑事に言った。「ここを片づけて、報告しろ」

刑事はうなずいたが、いぶかしそうな顔でトミーを見た。コペンハーゲン市警の警部がなぜこういう物事に首を突っ込むのか?

「彼は私の父親なんだ」と刑事に言ってやった。

「おれはそんな年じゃない」

「まあ、父親みたいなものだ」そう言って、トミーの肩を叩いた。

女刑事がにやりとした。「明日、お父さんに連れてきてもらったとき、署で調書を取ります。いろいろ質問させてください」

「どこへ行くんだ？」家を出たところでトミーに訊いた。

「うちへ行く」交渉の余地はないとばかりに彼は言った。「ここで寝られるわけがない」

首を横に振った。「ここにいる」

「そいつは……」

「二階がある」と返した。

「バーベキュー場みたいなにおいがするぞ」

「やつらに追い出されてたまるか」私はきっぱりと言った。

トミーはひとつ大きく息を吸った。「外に巡査を置いていく」

「どうして？　もう被害を受けたあとだぞ」

「やつらの狙いは家じゃない、プレスト」彼はどら声で言った。「標的はおまえだ」

彼の怒りを無視してトゥミのバッグを肩にかけた。煙草を吸いにいくとき、このバッグも持っていった。不幸中の幸いだ。わが友マルセルは〝しかし、すべてが失われたように見えるときこそ、私たちを救うかもしれない予兆を経験する〟（マルセル・プルースト『失われた時を求めて』より）と言ったが、まさしく言い得て妙だ。

近所の人たちはとっくに自分の家に戻っていた。消防車もいない。警察も証拠集めや何やらがすんだら、すぐこの場を引き払うだろう。

「通りの先にあるバーは終夜営業だ」と私は提案した。

トミーと二人、ウスタ・ファイマクス通りを〈ストゥー11〉まで歩いた。

外の椅子に座ってビールを飲み、煙草に火をつける手が震えていることに気がついた。

「ロシア人に殺されなくても、その煙草に殺されるぞ」とトミーは言ったが、声に熱はこもっていなかった。

「その煙草に命を救われたところだ」と反論した。「煙草がなかったら、アルネ・ヤコブセンのソファといっしょにリビングで一巻の終わりだった」

「ひととおり状況を説明してくれ」

ランチを兼ねてマーティンに会ったことを話した。そのあと事務所へ行って仕事をした。帰宅したのは夜の十時ごろ。家に入ってすぐ煙草を吸いに外へ出た。あれが起こったのはそのときだ。投げこんだ人間は見ていない。携帯電話から一一二番に通報した。外のホースを使って火の勢いは抑えたが、消し止めたのは消防車だ。

「家を濡らしてしまった。そのあと消防車にも濡らされた」私はゆっくり話した。「とりあえず、上の階は無事だった。ちくしょう、トミー、リビングとキッチンは改修をすませたばかりなんだ」

「これがなんだろうと、止める必要がある」と、トミーが言い放った。

「ああ」吸いおわったばかりの煙草をもみ消して次の一本に火をつけた。手はまだ震えていたが、三十分前よりはましだ。

「どうやって止める？」とトミーが尋ねた。

「止めるのは私で、どう止めるかをあんたが知る必要はない」と主張した。

トミーはうなずいた。彼ができることには限界がある。火炎瓶を投げこんだやつらを捕まえる努力はできても、最終的に、火炎瓶を投げこめと命じた人間を止める方法は私が見つけるしかない。

湿った煙のにおいが鼻をつく無人のわが家へ戻って、エイメンに電話をかけた。アロマキャンドルのメーカーが瓶に詰める香りとはわけがちがう。ここでひと晩過ごすのは無理だ。しかし、スティーネのところにもエイメンのところにも行きたくない。ホテルに泊まってもいいが、プライバシーが欲しい。

「ヴェスタブローの古いアパートはまだあるか？」とエイメンに訊いた。

「ある」

「誰か住んでいるのか？」

「いや。いとこがこっちの大学に行くから、その準備を整えているところだ。ゲーブリエル、何があった？」と、彼は探りを入れた。

「泊まる場所が必要だ」と言下に言った。「家を壊された」

「なんだって?」

「そうなんだ。火炎瓶を投げこまれた……惨憺《さんたん》たるありさまだ。場所が欲しい。一人になれる場所が」

「すぐそっちへ行く」

家にあった金物類といっしょに服をスーツケースに詰め、エイメンを待った。

「クラーラ、いま私といても楽しくないぞ」大学時代にクラーラとエイメンが暮らしていた古い1LDKのアパートへ駆けつけてきた彼女に、私は言った。

今朝はゆっくり寝て、十時ごろ目が覚めた。頭はぼんやりしたままで、疲れていて、さほど飲んではいないのに二日酔いの心地がした。

「わたしは気にしないから」彼女はかまわず入ってきた。そして後ろを振り返り、「持ってきて」と命じた。

箱を抱えた男が彼女のあとから入ってきた。クラーラはコーヒーとラフロイグのボトルといっしょにユーラのコーヒーメーカーも持ってきた。タグがついたままの衣服もあった。パンツが何本かと、Tシャツ、靴下、下着、そして〈イルム〉(コペンハーゲン二大デパートのひとつ)で買ったスニーカー。

「朝食を運んでくるから、コーヒーメーカーをセットしておいて」

深呼吸をしてコーヒーメーカーと服を見つめた。壁に寄りかかってこうべを垂れ、感情の嵐が過ぎ去るのを待った。わが家を失った——十年をかけて自分のために築いてきた家を。きれいに掃除し、燻蒸《くんじょう》して、改修し直す必要がある。もう同じ家にはならない。単なる物だと頭ではわかっても、心の痛みは晴れない。あれは私の物だった。物は交換できるが、手塩にかけた作業やそそいだ愛情とこだわりは何ものにも代えがたい。

　クラーラが戻ってきて、私を見、歩み寄って抱きしめてくれた。そのまましばらく抱き合っていた。そのあと彼女はシャワーを浴びるよう私に言い、コーヒーを用意してくれた。二人でコーヒーとクロワッサンを運び、小さなバルコニーの小さなテーブルに着いた。

「計画はあるの？」と彼女は尋ねた。

　うなずいた。

「教えてくれる？」

　首を横に振った。

「どうしたら力になれる？」

「ミゲル・トアセンの私用の電話番号が必要だ。仕事で使っていない番号が」

　クラーラはテーブルから自分の携帯電話を持ち上げ、指で画面を叩いた。テーブルに置いて待つ。電話がピンと音をたてたところで持ち上げた。

「あなたに情報を転送中」

「すまん」

「ゲーブリエル、わたしも力になれるのよ」彼女はおもねるように言った。

「わかっているし、感謝する」と明言した。「しかし、これには自分の流儀でケリをつける必要がある。わかるか?」

「いいえ、わからない」と、クラーラは異議を唱えた。

微笑んで身を乗り出し、彼女の頰にキスをした。「いや、きみはわかっている。気に入らなくてもわかっている」

「ほんとにもう、ゲーブリエル」クラーラは私の肩に頭をあずけた。「殺されないよう努力してくれる?」

「だいじょうぶ」

「おうち、とんだ目に遭ったわね」

うなずきを送った。

彼女は私を見上げて笑った。「あなたのいまいましいおうちだけど、完成するときは来ないんじゃない? 完成に近づいたところで宇宙がそれを許さなかったんだから」

「宇宙は私に休息を与える必要があると思う」

37

ミゲル・トアセンに電話をして約束を取りつけたあと、ブーアに電話をかけた。

「どこで会うんだ?」とブーアが尋ねた。

「クービインの〈ファメントーレン〉」

「高級バーだ」

「やつは洒落者だし」

「本人が話に応じるんだな?」ブーアは尋ねた。

「そうだ」

「どんな話をする気か、教えてくれ」

打ち明けた。

「わかった」ブーアはふーっとため息をついた。「その愚かな行動を、おれは止められないわけだ?」

「そうだ」と認めた。

「うまくいくと思う理由を、もういちど教えてくれ」ここまで来た以上、彼は私を止めようとはしなかった。

私は訓練を受けた武器、デンマーク警察の標準支給品で携行に適したシグザウエルP320の手入れをすることで、成功の確率を高めた。グロックとシグザウエル両方の免許を持っている。未登録の銃も一挺あるが、必要ないと思っていた。いっぽうで、ブーアは自分の武器の足がつかないよう確実を期す。

「おまえを追跡する人間が必要だ……バーに入るときと、特にバーから出るとき、おまえを援護する人間が」彼は言った。「いまから行く。地図を描いて、計画を確定しよう」

「自転車を一台、買ってきてくれないか？　エイメンから借りたやつは火炎瓶で焼けてしまった」と要請した。

「一台盗まれ、一台吹き飛ばされたわけか？」

「そうだ、自転車運はあまりよくない」

「運がよくなくてもいいが、そこまでにとどめろ」ブーアはうなるように言った。

三十分後、彼はトーンビィの新品の自転車を持ってやってきた。「新品を買ってきた。壊すんじゃないぞ」

「悪かったな」

「かまわん」彼は私の肩に手を置いた。「かならず成功させるぞ」

うなずいて、彼の手に手を重ねた。

ラップトップでバーとの往復ルートを確かめ、待ち伏せされる可能性が高い地点に印をつけた。

「帰り道で襲ってくるのは間違いないのか？」とブーアは尋ねた。

「わからない。でも、そう思っている」

「行きではなく？」

首を横に振った。

「今日、襲ってこなかったら？」

「別の日に戦う」

「おれは引き続き、誰かにおまえを援護させる」とブーアは言った。質問ではなく。

「そうだ」

「だったら、今夜ケリがつくことを願おう」

ブーアが帰ったあと、エイメンの昔の寝室にある鏡の前で肩ホルスターにシグザウエルを装着して、具合を確かめた。今回のような目的のために仕立てた、銃を隠せる濃い灰色の上着を羽織った。煙臭いが、いまさらどうしようもないので、においは気にしないことにした。

ベイビー・グロックは手が届きやすいよう、上着のポケットに入れた。上着と同じ灰色の、ロック&コーハッターズのジェームズ・ボンド・トリルビー帽で服装の仕上げをした。

行動計画が決まったところで、ソフィーに書いた手紙を持っていき、封をしたままキッチンカウンターに置いた。万一、戻ってこられなかった場合、彼女に謝って、妥協することなく自分の人生を歩んでほしいと伝えたかった。今夜この手紙を捨てられるよう心から願っていた。

アパートを出たところでレイラが電話をかけてきた。「葬儀は来週の金曜日に決まった」

「知らせてくれてありがとう」

「あなたも来る?」

「ああ」生きていたらだが。

「ゲーブリエル、あなた……」

「もう行かないと、レイラ」と遮った。「もういちど言っておきたい。二人の関係が終わったことは残念だ。悔やんでもいる。何年もきみが恋しかったし、いまもときどき恋しくなる」

感傷的になっていた。おそらく、歩いて向かう先に死が待ち受けている予感がして、別れを告げる必要があったのだろう。プレスト、告白をする、の図だ。

「どうしていま、そんな話をするの?」

つかのま口をつぐみ、そのあと胸の内を伝えた。あの五月の夜、彼女が〈モジョ〉に入ってきた瞬間からわかっていたことを。「もう昔の私たちではいられないからだ、レイラ」

「そう願うわ、あのころのわたしたちはひどかったから」彼女はユーモアに欠けた短い笑い声を発した。「でも、前よりよくなることはできる」

可能なかぎり正直に話す努力をした。「ああ、それはできると思う。でも、自分がそれを望んでいるかはよくわからない」

受話器の向こうに沈黙が下りた。

「わかった」と言った彼女の言葉は感情に満ちていた。「でも、ノーと言う前に考えてほしい」

「行かないと」

「愛しているわ、ゲーブリエル」

「ああ、知っている。私も愛している」と言って電話を切った。いまのはどこから来たんだ？　レイラに愛の言葉を告げたと言ったら、イルセが大喜びするだろう。

雨の中へ足を踏み出し、上着の襟を立てて寒さから首を守った。自転車で風を切ってハルム広場を目指した。ミゲル・トアセンと約束した〈ファメントーレン〉に着いたときは全然疲れていなかった。アドレナリンは特効薬だ。

38

ミゲル・トアセンとの約束は夜の七時だったが、三十分前にバーに着いた。まだ日が沈んでいないのに、雲が街を灰色に染めていた。私をつけ狙うギャングタトゥーのロシア人たちから見れば、人気《ひとけ》のない通りがたくさんある。

トアセンに会うまで手を出してこないのはわかっていた。私がどんな情報を握っているか、あの男は知っている。私が握っているとやつが思っている情報、と言ってもいい。しっかり話し合って交渉したいと考えているだろう。

ウイスキー・タンゴ・フォックストロットという銘柄のビールを注文し、ゆっくり口に運んだ。ビール一本で酔うことはないが、心身両面の能力を低下させることは控えたい。入口と向き合う形で腰を下ろした。肩ホルスターとシグザウエルの重みが感じられる。その感触に慰められた。さらなる慰めを求め、何度か上着のポケットに触れてベイビー・グロックの存在も確かめた。

辛抱強く待った。恐怖を寄せつけずにいた。もしもの話も頭から排除した。ここにいるのはユセフ・アフメドの潔白を証明するためだ。それが最終目標。それ以外は余禄だ。

ミゲル・トアセンは七時五分にやってきた。

ブーアから携帯にメールが来た。〝週末、ビールでもどうだ？〟。ミゲルが来たという暗号だ。危急の際、危険を冒して私に近づくようなまねをしないでほしかったが、ブーアのことだ、何を言っても聞き入れはしまい。

ミゲルが私を見てうなずいた。暗い色のレインコートを脱ぎ、入口そばのフックに掛けて私に歩み寄る。ダークスーツに青色のネクタイを締め、にやついた笑みを浮かべていた。目は笑っていない。緊張がうかがえた。それを見て悪い気はしなかった。自分の顔は感情を表さない。警察官時代にその技術を学び、探偵業を営みながら磨きをかけた。あからさまな共感や同情や反感を示す人間に、人は胸襟を開こうとしない。求めるのは偽りのない感情で、その感情が相手の見たいものに反するとき、私は沈黙の仮面をかぶる。

ミゲルが手を差し出した。立ち上がって握手に応じた。

「調子はどうだ？」と彼は言い、座ってビールのメニューに目を通した。ウェイターに手を振り、すぐやってきた男にピルスナーを注文した。

「原稿を手に入れたそうだな」彼は前置き抜きで言った。「読んだのか？」

「全編残らず」と嘘をついた。「彼女はすばらしい書き手だった」

「ああ、たしかに」とミゲルは同意した。

ビールが運ばれてきたが、彼は手をつけなかった。

「ユセフ・アフメドは死んだ。この事件は終わったんだ」ミゲルは言った。「まだやめようとしないのはなぜだ？」

「そういう人間だからだ」

彼はにやりとした。「ああ、そうらしいな。まったく頑固な野郎だ」

返事はしなかった。表情を変えない自分に相手が少しびくついているのがわかったからだ。

「何が欲しい？」とミゲルは尋ねた。

「真実だ」

そこでミゲルは笑った。心から可笑《おか》しそうに。「一体全体、どういうことだ？」

「サネ・メルゴーを殺したのは誰だ？」と尋ねた。

「ユセフ・アフメドだ」

首を横に振る。「何があったのか、私の思うところを話そう。彼女が書いていた本のことをパレが話した。あんたと首相に。ユール家の悪行を暴き立てる気だと。デンマークの税金を使って儲けながら、ドイツの手足となって働いていただけでなく、よその国で奴隷労働を利用してもいたと」

「多くの会社がそうしていた」ミゲルは肩をすくめた。「初めて聞く話でもない」

「しかし、真新しいニュースもある。ドイツ軍が撤退したあと、ドイツ軍に協力したデンマーク人をレジスタンスの仲間といっしょになって殺したり辱めたりした善玉アーネは、じつはナチスに内通していて、ユダヤ人二十人の国外追放とデンマーク人四人の殺害をもたらした張本人だった。殺された四人のうち二人は子どもで、ほかに何人の命を奪ったかは神のみぞ知るだ。例の自由勲章は剝奪され、王室から賜《たまわ》った栄誉も剝奪され、映画も打ち切られる。何もかも剝奪され……残るのは軽蔑と嫌悪、マスコミが朝から晩までのべつ幕なしに追いかけ回すおいしいニュースだけだ」私は淡々と述べた。「調べが進められ、閲覧制限のある情報がさらに公開され、また証拠が見つかる。イリーアス・ユールは選挙に出馬できない……この国を追われるはめになる」

話すあいだ、ミゲルの様子をうかがっていた。彼はぎゅっと唇を引き結んでいた。バーに入ってきたときより顔から血の気が引いていた。満足すべき状況だ。

「あれから五年、また選挙の年が来た」私は続けた。「サネは自分の権威を失墜させたイリーアスに痛い思いをさせたかった。彼女にはそういう執念深いところがあったんだな?」

「どこにも証拠はない」ミゲルがつぶやいた。「彼女が書いたというだけで、真実とはならない」

「ところが、オスカー・ゾンマーが記録文書を見つけた」

「オスカー・ゾンマーは死んだ」

もはやとぼけることさえしていない。〝オスカー・ゾンマーというのは誰だ？〟と、白を切ってもいいところなのに、そうしなかった。戦闘モードに入ったか。

「あの文書がなくても、彼女の中で話はしっかり組み立てられていた」私は楽しげに言った。「いまは立証できなくても、いったん本が世に出たら、研究者が全力を挙げて証拠を探すだろう。研究者を皆殺しにはできまい？」

ミゲルはひとつ大きく息を吸い、うんざりしたようにため息をついた。「言いたいのはそれだけか？　私は忙しい」

「あんたが読む前に、パレのまぬけが原稿を削除した」彼の言葉を無視して話をかぶせた。

「しかし、彼女はコピーを取っていた。そのコピーと原資料を私は手にしている……そのほとんどを。説得力は充分だ」

ミゲルは鼻をふくらませ、青い目が怒りに煮えたぎっていた。「パレのばかめが」

「ちなみに、オスカー・ゾンマーの愛人から我々が手に入れた文書だが、あの中にめぼしいものはなかった。たいした意味もないもののために、あんたが放った悪党たちに危うく頭蓋骨をかち割られるところだった」と不平を述べた。「ああ、それと、バッグを返してくれないか？　プラダのトートらしいんだ。女性がどんなにバッグに執着するかは知っているだろう」

「きいたふうな口を」ミゲルは椅子に体をあずけた。「ユーモアのセンスがあるとは聞いていた」

「そのとおりさ」

「証拠を見せろ」と彼は要求した。

「おっと、トアセン、私はそれほどばかじゃない」と、あやすように言った。「彼女を殺したのは誰だ？　あんたか？」彼の顔に何かが揺らめいた。「だったら、ロシア人の一人か。このロシアとのつながり、マスコミはさぞかし喜ぶだろうな。イリーアス・ユールはプーチンと結託しているかもしれない。アメリカのいかれた誰かさんみたいに。そんな話になったら、もう彼が日の目を見ることはないし、あんたが黒幕として支えた王様は大コケする。臣下たちみんなで助けようとしても元に戻せないくらい無様に」

「何が望みだ？」

「彼女を殺した男には自白してもらいたい」

「気は確かか？　そんなことをしたら、何もかも明るみに出る。明るみに出る話があるという意味じゃないが」彼は声をひきつらせた。

「捜査当局は私に暴行をはたらいたやつら、うちに火炎瓶を投げこんだやつらを見つけだす……あんたの放ったならず者たちを」私はゆっくりと話した。「やつらがあんたのために首を差し出すと思うのか？　ロシアンマフィアに仁義はないぞ、トアセン。知っているだろう」

「交渉の余地はない」ミゲルはきっぱりと言った。

「つまり、ユセフ・アフメドの汚名をすすぐ気はないということか?」

「そうだ、我々にはできない」

〝我々〟という言葉に、私はいぶかった。イリーアス・ユールと自分という意味か、それともいわゆる〝尊厳の複数〟(欧州で高位の身分の人が自分を指すとき一人称複数を用いることから)なのか。

「あんたがどこまで深入りしているか、ボスは知っているのか?」と尋ね、彼の顔を一瞬よぎった表情から、イリーアス・ユールは全部を知っているわけではないのかもしれない、と思った。

「ほかに、我々にできることはあるか?」と彼は訊いた。すでに交渉モードだ。

私は椅子の背に体をあずけ、考えこむように彼を見た。「カネだ」

ミゲルは微笑を浮かべた。欲のなんたるかは知り尽くしている。

「五百万クローネをアフメド一家に」念のため、会う前に数字を考えておいた。

ミゲルは肩をすくめた。「それなら実現は可能だ」

「それと、うちの家族や友人や私がギャングタトゥーのロシア人を……どんなロシア人も……二度と見ずにすむことだ」と続けた。

「わかった」とミゲルは同意した。

「約束をたがえたら、あの原稿をあらゆるソーシャルメディアに投稿し、誰でも見られるようにする」

「原稿はどこだ？」とミゲルが訊いた。

コピーしておいたサネの一枚だけの原稿を取り出し、彼の前に置いた。ミゲルが目を通す。読みおわったとき、わずかに残っていた顔色も消えていた。

「アーネ・ユールが売り渡したユダヤ人の一人がアネマリーだったことは、知っていたのか？」

それを聞くなり、彼は紙を握りつぶしてくしゃくしゃに丸めた。

「かまわない」私は微笑んだ。「本の原稿は全部、私のＵＳＢメモリに入っている」

ＵＳＢメモリを取り出し、二人の間に置いた。

ミゲルはそれを見て、それから私を見た。それを手に取りたい彼もいたが、それで問題が解決するわけでないことも彼は知っていた。

「おまえ以外で、この原稿を読んだのは？　弁護士か？　新聞記者か？　誰だ？」と彼は尋ねた。

「誰も」と請け合った。「読んだのは私だけだ」

「ほかにコピーはないと、どうしたらわかる？」

「わかる方法はない」と物憂げに言った。「私の言葉を信じるしかない」

ミゲルはしばらく私を見た。「おまえは約束を守る人間らしい。それでも、お膳立てには時間がかかる」

「たしかに」私はUSBメモリを取り戻して上着のポケットに入れた。

「おまえは私を脅迫している。違法行為だ」ミゲルは憎々しげに言った。

私は笑った。「トアセン、今夜話したことの中で、アフメド家への借りを清算するのはいちばん違法性の低い話かもしれない」

ミゲルは大きく息を吸った。「理解できない。こんなことをして、おまえになんの得がある?」

「誰かの祖父《じい》さんが第二次世界大戦中に何をしたかなんて話はどうでもいい。私はユセフ・アフメドの汚名をすすぐために雇われたんだ。それができなくても、遺族の面倒をみることくらいはしたい」声を平板に保って一語一語を明瞭に発音し、ゆっくり、はっきりと話した。

「また連絡する。それまで愚かなまねはするな」ミゲルはポケットからライターを取り出して原稿のページを燃やし、なみなみと注がれたビールの中に落とした。ビールが黒くなった。彼は立ち上がって財布を取り出し、二百クローネ札を何枚かテーブルに投げた。

「私のおごりだ」

バーを出ていくミゲルを見守った。

いまから帰る、とブーアにメールを打った。返信はなかったが、母ライオンが仔ライオンにするように彼が私に注意深く目を凝らしているのはわかっていた。

麻薬の売人とクラック常用者と売春婦が跋扈《ばっこ》し、感染力の強い病気なら世界じゅうにまき散らせるくらいの数の使用済み注射針が落ちているイステ通りの界隈にたどり着くまで、やつらは襲ってこなかった。

最初の弾丸がそばをビュッとかすめた。そのときは何かわからなかったが、スピードと熱とあわやの状況にぎくりとして、足を止めた。すぐさま自転車を捨て、盾にできそうな店の前へあとずさった。

次の銃声が聞こえたが、弾は見えなかった。

グロックを抜く。

誰かの叫び声がした。男か女かよくわからない。雨が降っていたので人通りは少なかったし、イステ通りで銃声を聞いて一一二番に通報する人間はいない。通りのこのあたりには。

足音が駆け寄ってきた。その音に合わせて私の鼓動も速くなった。銃を握ったまま待つ。

弾丸が空気を切り裂き、鼓膜を震わせた。何度聞いても慣れるものではない。慣れたためしはなかった。いまのはたぶん、私を追ってきたやつらをブーアがひるませた音だ。選択の余地がない場合を除き、相手の戦意を喪失させることはあっても傷つけたり殺したりはするなと、彼には明確に指示してあった。

また足音が聞こえた。また銃声がした。

盾にしていた店の前を、一人の男が駆け抜けた。その大柄な男が銃を手に向き直り、私に銃口を向けた。二人同時に発射した。男が倒れ、濡れた路上にくずおれると同時に銃から弾が一発発射された。

爆弾が爆発したかのようにジャンキーたちが逃げていった。イステ通りからこれほど人影が消えたことはかつてない。さらに銃声が二度聞こえ、そのあと静かになった。

その場を動かず、震える指でトミーにメールを打った。自分の居場所を伝え、銃撃を受けていることを知らせた。

サイレンの音が聞こえてくるまでが一生くらい長く感じられた。

しかし携帯電話で時刻を見ると、二分しか経っていなかった。人を殺した実感はまだない。だが、殺したのは確かだ。パトカーが死体のそばに停車するまで待った。銃をポケットにしまい、両手を上げて足を踏み出した。

「ゲーブリエル・プレストだ」と叫んだ。「私立探偵。元警察官」

巡査が一人、私に銃口を向けたまま近づいてきた。

「右のポケットに銃がある。グロックだ。左の肩ホルスターにシグザウエル」両手を上げたまま巡査に告げた。

巡査は若く、おびえたような顔をしていた。年配の相棒が出てきて、ため息をついた。

「手を下ろせ、プレスト、まぬけな格好はやめて」

かつての同僚ヨーン・フーソムだった。両手を下ろし、肩の力を抜いた。

「だいじょうぶか？」と彼は訊き、そのあと私の左肩を見て、声に緊張を募らせた。「くそっ、プレスト、撃たれたのか？」

顔を回すと、銃を隠し持つことができる手作り一点ものの美しいジャケットに穴が開いていて、そこがたちまち真紅に染まってきた。ため息をつき、「ちくしょう、ジャケットが台無しだ」とぼやいた次の瞬間、目の前が真っ暗になった。

39

気がつくとトミーとエイメンが話していた。においでわかった。病院にいるのだ。またか。この二カ月で二度目。左の腕がくそみたいに痛い。

「こいつから聞いていたのか?」トミーの、いつものつっけんどんで横柄な声だ。

「ぼくは彼の母親じゃない」エイメンがやはりつっけんどんに返した。「彼が何か企んでいることをクララは知っていたけど、まさかトアセンをゆすって、その過程で撃たれるなんて思いもしなかった」

疲労で目を開けていられなかったので閉じた。意識が戻っては遠のいていく。いちどガサガサッと音がした。

「やあ、スカット」エイメンがおだやかな声で言った。「彼はまだ眠っている」

「二人が言い争いを続けていたら、眠ってられないよ。トミーもエイメンも、静かにしてあげて」ソフィーの声だ。

微笑が浮かんだ。私の娘は手ごわい。

次に気がついたときは笑い声がしていた。

「ブーア、そんな言葉がある？」とソフィーが言っていた。

「ある」とブーアの声が言った。

「ドイツ語じゃないの」ニコの声だ。

「スクラブルにドイツ語を使って何が悪い？」と、ブーア。

「デンマーク語のボードだし」と誰かが言い、ソフィーの笑い声が聞こえた。

心が軽くなり、ゆっくり暗闇へ戻っていった。

ようやく覚醒したときは誰の声もしていなかった。何もかもがぼんやりしている。薄暗いが、ベッドの横の椅子で眠っている人影は見分けられた。

エイメンだ。

「おい」と、しゃがれ声で呼びかけた。

エイメンははっと目を覚まし、そのあと呼吸を安定させた。「水を持ってこよう」

上体を起こすと、口元に冷たいストローを感じ、手を伸ばしてつかんだ。全部飲み干したつもりだったが、グラスを見るとまだ四分の三くらい残っていた。

いまので力を使い果たしてしまい、また枕に頭を沈めた。「どこをやられたんだ？」

「弾が左腕を貫通した。レディたちに感銘を与える素敵な傷跡が残るだろう。それ以外は問題ない」

「気分が悪い」とこぼした。

「銃撃戦の直接的影響だ」

「相手の男は?」と弱々しい声で訊いた。

「死んだ」

「そうか」と言い、目を閉じた。エイメンからの情報を待った。

「名前はボリス・ラバザノフ」

「ボリス?　マジか?」

「そう思うだろう、いやまったく」エイメンは小さく笑った。「これ以上ロシア人らしい名前はない」

「ブーアはまずいことになっていないか?」と尋ねた。

「いや」とエイメンは請け合った。「彼は誰も撃っていない。彼が追い散らしてくれたおかげで、全員できみを追ってはこられなくなった。警察が駆けつけたとき、彼は現場から消えていた」

「よかった。安心した」体から力が抜けていく。

「強い鎮痛剤を打ってもらったから、休んだほうがいい」とエイメンが教えてくれた。

「ああ」とつぶやくように言った。「疲れた」

「きみはよくやった、ゲーブリエル」エイメンは私の手を握った。「本当によくやった。

脳みそを休ませてやれ。そして眠れ」

「トアセンはどうなった？」

エイメンは何か言ったが聞き取れなかった。

「エイメン」あわてて呼びかけたが、また頭が渦を巻いて世界がぐらりと傾いた。

そして暗闇に包まれた。


エイメンが言ったとおり、包帯が巻かれた左腕以外は元気だったので、入院から二日で退院できた。エイメンとソフィーが車で送ってくれたが、二人とも自分のところに泊まれとは言わなかった。自宅はまだ焼けて湿った木のようなにおいがしていたが、クラーラが専門業者に清掃を頼んでくれたおかげで、思ったほどひどくはない。彼女は私の仕事部屋にコーヒーメーカーや、ビールと水が入った小さな冷蔵庫を設置してくれた。新しいワイングラスの横に上等のボルドーを何本か置き、小さな冷蔵庫にも調理済みの冷製肉をスライスしたコールドカットとライ麦パンをひと塊、椀に山盛りのイチゴとバターを忘れずストックしてくれた。基本的なものが全部そろっていた。

帰宅した翌朝、腕を三角巾で吊ったままジョギングに出かけた。スピードが出ず、ときどき歩いたりゼーゼー息を切らしたりしたが、なんとか湖のまわりを一周できた。

家に帰ったときはくたくただった。コーヒーを淹れ、階段を下りて裏庭へ行き、紫煙をくゆらせた。

普通の感覚が戻ってきた。

午後、イステ通り銃撃事件の担当刑事に会うため、コペンハーゲン市警本部まで自転車を漕いだ。片手で漕ぐとスピードが上がらず、いつもの倍の時間がかかった。体力も半分くらいに落ちている。タクシーを使うべきところだが、自分の人生を他人に変えられたくない。わが家で暮らし、外ではトーンビィの真新しい自転車を漕ごう。リビングに爆弾を投げこまれようが、銃弾に腕を撃ち抜かれようが、知ったことか。

トミーの部屋でエンブラ・ポウルセンという刑事に出迎えられた。二人並んで机の向こうのトミーと向き合う。トミーは湖面のように静かで、それが居心地悪く、不審に思った。私が撃たれてから彼は一度も事件について語らず、質問するたびに傷を治せと言うばかりだった。退院したところで、彼から面談の要請が来た。

「ハルム広場でミゲル・トアセンに会いましたね」エンブラが手帳を見ながら切りだした。

「どんな話をしたか、教えてもらえますか?」

「ユセフ・アフメド事件のことだ」

「あの事件について、どんなことを?」とエンブラが訊いた。

エンブラは髪を短く刈り上げた生真面目そうな女性だった。耳の全長に沿ってきらめくクローラーピアスがセンスの奇抜さを示している。化粧はしていないが、その必要がないくらい美しい。百八十八センチの私より五センチくらい背が高いため、背すじを伸ばしたくなった。

「これといって、何も」

「ミゲル・トアセンから話は聞いていますよ」エンブラが注意した。「あなたに脅されていたそうです」

「どんなことで？」

「ロシアンマフィアにまつわる話をあなたがでっち上げてきたとか」エンブラはそう告げて私の反応を見た。反応はなかった。

「話って、どんな？」

「それは言っていません」

「話がないなら、脅迫もなかったということだ」と言い、にこりと笑ってみせた。

「率直に話してちょうだい、プレスト」エンブラが要求した。「そしたらこっちも手控えるから」

「さもないと？」と、微笑を浮かべたまま尋ねた。「なんだ、これは？　意地悪警官とだんまり警官か？　トミーの部屋でやれば尋問に見えにくくなるとでも思ったのか？　それと、トアセンはどこにいる？」

「このビルの、ここより少し居心地のよくない部屋に」と、エンブラは悔しそうに言った。

それは知らなかったが、驚きは胸の内にとどめた。トアセンが逮捕されたとか取り調べを受けているとかいう話は報道されていない。イステ通りで起きた銃撃戦の記事はあったが、続報はなかった。記事を書いた記者にニコが確かめたところ、警察はよくあるギャングがらみの事件と片づけた。

「まったく、わたしたちがボリス・ラバザノフの仲間とおぼしき連中を探し当てて、あなたがバーを出たと誰が通報したのか突き止めないとでも思ったの？」エンブラは不機嫌そうに言った。「知っているはずよ、わたしたちの仕事の進め方は」

「けっこうなことだ」

エンブラはトミーの机に手帳を置いて、私に顔を向けた。

「ちゃんとわかっているとは思えない、プレスト。あなたは人を殺したのよ。私たちはその理由を知る必要がある」彼女の口調は優しい刑事から厳しい刑事に変わっていた。

「理由は簡単。向こうがこっちを撃ってきたからだ」

「なぜ彼はあなたを撃ってきたの？」

「向こうが生きていたら訊けたのにな。そこは私も知りたい」

「警部、こうすればこの人は話すと言いましたよね。彼は話しません」エンブラがトミーに訴えた。

トミーはうなずいたが口を開かなかった。

「何がどうなっているのか教えてくれたら、もっと前向きになれるかもしれない」と提案した。

トミーは深く息を吸って、エンブラにうなずきを送った。

「エストニアにあるダンスケ銀行の子会社からデンマークの口座に巨額のカネが送金された」彼女は説明した。「どちらの口座もＫＢＭ建築《アーキテクツ》名義で、ミゲル・トアセンの妻でＫＢＭの取締役会にいるヨセフィーネ・トアセンの認可を受けていた。カネの元々の出どころはモスクワの銀行で、ＫＢＭはソチの建設プロジェクトのためだと言っている。カネの流れを追う刑事が二年くらいこの件を調べている……ソチに建設プロジェクトはないからよ」

「ほう。ショックだな、資金洗浄が行われているとは」嘲るつもりはなかったが、それに近い口調になった。

エンブラは聞き流した。「ミゲル・トアセンとその妻は、モスクワからの送金に使われた銀行口座と自分たちはいっさい関係がないと主張している。自分たちを陥れるためにあなたが仕組んだことだと」

「麻薬をやっているのは私か、それとも彼女か？」私はけだるげに言った。

「トーマス・レズニコフという人物を知っている？」エンブラが続けた。

「会ったことがある」私は認めた。「一度」

「そうね、あのときは街中だったから知っているわ」エンブラはそう言ってにっこりした。「わたしたちは〈マイ・ブラザーズ・ハウス〉を監視しているの。バーテンダーが覆面捜査官よ」

「イミールか」バーテンダーの名前を思い出した。

「トーマス・レズニコフはボリス・ラバザノフの仲間として知られている」とエンブラは続けた。

「私がこの一件を仕組むくらい賢かったら、なぜ腕を撃たれて相手を殺すはめになったりするんだ?」と尋ねた。

「まあ、それは……」

「これ以上話すには弁護士が必要だ」

私がそう言うのを待っていたかのようにトミーがうなずいた。

「こんな敵対的な空気にする必要はないでしょう」エンブラが諭すように言った。「誰もあなたを責め立てているわけじゃない。情報が欲しいだけなの」

「私はたった十五分で被害者から、ミゲル・トアセンを脅して陥れようとしている人間になった」と述べた。「敵対的なのは、そっちじゃないか?」

「繰り返すけど、あなたは警察から訴えられているわけではない。わたしたちは真実に迫ろうとしているだけよ」エンブラは懸命に平静を保とうとした。

「きみたちが受け止めるべき真実はこうだ」どこまで話すかを決めるため、考えを整理した。「ミゲル・トアセンがサネ・メルゴーを殺害した……あるいは、誰かに殺害させた。ロシア人を拘束して、その点を質すといい」

この物議を醸しそうな発言のあと、私は片手を上げてエンブラの質問を制した。

「最後まで言わせてくれ」と求めた。「あの男がなぜそんなことをしたのかはわからないが、きっと口を割らせることができる。彼がユセフ・アフメドを陥れたのは、あの年みたいな選挙イヤーにはかならず移民問題が政治の争点になるからだ。移民の問題に人々は神経をとがらせ、ユセフ・アフメドは善意の老白人女性の喉をかき切った〝悪辣な怒れるイスラム教徒〟の象徴になった」

「何を言っているのか、さっぱりわからない」とエンブラが言った。

「ロシア人に聞け」と主張した。「五年前にミゲル・トアセンから支払われたカネをたどっていけばわかる話だ」

エンブラは手帳を手に取り、急いで走り書きした。

「ほかにどれだけのことを隠しているの？」と彼女は尋ねた。

首を横に振った。

「プレスト」とエンブラが険しい声を発した。

「サネ・メルゴーを殺した真犯人を突き止めろ。今回は都合のいい人間に罪をなすりつけないよう努力することだ」と言って立ち上がった。「それと、トミー、次はあんたの部屋での会話で人を陥れようとしないことだ。私を取調室に放りこむとは、いい度胸だよ。こんどは私の弁護士レイラ・アバディ・クヌーセンも忘れず招待してもらいたい」

ようやくトミーが口を開いた。「本件への協力に感謝する。この件では二度と迷惑をかけないようにしよう」

エンブラが怒りの面持ちでトミーを見つめた。「彼と……個人的なつながりがあるからですか？」

トミーが片手を上げて制した。「この男はきみが知りたいことを話さない。こっちから強制することもできない。この男は間違ったことを何もしていない。人と会って、一杯やった。自分を撃ってきた男を撃った」

「ミゲル・トアセンは……」

「嘘つきの下衆《げす》だ」とトミーは受けた。「ミゲル・トアセンとその妻とロシア人に捜査を集中し、このくそ事件に決着をつけろ……今回の事件とサネ・メルゴーの事件に」

「警部？」

「そうだ」トミーは彼女に微笑を向けた。「私は彼を信じる。きみもそうしたほうがいい」

エンブラはうなずき、そのあと私を見た。「さらに情報が必要になったら、話してくれる？」

「いいとも。弁護士の同席を条件に」

エンブラが部屋を出ていったところで、私はトミーを見た。「言っておいてくれたらよかったんだ」

「そんなことをしたら、せっかくのお楽しみをフイにしてしまう」彼は言った。「何がどうなっているのか、正確なところを教えてくれないか？」

「いいとも」座り直して、座ったこと、痛みを隠さずにすむことに安堵した。「しかし、まず鎮痛剤が必要だ。撃たれるというのは最悪だな」

トミーの部屋にあったスコッチで持っていた鎮痛剤を流しこみ、そのあとナチス・ドイツにまつわるデンマークの汚い秘密を洗いざらい語って聞かせた。

40

その夜、早めの夕食をとろうと、ノアハウンの〈イハ・デ・サンチェス・カンティーナ〉にアイシャ・アフメドとレイラを誘った。メキシコ海鮮料理に目がないレイラを喜ばせたかった。メニューに魚料理があれば、アイシャのハラルを気にする必要もない。アイシャとレイラが来る前に、早めに行ってソフィーに会い、メスカルとアルボル・シロップを使ったこの店の名物マルガリータを注文した。店内は淡いピンク色とサンドイエローとコバルトブルーが基調で、居心地がいい。壁には色彩豊かなメキシカンラグが掛けられている。私はガラス窓のそばの四人掛けテーブルに着席した。

「父さん《ファ》」ソフィーが私の頬にキスして隣に座った。左手で私の右手を握り、指を重ねた。「ミゲル・トアセンが警察の取り調べを受けているんだってね」

「誰から聞いた?」と尋ねた。

「トミーよ。取り調べがどうなったか訊こうと思って、電話したの。父さんの話を聞く前に、彼バージョンの話を聞いておきたくて」

「そうか」

「それと……父さんに言いたいことがあって、言いづらいけど言ってみるね。わたしに手紙を置いていったでしょ……」

「しまった」ため息をついた。「撃たれて……忘れていた」

「わたしも愛してる、父さん」ソフィーは目に涙をためて言った。

「おい、泣かないでくれ……人生やら何やらを祝おうとしているところだ」

ソフィーは私の手を放し、無傷のほうの肩に頭をのせた。彼女に腕を回す。

「最後までやり抜かなくちゃいけないって言ったのは、そのために死んでもいいってことじゃないよ」彼女は私の肩に顔を埋めた。

「おまえが涙で濡らしているのはエトロの素敵なシャツだ」と言った。

「鼻水もついちゃうかも」彼女は濡れた目で私を見た。「アーキテクトの正体はわかったの？」

「と思う」原稿の一ページが現存し、それが最終的に全体像を解き明かしたのだと語って聞かせた。

アイシャとレイラが来たときにはソフィーの機嫌も直っていて、彼女の頬や私のシャツについた涙も乾いていた。アイシャはスキニージーンズに白いロングブラウスという服装だった。白いマキシ丈のサンドレスを着ているレイラと同じく、彼女もまだ喪に服していた。

四人で料理を注文した。レイラがカクテルを注文したとき、私はマルガリータのお代わりを頼んだ。いつもはアルコールを注文するソフィーが今日は頼まなかった。

酒を飲まないアイシャに付き合ったのだろう。タコスを食べおえ、みんなでチョコレートケーキをかじりながら、私はアイシャにミゲル・トアセンの話をした。

「なぜ彼はサネを殺したの？」とアイシャは尋ねた。

「わからない」と、とっさに嘘をついた。ミゲルにはああ言ったものの、アーネ・ユールが罪を犯した証拠を持ち合わせているわけではない。イリーアス・ユールの祖父が何をしていようがどうでもいいとミゲルに言ったのは、本心でもあった。気になるのはイリーアス・ユールが何をするか、あるいは何をしないかだ。

「警察からきみに連絡が来るはずだ。そして……レイラがかならず……いや、何をしてもお父さんやお兄さんが還《かえ》ってこないのはわかっているが、きみが補償を受けて不自由なく暮らせるよう、レイラが確実を期してくれる」

彼女はとまどいの面持ちで私を見た。「どうかおかまいなく」

「いや、大事なことだ」と主張した。「弟がいるんだし、それで力になってあげたらいい。金額にもよるが、ほかの移民が法的支援を受けられるように、そのお金を活用することもできる。私の勝手な考えだよ。私にわかるのは、きみが充実した人生を送ることをお父さんが願っていることだ」

「何をしても、この心の傷、この汚らわしさを取り除けるものではないけれど」レイラがとりなすように言った。「あなたのお父さんは潔白だったし、これで世間はそれを知る」

「あなたは力になると言って、本当にそうしてくれた。わたしとの約束を守ってくれた」

アイシャは目に涙をいっぱいためて言った。私に近づいて身を乗り出し、頰にキスをした。

「ありがとう」

　喉が締めつけられた。「どういたしまして」

ソフィーとアイシャが帰ったあと、レイラは私の手を握った。「疲れたでしょう。長い一日だった。ベッドに行きましょう」

「レイラ」と言うと、彼女はうなずいた。

「わかってる」彼女はあきらめ顔で言った。「タクシーまで送るわ……」

「自転車で来た」

「その体で？」

「ああ」

　私が会計を済ませ、二人で外へ出た。彼女が携帯電話でタクシーを呼ぶあいだに彼女のところへ自転車を押していった。彼女は気まずそうな表情を浮かべていた。「わたし……本当に楽しかった……ほら、あの夜」

「私もだ」

「わたし、ブリュッセルに行く」彼女は言葉を押し出すように言った。「わたし……わたしたち、ブリュッセルに引っ越す。この一年、人権問題の案件に取り組んでくれないかと打診されていて、ついに受けることにしたの」

「そうか」彼女が何を言うかはわかっていたが、それを聞く前から胸が張り裂けそうだった。〝私が病院で生き延びる努力をしているあいだに、きみは将来の計画を立てていたのか〟と意地悪を言ってやりたい自分もいた。だが、そうはしなかった。今回はこらえよう。前回、別れたとき、私はばか野郎だった。今回は大人の男でいよう。

「再出発よ」彼女は微笑んだが、目は悲しげだった。「エドワードとわたしにとっての」

「そうか」彼の元へ戻ったんだ。自然な成り行きかもしれない。

「あなたとわたしは……」

「わかってる」と遮った。説明はいらない。わかっていた。

彼女のタクシーが来た。

自転車のハンドルをぎゅっと握ったまま、身を乗り出して彼女の頬にキスした。「幸運を祈る、レイラ。元気で」と言った。本心から。

彼女はタクシーに乗りこみ、窓を開けた。

「ありがとう、ゲーブリエル」と言って、彼女は微笑んだ。

41

翌朝、足取り軽く出発した。計画の次の部分を実行に移す準備はできていた。ここまではすべて予想どおりに進んでいる。撃たれたのは無念だが、その危険は承知していた。人を撃ってしまったから、しばらくセラピーを受けてそれに対処する必要がいずれ出てくるだろうが、喫緊の問題ではない。

自転車で通勤して消耗した。自転車を漕ぐ労力と満身創痍《まんしんそうい》の体だけが理由でなく、夏が途切れてしまったからでもある。気温は十二度で、風が強く、曇っていた。「いい日」ではない。

ヴィクト・シルベアにメールで面会を申し入れた。私が怪我をしていることもあり、彼は二時間後に〈パスティス〉で会おうと言ってくれた。

「まだ痛むのか?」包帯を巻いた私の腕を見てヴィクトは言った。

カシミアのマフラーで作った三角巾で腕を吊っていた。Tシャツにジーンズという服装で、靴ひもを結ぶと腕が痛いのでフェラガモのスリッポンのモカシンを履いていた。頭を粋な感じにして温かく保ってくれるカシミアとシルクのステットソン帽で、絶望的なファッションの埋め合わせをした。

「はい」

「私は撃たれたことがない」ヴィクトは考えこむように言った。

「私も初めてです」と言った。「お勧めはしません」

「何にする？」ヴィクトは腕時計を見ながら尋ねた。「ハッピーアワーだ、ほかのどこかだけでなく、ここでも」

首を横に振った。「鎮痛剤漬けのうえに酒を飲んだら、ベッドから出られなくなる」昨夜メスカルを飲んだせいで、飲み物の選択に慎重になっていた。

「控えるのがよさそうだ」ヴィクトは手を小さく振り、その威厳ある動きを見てウェイターがテーブルにやってきた。

私はシュウェップスのトニックウォーター、ヴィクトはビールを頼んだ。

「面会の段取りをつけてほしいんです」

「誰との？」

「イリーアス・ユール」

ヴィクトは椅子の背に体をあずけ、感嘆の面持ちで私を見た。「首相本人に」

「はい」

「どういうことか教えてくれないか？」と彼は言った。

「はい」ヴィクトには絶大な信頼を寄せていた。大人になってから、彼とはエイメンやクラーラと同じくらい長く付き合っている。

ウェイターが飲み物を運んできたが、二人とも手を付けなかった。

「〈ユール＆ブロア〉は元々建設会社で、いまはＫＢＭになっています」と、まず言った。「〈ユトランド煉瓦〉は〈ユール＆ブロア〉の秘密の子会社で、そこが占領時代にドイツ軍と業務提携していた。数多くの事業で」

「みんながそうしていた」ヴィクトは言った。「私の父はドイツ人のカネの隠匿に関わった。当時の企業家は――いまいましいことに、私たち現在の企業家までが――利益を上げるために歴史の誤った側に立ったという悪評にさらされている」

「でも、それは公然の事実として世間一般に知られている」と、異を唱えた。

「そのとおり」ヴィクトは同意した。「父はその点を公にしていた。デンマークのレジスタンスに資金の提供もしていたから、それで帳消しと思っている。〈ユトランド煉瓦〉のことを、もう少し教えてくれないか」

「彼らは奴隷労働を使ってエストニアと、文字どおりヨーロッパ全土に、ドイツの収容所や刑務所を建設した。ユトランド半島の西海岸に掩体壕を築いた。それで大儲けした」私は言った。「当時アーネ・ユールはまだ若く、〈ホルガー・ダンスク〉に入団してナチスの情報提供者になった」

「歴史に刻まれていない話だ」ヴィクトが眉を吊り上げた。

「はい」

「真実なら、今日《こんにち》でもイリーアス・ユールにとっては問題だ」ヴィクトは落ち着いた口調で言った。

「はい」と同意した。「一九四三年十月一日、ドイツ軍はデンマークのユダヤ人の一斉検挙に打って出た。しかし、ユダヤ人のほとんどは隠れているか、スウェーデンに移送されていた」

「デンマーク史のその部分には誇りを覚える」とヴィクトは言った。

「その日、二十人のユダヤ人がヘルスィングウーアの農場に隠れていた。アーネ・ユールが彼らのことをゲシュタポに教え、ゲシュタポは罰として農場主とその妻、そして七歳と十一歳の子ども二人を銃殺し、二十人のユダヤ人はテレージエンシュタットに送られた」

ヴィクトはビールを手に取って、しばらく無言で飲み、そのあいだに私の話を消化した。

「証拠はあるのかね？」と彼は訊いた。

首を横に振った。サネが書いていた本と彼女が行った調査のことを語って聞かせた。

「オスカー・ゾンマーはこのアーキテクトという情報提供者の正体を突き止めたのだろうか？」と、ヴィクトは疑問を口にした。

「と思います」

「建設業界の人間にアーキテクトという暗号名」ヴィクトは微笑んだ。「気に入った。大胆不敵だ。大胆不敵といえば、きみはどうやってあのミゲル・トアセンの蛇の尾をガラガラいわせたんだ？」

「ミゲル・トアセンは私の推測を裏づけてくれました。それが正しくなかったら、私を始末するために人を送り出したりしなかったはずだ。自分は原稿を手に入れた、それを読んだと嘘をついてやったんです」

「原稿を持っていると、どうやって思わせたんだ？」

「サネが確認を求めてドイツ在住のある人物に送ったページが一枚ありました」と明かした。「それを餌にしたんです」

「アーネ・ユールがユダヤ人だけでなくデンマーク人にも死をもたらした。それが事実なら、イリーアスはこんどの選挙を生き残れない」ヴィクトはそう言って考えこんだ。

「首相がどの程度関与しているかはわかりません」と打ち明けた。「ミゲル・トアセンが独断でしたことなのかどうかも」

「イリーアスの承認を得ずにミゲルが暴挙に出るとは思えないが……かといって、イリーアスを守るために必要なことをしてもおかしくはない」ヴィクトはバックに流れているエディット・ピアフの「バラ色の人生《ラ・ヴィ・アン・ローズ》」に合わせて、無意識のうちに指でテーブルを叩いていた。

私は話の残りを語った。ミゲル・トアセンと彼の妻、ロシア人、そのほかにも思いつくかぎりのことを。

ヴィクトは辛抱強く耳を傾け、最後に、「きみの最終目標は、ゲーブリエル?」と訊いた。

「サネ・メルゴー殺害犯というユセフ・アフメドの汚名をすすぎたい」

「トミーがミゲルとその妻とロシア人の調べを完了したら、おそらくその目標は手に入るだろう」とヴィクトは指摘した。

「かもしれない」

「だったら、なぜイリーアス・ユールに会う?」

「彼が何を知っていたか、私は知りたい」

「アーネ・ユールの話を暴露したくはないのか?」

「どうでもいい。先祖の犯した罪だ。知ったことじゃない」

「祖父の罪だ、イリーアス・ユールは大いに気にするだろう」とヴィクトは明言した。

「誰にも知られることなく、イリーアス・ユールとこっそり会いたいんだな?」

「はい」

ヴィクトはうなずいた。「今週の土曜日、うちで夏のパーティがある」

「知っています」

ヴィクトはにやりとした。「どこでセッティングしてもらうかわかったうえで話していたのか」

私も笑みを返した。「はい」

「ゲーブリエル・プレスト、きみは見かけより頭がいい」

ヴィクトがグラスを掲げ、私もグラスを掲げ、二人で「乾杯《スコール》」と唱和した。

42

リネンのパンツに白いシャツという服装で、色鮮やかなシルクのスカーフを吊り包帯にして左腕を支え、シルベア家の夏のパーティにやってきた。

ヴィクトの豪華な書斎の外にある庭で、私は一人待っていた。クランベンボーのお屋敷は年月を経て荘厳な雰囲気を醸し出している。しっかりと近代化されていながら、宮殿のような雰囲気をとどめていた。書斎は広大で、マホガニー材を使った暗い赤褐色の書棚には千冊を超える書物がサイズと著者名にしたがってびっしり並んでいた。大きく開け放たれたフレンチドアを通ると、書斎から庭へ出ることができる。手入れの行き届いた緑豊かな庭は砂浜へと続き、デンマークとスウェーデンを隔てる海峡の水面にはおだやかな小波が立っていた。

夏のパーティ日和で、夜の七時だというのに柔らかな涼風が吹きわたっていて清々しい。

掛け心地のいい籐《とう》製の椅子に腰を下ろして、海峡を横切る船をながめていた。テーブルには空のシャンパングラスがふたつとアイスペールが置かれ、ペールにはシルベア家のワインセラーから持ってきた高級シャンパンが入っていた。

後ろから足音が聞こえ、立ち上がった。

イリーアス・ユールが銀髪の狐といった風情で私を見て微笑んだ。

握手を交わす。自己紹介はしなかった。私が誰か、この男は知っている。

イリーアスはテーブルの反対側で籐製の椅子に座り、ともに水辺と向き合う形になった。

「よかったら」彼は私の吊り包帯を指差し、シャンパンのほうへ頭を傾けた。

「恐れ入ります」と礼儀正しく言った。

彼がシャンパンを注ぎ、乾杯した。

「ヴィクトはとんでもないパーティを開く」とイリーアスが言った。

「たしかに」

イリーアスが海峡を見つめた。この距離からだと大きな貨物フェリーが信じられないくらいゆっくり進んでいるように見える。庭のどこかからかフランジパニ（プルメリア）の香りが漂っていた。デンマークの気候に熱帯の花が耐えられるよう気配りをしてくれる、献身的な庭師のおかげだ。

「用件を聞こう」ようやくイリーアスが本題に入り、私の目をまっすぐ見つめた。

この男に威圧感があり、周囲から尊敬を集めている点は認めざるを得ないが、私は恐れも尊敬の念も持ち合わせていなかった。

「ユセフ・アフメドの汚名をすすいでほしい」

イリーアスはうなずいた。

「ミゲル・トアセンには、殺人に関与した罪で刑務所に入ってもらいたい」と付け加えた。

イリーアスはうなずいた。

「そして、あなたには首相を辞任してもらいたい」と結んだ。「あなたは首相にふさわしくない。祖父のしたことではなく、ご自身がしたことゆえに」

イリーアスは三度《みたび》うなずいた。表情にはなんの揺らぎもない。この男とは絶対ポーカーをしないことだ。

「人はいつまで祖先の……祖父の罪を償わなければいけないのだろう？」と、彼は疑問を口にした。

「私が問題にしているのは、あなたの祖父のことではない」

「何点かはっきりさせておこう。サネの殺害については知らなかった。ミゲルが勝手にしたことだ。あの男はきみとご家族への襲撃も含めて、多くのことを独断でやった」彼は言った。「信じるかね？」

「そこが大事ですか？」

「ああ、大事だ」イリーアスの言葉に嘘偽りはなさそうだ。「彼には人を傷つけるよう指示していない。サネが何を書いているのかさえ知らなかった。アーネが両陣営に付いていていたことは家族も知っていた……しかし、正式にナチスの情報提供者を務めていたとは知らなかった。私はミゲルから知ったのだ。それで私に傷がつくことはないと、彼には言った。彼は同意しなかった」

「彼はあなたの言いなりになる愛玩犬でありながら、今回のことは独断でやったとおっしゃるのですか？」

「そうだ」イリーアスは肩をすくめた。「きみに嘘をつく理由はない。あっけらかんと言い逃れをすることもできる。政治家だからね。そこはお手のものだ」

微笑まざるを得なかった。

「あなたは犯罪には関与しなかったかもしれないが、隠蔽工作には加担した」

「そうだね……かなり事後的に」イリーアスはため息をついた。「政治スリラーでどんなふうに言うかは知っている——犯罪ではなく隠蔽が問題なのだ。その点は受け入れよう」

「ロシアと関わりをお持ちですか？」と尋ねた。

彼は首を横に振った。そしてシャンパンを少し口にした。リラックスした表情だ。自分の将来や自国の将来が話題になっているのではないかのように。

「明日、記者会見で二点話すつもりだ。ひとつは私のスピンドクター、ミゲル・トアセンはサネ・メルゴーに脅されたため、殺し屋を雇って彼女を殺害したうえでユセフ・アフメドを陥れた。彼がＫＢＭの取締役会にいる妻の立場を利用してロシアンマフィアのために資金洗浄していたことを、サネが知ったのだ。きみも知ってのとおり、私の一族にもうKBMとの利害関係はない」イリーアスは演説をしているかのような口ぶりだった。

なるほど、筋は通っている、と思った。

「いまこうしているあいだにも、ミゲルが警察に自供している」とイリーアスは請け合った。

「マスコミは徹底的に調べますよ」

「まあ、そうだろう。その調査でKBMは痛い目に遭うだろうが……それはどうでもいいことだ」イリーアスはまた少しシャンパンを口にした。「しかし、マスコミは私の次の発表への対応に追われて、それどころでなくなるのではないかな」

話の先を待った。

「私は首相を辞任し、後任のマティルダ・ヴィンベアの有能な手に政権をゆだねる」

「その見返りに？」

「サネの本のことも、彼女の調査からわかったことも、いっさい口外しないでもらいたい。きみはすべてを破壊してしまう」彼はおだやかな親しみやすい口調を崩さず、天気の話をしているかのようだった。

「私がすべてを破壊すると、なぜわかるんですか？」と尋ねた。

「ヴィクトがそう言ったからだ」イリーアスはきっぱりと言った。

「いいでしょう」約束成立だ。

イリーアスはひとつ大きく息を吸ってため息をついた。「楽しい時間だった」

「でしょうね」

イリーアスはシャンパンを飲み干して、すっくと立ち上がった。「連絡を取り合おう、ゲーブリエル。いっしょに仕事ができそうな気がする」

「もう一回撃たれたほうがましだ」私は立ち上がらずに言った。

イリーアスは立ち去りかけたところで振り向いた。「次に私がどうするか、質問しなかったな」

「その必要はない」彼に向き直ってグラスを掲げた。「ミゲル・トアセンを犠牲にして移民たちの英雄になったあと、できることは何か？」デンマークの元首相の行く先に考えをめぐらした。「ＥＵに職を得るか？　あるいはＮＡＴＯか？」イリーアスの冷静な目が敬意に似た表情に変わったのを見て、私はいちど言葉を切った。「そうか、ＮＡＴＯか。戦争を起こさないよう努力してくださいよ、イリーアス」

彼は微笑んだ。「最善を尽くそう、ゲーブリエル」

シャンパンのボトルが空になるまで、一人で庭に座っていた。パーティのざわめきがするほうへ歩いて向かい、喧噪に包まれた華やかな空間の入口手前で足を止めた。

ダンスフロアに改造された大きな居間でクラーラとエイメンが踊っていて、この部屋からまた別の庭へ出られるようになっていた。ソフィーはクラーラのいとこのノーアとエネルギッシュなジャイブを踊っていた。ブーアは国会議員と話しこんでいた。トミーとナディアは飲み物を手に、私の知らないカップルと立っていた。イーレクとスティーネは並んで座り、スティーネがイーレクの肩に頭をのせていた——仲睦まじい、息の合った、幸せなカップルだ。

ニコはヴィクトと踊っていた。ブロンドの髪が肩のまわりを流れ、目が輝いていた。ヴィクトが私を見て、問いかけるようにあごを上げた。うなずいて、〝はい、終わりました〟と口の動きで伝えた。

そして友人たちと家族と夏を称えるために、部屋へ足を踏み入れた。

エピローグ

包みを受け取ったのは、ミゲル・トアセンとイリーアス・ユールの騒動から半年近く経ったときだった。送り主はフリードリッヒ・マイネッケ歴史研究所のモニカ・フランケ。文書のコピーがいくつかと、モニカからの手紙が入っていた。「わたしのオフィスで見つけたもので、わたしの書類の中に交じっていました。これが役に立つか、重要なものかはわかりませんが、オスカーの名誉のためにお届けしたいと思いました」

文書のほとんどは読み飛ばしたが、一枚だけ手を止めて読み通し、そこで終幕感を得た。

〈暗号名《コデナウン》：アーキテクト〉

在コペンハーゲン国家秘密警察

極秘《ゲハイム》

日報《ターゲスラポルト》 73番

一九四五年一月三日～四月二十七日

1 デンマークの情報提供者（暗号名アーキテクト）はレジスタンスと英国の命令について、さらなる情報を漏らすことを拒否。アーキテクトの一家には王室の後ろ盾があり、尋問は推奨されない。

さらなる協力を取り付けるため、アーキテクトはアーネ・ユールであることを明らかにせよとの指示を待っている。身元を明らかにした場合、情報提供者保護のためドイツへ移送する必要も考えられる。

認証

（判読不能の署名）

カール・ハインツ・ホフマン博士

参事官兼親衛隊少佐

文書には走り書きのメモがあり、サネが手書きした資料を読みこんできた私には彼女の筆跡とわかった。〝本物との確認が必要。フリードリッヒ・マイネッケ歴史研究所（FM

I）からの連絡待ち。ゾンマー博士から原本の確認済みコピーが届き次第、情報源ファイルに追加〟

事務所の戸棚のひとつに包みをしまって鍵をかけ、これについては忘れることにした……とりあえず。

謝辞

本書は書き上げるまでに何年もの歳月を要し、この話を語るにあたり多くの方々のお世話になりました。本書に登場する架空の人物は実在の人物みたいな気がすると言いつづけてくれる夫、セーアン・ラスムセン。原稿を何度も読んで建設的な意見をくれた二人の息子、トビーアス・マラディ・ラスムセンとイサイア・マラディ・ラスムセン。そして、私の話に耳を傾け自分の話を語ってくれた姉のアパルナ・マラディ。

コペンハーゲンで私に住む場所を与え家族として接してくれた、ファティマとイーレクのアラ夫妻。インドで私に住む場所を与え家族として接してくれた、チェクリ・スヴァーチャラ・ヴァルダン博士とマダヴ・イェンドル博士。そして世界のどこにいても私の力になってくれるアリス・ヴァーギーズ。みなさんに感謝しています。

私の手を握り、私を元気づけ、いつも私の味方でいてくれる、すばらしい友人の輪にも恵まれました。アリソン・ブラックウェル、アンカ・メンスフォース、バーニー・ダフィ、エドナ・ベトゴヴァージズ、ジャネット・アヴィラ、オリヴァー・ブランチマン、プリヤンカ・ラナ、スーミラ・バーマン、ステファニー・マチャド、そしてヴァレリー・スリエ、みなさんの知恵と支援と愛に感謝します。代理人《エージェント》のライハーネ・サンダースなくしてアムリヤ・マラディの本は存在しなかったでしょう。彼女は（文字どおり）出産中にも本のチェックを続けてくれていたのですが、腕利き編集者のリッサ・コイシュが手を差し伸べて、本と私を引き受けてくれました。

本書にはデンマーク警察への言及がいくつか含まれています。私の質問に辛抱強く答えてくれたデンマーク警察連盟のジャーナリスト、カリーナ・ヌメリン・ビョルンホルトに感謝を。誤りがあった場合、責任の所在はすべて私にあることを言明します。

そして最後に、このようなすばらしい素材を与えてくれたコペンハーゲンの街に感謝します。本書の執筆は市内のさまざまな場所で行われました。ウスタブローの〈エメリーズ〉〈カフェ・ヴィクト〉〈ル・ジャルダン〉〈パスティス〉、ヘレロプの〈ジョー＆ザ・ジュース〉〈モジョ〉〈カフェ・ボーパ〉〈レストラン・ル・サン・ジャック〉、ホテル・ダングレテールの〈マーシャル〉などなど。再訪し、次のゲーブリエル・プレストの物語を書く新しい場所を見つけられるときが待ち遠しくてなりません。

訳者あとがき

北欧デンマークの首都コペンハーゲンを舞台に私立探偵ゲーブリエル・プレストの活躍を描くミステリー小説『デンマークに死す』（原題：*A Death in Denmark*、二〇二三年三月、ハーパーコリンズ刊）をお届けする。

主人公ゲーブリエル・プレストは、今回の物語の時点で四十一歳。コペンハーゲンに生まれ、MBAを取得して、コペンハーゲン市警に入り、刑事として横領や詐欺など金融犯罪の捜査に携わったが、正義感から警察官の権利を逸脱したため解雇された。その後、私立探偵として開業し、（事実上の）元妻の現夫の法律事務所に個人事務所を構えている。身長百八十八センチの長身で服装に人一倍気をつかい、仕事のときはお気に入りのブランド物やあつらえの服を着用。剃り上げた頭に、TPOに応じた帽子をかぶるという洒落者だ。食事や酒（特にワイン）にもこだわりが強い。環境のため、車ではなく自転車に乗る。かつてはヘビースモーカーだったようだが、健康に留意して一日二本という制限を自分に課しているあたりが微笑ましい。会話から伝わってくるのはユーモアの精神だが、デンマークの哲学者キルケゴールの言葉をしばしば引用し、独特の人生観も垣間見える。女性にめっぽうもて、情報源である新聞記者ニコルともときおりベッドを共にする仲だ。元妻との間に二十歳の美しく聡明な娘がいて、父親としてありったけの愛情をそそいでいる。趣味は祖母から譲り受けたタウンハウスの改修だ。

ブルースのギタリストでもあり（なんという多才ぶり！）、とあるバーで演奏していた五月の夜、かつての恋人で人権派弁護士のレイラがとつぜん彼を訪ねてきた。あなたにしかお願いできない頼みがあるという。五年前、当時法務長官だった右翼政治家をムスリム男性が殺害したとされる事件について、再調査をしてほしい。男性の息子はデンマークへの移民申請が認められずイラクへ強制送還された結果、ＩＳＩＳ（過激派武装組織「イスラム国」）に捕まり、残虐な処刑シーンがネット上に公開された。その数日後、長官が別荘で殺害され、父親の恨みによる犯行との容疑がかけられたのだ。法廷で有罪となったが、本人は犯行を否定している。

再調査で新事実が出てくる可能性は低いだろうが、レイラは生涯でただ一人、本気で愛した女性だ。そのたっての頼みを断ることはできない。調べていくうち、事件時の警察の捜査がきわめて杜撰《ずさん》だったことがわかり、辻褄の合わない点が次々明らかになってきた。さらに、殺害された法務長官は本を執筆中で、第二次大戦中のナチス占領時のデンマークがテーマだったらしい。調査に本腰を入れ始めたプレストの身辺に暴力の魔手が忍び寄る。その脅威は彼の娘とレイラにも……。

デンマークという国について触れておこう。人口はおよそ五百八十万。地理的にはドイツと地続きのユトランド半島と無人島も含めた約千四百の島から成り、総面積は日本の九州ほど。首都コペンハーゲンは人口約六十万で、最大の島シェラン島の東岸に位置し、対岸のスウェーデンまでは最短四キロくらい。橋がかかっていて簡単に行き来ができる。本書でも触れられるが、二〇一〇年から北欧料理のレストラン〈ノーマ〉が英業界誌の「世界のベストレストラン50」で五度世界一に輝くなど、美食の街というイメージをお持ちの方も多いだろう。

人種的には北方ゲルマン人一派を祖先とするデーン人が大半を占め、外見的には金髪碧眼に白い肌、ヴァイキングの末裔といったイメージだ。この三十年ほどで右翼的な反移民運動が強まり、現在は移民（特にイスラム系）にとって差別的で生きづらい環境だと、インド出身の著者は指摘している。本書中、イラク人の移民申請が拒絶されるくだりにはそんな背景がある。歴史的には、第二次大戦時のナチス・ドイツ占領下でユダヤ人を隣の中立国スウェーデンへ逃がしたことが有名で、国民はその史実に大きな誇りを持っている。しかし、もしデンマーク人が誇りとする戦時のユダヤ人政策に国辱的な真実が隠されていたとしたら？　本書の謎の部分にはそんな歴史の闇が絡んでくる。

北欧ミステリー界に新たに誕生した私立探偵の物語、お楽しみいただけただろうか。著者アムリヤ・マラディは一九七四年、インド中央部のマディヤ・プラデーシュ州に生まれ、インドの大学を卒業後、米メンフィス大学で修士号を取得。卒業後、米シリコンバレーで働き、デンマーク人男性と結婚してデンマークで十四年暮らしたのち、現在はカリフォルニア州に在住。これまでに八つの作品が出版され、数カ国語に翻訳されている。多くはインド、アメリカ、デンマークの文化的差異をテーマにした女性向けの小説で、ミステリー小説は本書が初となる。

インドに生まれ育ち、インドとアメリカ両方で高等教育を受け、デンマーク暮らしが長かった著者の多面的な視点が現代デンマークを活写するという意味で、社会派の側面も持ち合わせている作品だが、個人的には、北欧ミステリーに特徴的な「ノワール感」に「コージー感」が加わった独特の味わいを楽しませてもらった。主人公は男性探偵で、凄惨な殺人や凶悪な脅し、陰惨な暴力がそこかしこで描かれるなどコージー・ミステリーの定型からは外れるのに、全編を通して不思議な居心地のよさ（コージーさ）を感じていた。コペンハーゲンの街についてもそうだ。知らない地名や通りや店ばかり出てくるのに、その場にすっとなじんで、登場人物たちの会話に耳を傾け、彼らの営みを間近に感じている。

この親近感はどこから来るのだろう。著者のインタビュー記事によれば、主人公には探偵である前に普通の人間であってほしかったという。「暴力沙汰」が日常ではなく、健康や環境に気を使う現代的姿勢や、自分の住まいや日々の暮らしへの美意識を持ち、友人、知人を大切にするような人物像だ。彼は白人男性としての特権を意識しながらも、多様な人種や社会階層の人たちと交わって独特の平等感、正義感を育んできた。くすっと笑ってしまうような生活習慣を己に課してもいる。周囲の人たちが彼を愛してやまず、特に女性たちがこぞって離れがたい感情をいだく理由が、そんなところに見え隠れする。気がつくと彼の胸の内に同調し、ページをめくる手が止まらなくなる。癖になるタイプの探偵であることを断言しておこう。著者も「シリーズ」を謳っており、いまから第二弾が待ち遠しくてならない。

二〇二三年七月

訳者紹介　棚橋志行

東京外国語大学英米語学科卒。出版社勤務を経て英米語翻訳家に。主な訳書にスワンソン『時計仕掛けの恋人』、ホーガン&センチュリー『標的：麻薬王エル・チャポ』(共にハーパーコリンズ・ジャパン)、カッスラー &バーセル『ポセイドンの財宝を狙え!』(扶桑社)、グレイシー他『ヒクソン・グレイシー自伝』(亜紀書房)など。

ハーパーBOOKS

デンマークに死《し》す

2023年8月20日発行　第1刷

著　者　アムリヤ・マラディ
訳　者　棚橋志行《たなはししこう》
発行人　鈴木幸辰
発行所　株式会社ハーパーコリンズ・ジャパン
東京都千代田区大手町1-5-1
03-6269-2883(営業)
0570-008091(読者サービス係)
印刷・製本　中央精版印刷株式会社

定価はカバーに表示してあります。
造本には十分注意しておりますが、乱丁(ページ順序の間違い)・落丁(本文の一部抜け落ち)がありました場合は、お取り替えいたします。ご面倒ですが、購入された書店名を明記の上、小社読者サービス係宛ご送付ください。送料小社負担にてお取り替えいたします。ただし、古書店で購入されたものはお取り替えできません。文章ばかりでなくデザインなども含めた本書のすべてにおいて、一部あるいは全部を無断で複写、複製することを禁じます。

この書籍の本文は環境対応型の植物油インクを使用して印刷しています。

Printed in Japan
ISBN978-4-596-52316-7